EL MENOS
ESPERADO

JORDYN GRIFFIN

El Menos Esperado

Copyright © 2025 by Jordyn Griffin.

MILTON & HUGO L.L.C.
4407 Park Ave., Suite 5
Union City, NJ 07087, USA

Website: *www. miltonandhugo.com*
Hotline: *1- 888-778-0033*
Email: *info@miltonandhugo.com*

Ordering Information:
Quantity sales. Special discounts are granted to corporations, associations, and other organizations. For more information on these discounts, please reach out to the publisher using the contact information provided above.

Library of Congress Control Number:		2024919751
ISBN-13:	979-8-89285-292-0	[Paperback Edition]
	979-8-89285-543-3	[Hardback Edition]
	979-8-89285-291-3	[Digital Edition]

Rev. date: 04/14/2025

Chloe- Muchas Partidas

California siempre ha sido mi hogar, fue donde nací, crecí, donde fui a la escuela y a la universidad. También fue el lugar donde di a luz a mi hijo, Colton. California ha sido mi hogar, pero también ha sido un lugar de angustia y dolor.

Cierro de golpe la puerta trasera de mi Cadillac suburbano negro después de colocar la última de las bolsas en el asiento trasero, al lado del asiento del coche de Colton. Subiendo al asiento delantero, enciendo el auto y me giro para mirar a Colton, durmiendo profundamente, lo cual no es sorprendente. Su cabello rubio oscuro se había vuelto drásticamente más largo que hace un mes, y sus pequeñas y dulces mejillas estaban rosadas, él es toda mi vida, podría dejar mis pertenencias atrás y estar contenta por el resto de mi vida con solo tenerlo. Puede que no lo hubiera planeado en ese momento, pero me gustaría agradecer al buen Dios por colocar a este dulce niño en mi vida. Los últimos 9 meses han sido los mejores de mi vida.

Debido a su lugar en mi vida y la falta de familia que tenemos aquí, necesito hacer mi trabajo para brindarle una vida mejor.

Me pongo un mechón de mi cabello rubio detrás de la oreja y agarro mis gafas de sol. Pongo el auto en marcha y me dirijo por el camino de entrada hacia la carretera principal.

Mudarme a Missouri nunca estuvo realmente en mi radar, al menos no hasta que nació mi hijo. Al ser madre soltera y tener una familia limitada, ha sido más difícil trabajar y criar a mi hijo. Mi mejor amiga Summer vive en St. Louis, donde trabaja para el equipo de hockey de la NHL St. Louis Wolves como fisioterapeuta. Habiendo crecido juntas desde la escuela secundaria hasta la universidad, ha sido increíble verla alcanzar sus metas y sueños.

Después de tener a mi hijo, Summer me ofreció mudarme con ella. Después de algunas deliberaciones cuidadosas, la respuesta fue obvia: no solo era mi mejor amiga, sino que era la madrina de Colton y lo más parecido que tenemos los dos a una familia. Necesitábamos un nuevo comienzo. Así que Missouri, allá vamos.

2

Chloe-Adjusting

Había pasado 4 días de gira con Colton. Nos detuvimos cuando ambos necesitábamos detenernos, nos hospedamos en hoteles decentes y visitamos los sitios a lo largo del camino. Conducir solo con un niño pequeño no es para débil de corazón.

Estaba a menos de una hora de la casa de Summer y decir que estaba emocionado sería quedarse corto. No la había visto desde la semana después del nacimiento de Colton, eso era finales de octubre y ahora era julio. Ella salió volando y se quedó conmigo y estaba en la habitación cuando Colton respiró por primera vez.

Mientras cantaba una canción de Usher, mi teléfono empezó a sonar. "¡Oye amor! No puedo esperar para estacionar este camión y enfrentarte en un abrazo", me reí por encima del altavoz.

"No esperaría menos de ti. ¿Dónde estás? -Preguntó Summer.

"Estoy a unos 45 minutos de tu casa. Espero que el tráfico no sea desastroso al entrar a la ciudad". Respondí.

"El tráfico es un espectáculo de mierda la mitad del tiempo. Tengo la cena en la estufa y el vino en el mostrador listo para tu llegada. También estoy emocionada de ver a mi ahijado", respondió Summer con entusiasmo.

Después de hablar unos 15 minutos, colgamos; al darse cuenta de que podrían continuar esta conversación en 30 minutos en persona con vino.

Después de 45 minutos en la carretera debido a un retraso de 15 minutos causado por un accidente automovilístico, me detuve en el camino de acceso a la casa de Summer a las 7:25 p.m. Summer salió

3

corriendo de la casa con los brazos abiertos y una gran sonrisa en el rostro. Salí del auto con los brazos abiertos y un sonrisa que reflejaba los veranos. Ambos nos abrazamos mutuamente y nos destrozamos los huesos; los dos finalmente nos sentimos completos.

Después de sacar a Colton de la camioneta y nuestro equipaje del asiento trasero, entramos a la casa.

Decidir que el resto se puede descargar más tarde. Levanté suavemente a Colton de su asiento de seguridad y se lo entregué a Summer para que ella pudiera recibir todos los abrazos que tanto necesitaba.

Después de entregarle a mi hijo a su madrina, gentilmente agarré la copa de vino que estaba en el mostrador y me serví un poco, solo necesitaba algo para relajar el estrés del viaje.

"Entonces, ¿cuéntame sobre ese maravilloso novio tuyo que aún no he conocido?" Pregunté mientras movía las cejas y le hacía la cara de beso.

"Oh, Matt. Mmmm no sé por dónde empezar. Es increíble, nos conocimos mientras yo trabajaba y cuando entró en la sala del entrenador supe que estaba perdido. Es un pívot de los St. Louis Wolves y es muy bueno. Tiene 29 años y es de Colorado", dijo Summer mientras le hacía cosquillas en el estómago a Colton mientras le sonreía.

Summer continuó despotricando sobre lo increíble que era Matt. Todo el tiempo sonreí y reí con lo que ella dijo, pero también noté lo feliz que estaba. Ni siquiera podía recordar la última vez que la vi tan feliz.

Summer nunca salió con nadie durante la escuela e incluso en la universidad. Tenía una buena cantidad de chicos que se arrojaban a sus pies, pero ella nunca les prestaba el tiempo ni la atención. Summer tiene un hermoso cabello negro que cae en cascada sobre sus hombros y su espalda. Sus ojos son del tono de azul más sorprendente. Summer también tiene la mejor piel en tonos oliva que hacen brillar sus rasgos. Me alegré de verla finalmente feliz y con alguien de quien no tenía dudas y que ella amaba. También sentí un poco de envidia de ella, pero estaba más feliz por ella que por cualquier otra cosa.

Continuamos la conversación de Matt y Summer, así como su trabajo para el equipo. La conversación se detuvo cuando el teléfono de Summer empezó a sonar.

Summer sonrió y se disculpó, devolviéndome a Colton antes de retirarse a la sala de estar. Sonreí a su figura que se alejaba y tomé otro sorbo de vino. Sin duda era Matt quien llamaba.

Colton estaba jugando con los mechones de cabello rubio que enmarcaban mi rostro. Mirándolo, mi corazón se hinchó. Su cabello era rubio oscuro y sus ojos eran del mismo color verde esmeralda que los míos. Era mi pequeño gemelo, por eso estaba agradecido. Le di a mi dulce niño un gran beso en la frente, donde empezó a reírse. Su risa, mi nuevo sonido favorito en todo el mundo.

Mientras jugaba con Colton y lo hacía reír, Summer regresó a la cocina, apoyándose en la encimera de la cocina observando la interacción entre Colton y yo.

"Ese era Matt, acaba de salir de la práctica y está viniendo. No quería imponerte ya que acabas de llegar así que llamó para ver si estaba bien", dijo Summer.

"¡Hurra! Finalmente puedo conocer al hombre del que estás 100% enamorado. Por favor, dime que se duchó en la pista y que no entra aquí oliendo a vestuario", respondí.

Summer se rió, "También espero que se haya duchado allí. Por mucho que lo amo, no quiero oler el vestuario. Dijo que estará aquí en unos 15 minutos".

Asentí. "Oh, ¿puedo ver dónde está nuestra habitación? Quiero llevar mi equipaje a la habitación y ponerme algo más cómodo, y Colton probablemente necesite cambiarse".

"Oh, dispara, sí. Lo siento, estaba tan emocionado de tenerte aquí que lo olvidé. Sígueme", dijo Summer.

Los tres subimos las escaleras, Summer gentilmente tomó nuestras maletas. Cuando llegamos al segundo piso, avanzamos por el pasillo.

"Está bien, mi habitación está aquí a la izquierda, el baño de visitas es la primera puerta a la derecha y tu dormitorio es la segunda puerta a la derecha, tiene su propio baño privado y vestidor. Si necesitas usar la oficina, es la última puerta a la izquierda y el armario de ropa blanca es la puerta a la izquierda entre mi habitación y la oficina", señaló Summer. "Está bien, ponte cómodo. Voy a bajar las escaleras para sacar la cena del horno y luego podremos comer".

"Gracias Summer. No sólo por dejarme quedarme contigo sino por ser mi mejor amiga. Tengo una gran sensación de que este fue el paso correcto y estoy muy feliz de volver a estar con ustedes bajo el mismo techo", dije emocionándome un poco.

Summer sonrió y me abrazó: "Chloe, eres mi persona y tenerte aquí conmigo ha sido un sueño. No puedo esperar a ver lo que nos espera. Si hubiera sido yo en tu lugar, estoy 100% seguro de que tú habrías hecho lo mismo, podemos superar esto juntos". Con eso, Summer se separó de mí y bajó las escaleras, dejándome acomodarme.

Al regresar a la habitación, me recibieron con una cama tamaño queen, un vestidor y espacio para el pack-n-play que traje para Colton.

Colocando a Colton en la cama, agarré sus maletas y comencé a cambiarlo, haciéndolo más cómodo. Una vez hecho esto, lo coloqué en la cuna con un juguete para poder cambiarme también.

Como no quería desempacar por completo esta noche, me puse un par de pantalones de yoga y un suéter de cuello redondo que decía "San Jose Fins". Me reí pensando que a Matt le resultará gracioso o definitivamente me juzgará por ello, de cualquier forma que lo use. Tomando mi cabello rubio, lo recogí y lo recogí en un moño desordenado. Encontré mis toallitas desmaquillantes y me quité el maquillaje que aún se me había pegado a la cara.

Me incliné sobre la cuna mirando a Colton, el pobre ha pasado por mucho en sus 9 meses de vida, pero todavía está muy feliz todos los días. Mientras sostenía su chupete, me dedicó la sonrisa más grande de su vida. Me agaché y lo levanté, colocándolo en mi cadera. "Bueno amigo, algún día vamos a encontrarnos con tu tío, ¿de acuerdo?" Colton tiró de mi cabello, dándome una señal de que no tenía idea de lo que estaba hablando.

Me encontré caminando hacia la cocina donde vi a Summer envuelta en los brazos de un hombre muy alto, Matt. No esperaba que este hombre mediera 6'2", por alguna razón definitivamente pensé que sería más bajo. Había visto fotos de él y Summer pero no mostraban su altura completa.

Su cabello castaño y desgreñado estaba cubierto por una gorra de béisbol hacia atrás. Llevaba pantalones deportivos grises y una camisa de manga larga. Sus brazos rodeaban el estómago de Summer mientras su espalda presionaba contra su pecho y lavaba los platos en el fregadero. Sentí que el calor se extendía por mi corazón al ver lo enamorados que estaban los dos. Entonces dije que algún día se casarían.

Los dos debieron haber sentido mi presencia cuando ambos se dieron vuelta con una sonrisa en sus rostros. Moviendo a Colton a mi otra cadera, les sonreí a ambos a cambio.

"Matt, esta es Chloe, mi mejor amiga y mi compañera de cuarto una vez más. Y este pequeño y dulce semental es Colton, mi ahijado e hijo de Chloe", dijo Summer sonriendo de oreja a oreja.

"Es un placer conocerlos a los dos. Summer ha hablado mucho de ustedes dos, me alegro de que ambos estén aquí", nos saludó Matt.

Dejé escapar una pequeña risita, "Puedo decir lo mismo. Ella habla de ti todo el tiempo cuando hablamos por teléfono. Es un placer conocerte oficialmente".

Poco después de las presentaciones, cenamos y luego nos retiramos a la sala de estar para relajarnos. Colton todavía estaba lleno de vida desde el cambio de hora. Estaba gateando o haciendo todo lo posible para gatear sobre la alfombra de la sala con los juguetes que había sacado del auto. Me senté en el suelo, de espaldas al sofá. Summer estaba apoyada en el otro sofá en el suelo, haciendo todo lo posible para que Colton se arrastrara hacia ella, y en realidad casi lo hizo. Matt estaba sentado en el sofá riéndose de las payasadas de Summer y animando a Colton a hacer lo mejor que pudiera.

Conocí a Matt hace apenas unas horas y ya me di cuenta de que él sería parte de la vida de Colton y de la mía para siempre, y estaba perfectamente de acuerdo con eso. Colton necesita una figura masculina en su vida y Matt parece el chico perfecto.

Una hora más tarde, Colton estaba dormido sobre Matt mientras él estaba sentado mirando ESPN y Summer y yo estábamos limpiando los restos de la cena.

Honestamente podría decir que las primeras horas en nuestro nuevo hogar me sentí más como en casa que en el que solía vivir. Quizás Missouri no sería tan malo.

3

Reed- Las Risas Más Dulces

L a puerta principal se cerró de golpe dándome el placer de despertarme temprano. Con un fuerte gemido de molestia hacia mi compañero de cuarto por cerrar gentilmente la puerta. Me puse de pie, estirándome ante Bajando las escaleras para tomar una taza de café.

Cuando entré a la cocina vi a Matt apoyado contra el mostrador saboreando una taza de café caliente mientras navegaba en su teléfono.

"Oye, tonto, ¿por qué damos portazos tan temprano?" Pregunté empujándolo con mi hombro.

Matt soltó una carcajada: "Lo siento, no me di cuenta de que se había cerrado de golpe. Además son como las 8:30 a. m. ¿Por qué sigues en la cama? Él preguntó.

"Salí anoche con algunos de los chicos desde que me abandonaste para una llamada de culo con tu novia", respondí.

"En mi defensa, no fue una llamada de botín. Su mejor amiga se mudó allí, así que fui el buen novio y me presenté". Matt declaró rotundamente.

"¿Está buena?" Bromeé.

"Ella no es mala. Más de tu tipo, cabello rubio, ojos verdes, complexión pequeña. Pero ella tiene un hijo pequeño", dijo Matt mirando nuevamente su teléfono.

"Oh, interesante. Así que legítimamente me abandonaste para tener una extraña cita nocturna con tu mejor amigo. Todavía lo encuentro de mala educación", bromeé de nuevo tratando de hacerlo abrir. Pero por decir lo menos estaba intrigado. Sabía que la mejor amiga de Summer se mudaría allí, pero con un niño. Eso era nuevo. Entonces otra vez no es mi problema.

Unas horas más tarde, Matt y yo nos dirigíamos a la pista ya que era principios de julio y queríamos practicar un poco ya que no era temporada. Las vacaciones no eran lo nuestro, así que tener ese tiempo extra en la pista para mejorar mis habilidades era una mejor idea para ambos.

Después de amarrar nuestros patines y agarrar nuestros bastones y el cubo de discos, nos dirigimos al hielo, justo cuando el teléfono de Matt comenzó a sonar a todo volumen.

"Hola nena, ¿qué pasa?" Matt preguntó por teléfono. "Reed y yo vamos a subir al hielo para practicar un poco y luego probablemente iremos al gimnasio, no estoy 100% seguro, ¿por qué?" Movió su teléfono al otro oído tratando de hacer malabarismos con todo lo que tenía en las manos.

"Déjame hablar con Reed, creo que cenar no sería algo malo. Quiero decir, cualquier momento que no tengamos que cocinar siempre es perfecto. ¿A qué hora?" Él cuestionó.

"Suena bien. Te amo" Matt desconectó el teléfono de su oreja y se volvió hacia mí.

"Summer dijo que esta noche cenará a las 7:00 en su casa, estás invitada. Sólo necesitamos traer un poco de cerveza". Dijo mirándome.

"La cerveza suena bien. La cena suena mejor". Le respondí. Parece que voy a conocer al mejor amigo.

Aproximadamente una hora después de hacer los ejercicios, Matt se detuvo en el hielo y se dirigió a los bancos.

Sentada en las gradas está Summer, junto a ella está la chica más hermosa que jamás haya visto. Incluso a través del hielo puedo ver la calidez de su sonrisa. Su atención se dirige al niño pequeño que tiene en brazos mientras lo sostiene erguido mientras él rebota contra sus piernas. Su atención parece estar en el hielo.

Al darme cuenta de que parezco un idiota, Matt me saca de mi aturdimiento y pasa corriendo hacia las tablas frente a nuestra audiencia.

Patinando hacia adelante, llego a las tablas junto a Matt, quien le está haciendo las muecas más raras al bebé, a quien parece encantarle la atención. Luego mi atención se dirige a la amiga de Summer, su cabello es del color del sol y sus ojos son del color verde más hermoso, casi como esmeraldas. Sus labios son lujosos y, antes de darme cuenta, me estoy adaptando desesperadamente detrás de las tablas.

"Chloe, este es el mejor amigo, compañero de equipo y de cuarto de Matt, Reed Collins", nos presenta Summer.

Al redirigir mi atención hacia ella, me encuentro con una sonrisa tímida en su rostro.

"Reed, esta es mi mejor amiga Summer y este es mi ahijado Colton", dice Summer mientras le hace cosquillas a Colton, quien ahora ha centrado su atención en ella.

"Hola, es un placer conocerlos a los dos", respondí haciendo un gesto hacia ella y Colton.

"Es un placer conocerte", dijo dulcemente.

"Perdón por interrumpir tu práctica, íbamos al supermercado y recordé que necesitaba mi agenda de trabajo de la oficina, entonces bueno, terminamos acosándolos a los dos", explicó Summer.

"No te preocupes amor. Hola Chloe, ¿puedo sostener a Colton y tal vez hacer una vuelta o dos? Iré despacio, lo prometo", preguntó Matt.

Chloe miró entre Colton y Matt con cansancio. Después de un pequeño debate interno, ella se levantó y le entregó las tablas. Colton estaba pateando sus piernas con entusiasmo alcanzando a Matt.

¿Cómo podría este niño amar ya a Matt? Se acaban de conocer. Incluso cuando conocí a Matt, me llevó algunas semanas simpatizar con él.

Matt asintió con la cabeza, indicándome que patinara junto a él.

"¿Desde cuándo eres el que susurra a los bebés?" Pregunté en broma. "Honestamente amigo, anoche me vendió. Este chico me estaba haciendo reír y ver a Summer con él me hizo querer tener la mía propia". Sonrió mirando a Colton, quien sonreía y pateaba las piernas.

"No vayas a embarazar a Summer. Sólo habéis estado juntos un año. Cálmate", me reí. Extendí la mano para hacerle cosquillas en el pie a Colton, sin darme cuenta de lo que estaba haciendo ni siquiera notar la sonrisa en mis labios. Colton dejó escapar la risita más dulce que jamás haya oído.

"Está bien, lo retiro. ¿Pueden hacer uno para que pueda pasar el rato con él?, dije.

Matt se rió, "Amigo, este chico es realmente el más genial. Sólo espera, dale un poco más de tiempo. Ya estoy tratando de que diga 'tío' aunque las palabras son difíciles, ¿eh, amigo? Matt arrulló al niño.

Después de otra vuelta de jugar con Colton, regresamos a los tableros donde las chicas estaban registrando nuestras interacciones.

Matt le devolvió a Colton a Chloe sobre las tablas, ella lo giró para mirarnos en sus brazos. Mientras miraba a Matt, sonrió y pateó de nuevo, casi como si estuviera tratando de escapar de los brazos de su madre. Cuando su atención se volvió hacia mí, dejó escapar la risita más dulce una vez más, esta vez extendiendo sus brazos hacia mí como si me pidiera que lo tomara. Summer intentó redirigir la atención de Colton, pero después de verla luchar para lograr que Colton cambiara de opinión, extendí los brazos.

"Estoy de acuerdo con eso, ¿si tú estás de acuerdo con que lo lleve?" Yo pregunté. "¿Está seguro? No quiero imponer. Creo que le gustaba estar fueraahí", preguntó Chloe dulcemente. Ahora, si pudiera hacerla reír o reír, esa podría ser la siguiente cosa más dulce que haya escuchado.

Chloe y yo nos miramos a los ojos, sus ojos verdes incrustados en mi alma. Acabo de conocer a esta chica y aquí estoy, llevando voluntariamente a su hijo a patinar sobre el hielo.

Asentí y agarré a Colton, colocándolo en mi cadera. Colton sonrió y aplaudió indicando que estaba feliz.

Patiné unos pequeños círculos con Matt y las chicas hablaron sobre lo que deberían preparar para la cena.

Al darme cuenta de que Colton llevaba zapatitos, sostuve la parte superior de su cuerpo y coloqué sus pies contra el hielo mientras patinaba lentamente hacia adelante. Dándole la sensación de patinar. Colton continuó riéndose y chillando mientras aplaudía con entusiasmo.

Bueno, después de 15 minutos de conocer a este niño, definitivamente puedo decir que es mi nueva persona favorita. Mirando hacia arriba, Chloe estaba mirando con su teléfono afuera, con expresión feliz. Creo que ambos podemos estar de acuerdo en que esta es nuestra persona favorita en mis manos.

4

Chloe: Cocinado Caos

Después de que salimos de la pista para dirigirnos a la tienda, Colton inmediatamente se quedó dormido. Sólo mi suerte. En su defensa, tuvo una mañana ocupada y luego patinar con Reed y Matt creo que lo acabó.

Estoy agradecido de que las personas en su vida parezcan preocuparse por él, incluidos Matt y Reed.

Caña. Ese hombre era un anuncio de revista andante, o debería decir patinador, de puro atractivo sexual. Sus ojos, charcos de color marrón oscuro, simplemente me absorbieron. Es alto, como Matt, y a mí me encantan los hombres altos. Su cabello oscuro era desgreñado y más largo, pero estaba cubierto con una gorra hacia atrás. De nuevo puro sex-appeal.

Antes de darme cuenta, habíamos llegado al estacionamiento de la tienda de comestibles. "¿Quieres esperar en el auto con Colton mientras entro corriendo y tomo las pocas cosas que necesitamos?" Summer preguntó mientras agarraba su bolso.

"Sí, por favor, si te parece bien, es un bruto cuando se despierta", me reí. "No te preocupes, envíame un mensaje de texto si piensas en algo que no agregamos al lista" dijo Summer saliendo del auto.

"Gracias por recordármelo, necesitaré algunos de sus bocadillos para bebés, les enviaré un mensaje de texto", le dije sonriéndole.

Quince minutos después, Summer estaba de vuelta en el auto con la compra y los bocadillos. Volver a casa nunca fue tan dulce.

Después de entrar al camino de entrada, Summer salió, agarró las bolsas y se dirigió hacia la puerta. Caminé hacia el asiento trasero, agarré la bolsa de pañales de Colton y mi bolso y los dejé en el suelo. Al darme vuelta noté que Colton todavía estaba dormido. tomo un profundo Respire, haciendo todo lo posible para levantarlo de su asiento de seguridad sin despertarlo. Cuando digo que es un bruto, me refiero a un trasero gruñón.

Levantándolo con éxito contra mi pecho, me giro para cerrar la puerta lo más silenciosamente que puedo. Una vez que se cierra la puerta, me agacho y agarro mi bolso y luego trato de agarrar su bolsa de pañales sin perder el contenido de mi bolso.

Por lo general, mi bolso no sale de casa, mi billetera tiende a meterse en la bolsa de pañales, pero por alguna razón tomé ambos hoy.

Comencé a frustrarme, no podía agarrar ambas bolsas sin derramar mi bolso en el camino de entrada o despertar a Colton. Podía sentir mi pecho apretarse, sabía que las lágrimas se acumularían en mis ojos poco después de este sentimiento. He experimentado este sentimiento varias veces desde que tuve a Colton, principalmente porque soy madre soltera y no tengo a nadie. Tengo que hacerlo todo por mi cuenta, pero en el fondo siento que no puedo, lo que me hace sentir un fracaso.

Respiro profundamente unas cuantas veces, trato de alejar el sentimiento y reunir mis emociones. Mientras cerraba los ojos y dibujaba círculos con la mano en la espalda de Colton, una voz profunda me sobresaltó: "Chloe, ¿puedo ayudarte?".

Al abrir los ojos, me encuentro con Reed, que tiene una expresión de preocupación en su rostro. "Oh umm, si puedes agarrar su bolsa de pañales, sería genial", respondí tratando de quitarme la ansiedad de mi voz.

"Sí, no hay problema, ¿estás bien? Pareces un poco nervioso o molesto", preguntó dulcemente alcanzando la bolsa del suelo.

Dándole una pequeña sonrisa, "Sí, estoy bien. Me estaba frustrando conmigo mismo por tener tantas cosas".

"Oye, está todo bien. ¿Cuánto tiempo lleva dormido? Preguntó Reed mientras abría la puerta principal.

"Desde que salimos de la pista. Gracias por llevarlo por el hielo. Creo que eso le ayudó a conciliar el sueño".

"Ni siquiera te preocupes por eso. Me divertí y creo que también necesito una siesta después de eso". Él se rió. "Oh, ¿dónde quieres su bolso?"

"Oh, umm, si puedes ayudarme a ponérmelo en el hombro, lo llevaré arriba.

Necesito llevarlo allí de todos modos", dije.

"Estás seguro, puedo seguirte", preguntó de nuevo.

"Sí, está bien", le sonreí mientras alcanzaba la bolsa.

Reed me ayudó a colocar el bolso en mi hombro. Una sonrisa adornando sus labios. Dándome un gesto de comprensión.

Después de colocar con éxito las bolsas en el suelo, manejé con gracia a Colton desde mi pecho hasta mi cama.

Este niño había estado dormido hasta ahora un poco más de una hora, supongo que hoy fue muy divertido para él. Colocando algunas almohadas a su alrededor para evitar que se dé vuelta. Rápidamente agarré mi maleta y saqué un par de mallas deportivas y un suéter liviano con cuello redondo, junto con mis pantuflas. Colton no fue el único agotado.

Sabiendo que eventualmente tendré que bajar a la cocina para ayudar y entretener a nuestros invitados, aun así quité las almohadas que rodeaban a Colton y me acosté a su lado. Simplemente observarlo respirar, observar sus párpados moverse de vez en cuando y observar sus deditos extenderse. Él es perfecto.

Sus pequeños labios están en un puchero, sus mejillas tienen un tinte rosa claro; 9 meses después de su nacimiento y todavía estoy asombrada de lo hermoso que es y lo agradecida de haber tenido el privilegio de ser su madre.

Me acerqué con cuidado y pasé el dedo por su mejilla. Podría estar aquí con él para siempre y estar bien. Al estudiar sus rasgos faciales, no es un secreto que es mi hijo, tomó la mayoría de mis rasgos, lo único que heredó de su padre fueron sus hoyuelos en ambas mejillas. Por mucho que me molesten esos hoyuelos en el donante de esperma de su padre, los amo absolutamente en Colton.

Le di unos minutos más, coloqué mi codo debajo de mí, apoyándome y saqué mi teléfono de mi bolsillo. Tomé una dulce foto de Colton durmiendo, sabiendo que puedo tener una muestra que atesorar en el futuro.

Después de unos minutos más de desplazarme por mi teléfono, noté que sus manos y brazos se extendían por encima de su cabeza. Dejando mi teléfono a un lado, dirigí mi atención nuevamente a él, sus ojos verdes mirando a los míos y una gran sonrisa en su rostro. Siempre es un niño feliz cuando se despierta por su propia cuenta.

Después de un rápido cambio de pañales y de ropa, entramos a la cocina y vemos a Matt tratando de ayudar a Summer a cocinar mientras Reed está sentado en un taburete contra la barra del comedor. Observando y riéndose de la lucha que están enfrentando Matt y Summer.

Me acerco a Reed, tomando asiento junto al suyo y reajustando a Colton para que se siente en mi regazo. "Bueno, ¿cuál es el veredicto? ¿Estamos pidiendo comida para llevar?" Bromeé mirando a Reed.

"Honestamente no tengo idea. Ni siquiera sé qué está tratando de hacer Summer para que él cocine y, sinceramente, no tengo idea de cómo ha sobrevivido durante tanto tiempo", respondió riéndose de las peleas de los dos.

"¿Quieres algo de beber mientras esperamos el veredicto de la cena?" Yo pregunté.

"Tomaré una cerveza si la tienes", respondió Reed.

Asentí con la cabeza, levantándome de la silla. Moviendo a Colton a mi cadera.

"Aquí, entréguenlo. Yo lo llevaré mientras tú maniobras alrededor de ellos" ofreció Reed extendiendo sus brazos a Colton quien ya estaba alcanzándolo, balbuceando sobre algo.

Sonriendo, lo entregué el resto del camino hacia la cocina, preparándome para lo que estaba a punto de soportar.

Abrí el refrigerador y saqué una cerveza y un agua con gas antes de volverme hacia la pareja.

"Matt, tienes que esperar a que el agua hierva antes de agregar la pasta", lo regañó Summer mirando la olla en la estufa llena de pasta seca y agua helada.

"Estás seguro, quiero decir que la pasta simplemente se ablandará en el agua y eventualmente se calentará. Está bien" Matt intentó tranquilizarla.

Summer me miró con una mirada suplicante: "Entonces, ¿cómo suena la comida china?" Pregunté en broma.

"Chloe, el cajón superior tiene todos los menús para llevar. ¿Puedes sacarlos y tenerlos en espera? Summer se rió.

Le devolví la sonrisa, sacudí la cabeza y caminé de regreso al bar donde la vista más linda apareció en mis ojos.

Reed tenía a Colton sentado en el mostrador, uno frente al otro. Colton tenía el sombrero de Reed en la cabeza al revés, Reed le hacía muecas mientras Colton se reía y colocaba sus manos en la cara de Reed.

Acercándome, coloqué las latas sin abrir sobre el mostrador, sonriéndole a Colton, me acerqué y le hice cosquillas en el estómago. Sus risas eran mi sonido favorito en el mundo.

"Es un niño lindo. Y realmente no digo eso de ningún niño, bueno también porque realmente no conozco a muchos", afirmó Reed de la nada.

Volviéndose para mirarlo, estaba mirando a Colton mientras Colton estaba concentrado en él. Como si los dos se conocieran desde su nacimiento.

"Quiero decir, puede que sea parcial, pero creo que es el mejor niño del mundo. Definitivamente tuve la suerte de tenerlo", dije sonriéndoles a los dos.

Reed se giró y me miró, devolviéndome la sonrisa. Simplemente nos miramos el uno al otro, casi como si miráramos más profundamente a los ojos de la otra persona en busca de información.

Nuestra mirada fue cortada cuando Summer se acercó al mostrador: "Está bien, entonces el chef Matt ha considerado una pérdida con la pasta, así que voy a pedir algunas pizzas. ¿Algún debate? Preguntó mientras alcanzaba su teléfono.

"Aquí no hay debate". Me reí.

"Lo mismo", asintió Reed, volviendo a jugar con Colton.

Hace veinticuatro horas estaba en la carretera, un poco nervioso por esta nueva aventura. Sólo tenía una persona en quien podía confiar, pero mirando alrededor de la habitación me di cuenta de que Colton y yo teníamos más de lo que podríamos haber pedido.

5

Reed: Buscado

E l tiempo había pasado volando, sentí que cerré los ojos por un segundo y cuando los abrí ya estábamos a una semana de nuestro primer partido de pretemporada.

En el mes y medio en que Chloe y Colton se unieron al grupo de amigos, los cinco pasamos casi todas las noches cenando o pasando el rato.

A principios de agosto descubrí que Chloe había sido esteticista o algo así en el mundo de la belleza. Una noche, durante la cena, Summer y Chloe estaban hablando de que ella abriera su propio salón o algo así por aquí. Así que Matt y yo nos hemos encargado de buscar edificios en alquiler como una forma de ayudar a las niñas. Para eso están los amigos.

Matt y yo hemos continuado nuestra rutina de patinar, hacer ejercicios y trabajar en el gimnasio casi todos los días. Summer y Chloe traen a Colton un par de veces a la semana y nos dejan patinarlo. Colton se ha hecho más grande, Matt y yo bromeamos diciendo que será un jugador de hockey como nosotros debido a su amor por el hielo pero también por lo grande que se está haciendo. Colton está constantemente en movimiento gateando, pero últimamente se ha estado levantando para ponerse de pie. Antes de que nos demos cuenta, estará corriendo por ahí, tiene casi 11 meses. Las palabras son divertidas, no ha dicho nada más que palabras infantiles, pero pretendemos que es parte de todas nuestras conversaciones.

Nunca he tenido la oportunidad de estar cerca de bebés o niños, aparte de los hijos de mis compañeros de equipo; pero aun así apenas interactúo. Sin embargo, algo en Colton nos une a los dos. Cada vez que vemos El uno al otro, sonrío mucho, pero él lucha contra todos para llegar a mí. Llorando incluido.

Creo que Matt está un poco celoso de lo mucho que Colton me ama más que a él. Es histérico.

Actualmente estoy en el hielo de nuestra pista de práctica, estirándome y calentando junto con mis compañeros de equipo. La práctica de hoy será brutal para que volvamos al ritmo de las cosas antes de nuestro primer partido de pretemporada la próxima semana. Mientras practico mi ejercicio de manejo del disco, puedo ver a Matt patinando a mi lado. "Oye, ¿qué vas a hacer el sábado?" -Preguntó Matt. "Probablemente hacer ejercicio, tomar una siesta o ir a la piscina. ¿Por qué?" I pregunté cansinamente. Esperando que no me inscribiera en algo tonto. "Summer, Chloe y yo llevaremos a Colton al zoológico. estábamos hablando esta mañana sobre mis recuerdos favoritos de la infancia. Chloe mencionó que Colton nunca había estado en un zoológico y casi me desmayé. Así que nos haré ir. ¿Quieres unirte a nosotros? Él pregunta.

"No he estado en un zoológico desde que probablemente estaba en la escuela primaria. ¿A qué hora van? Intentaré verte allí", respondí concentrándome nuevamente en el disco en el hielo frente a mí.

"Creo que abren a las 9. Pensé que irían justo cuando abran antes de que se ponga demasiado húmedo. Quizás me quede con ellos después de la cena del viernes para poder conducir. ¿Por qué no te quedas en casa de las chicas? Tienen otro dormitorio", explicó Matt.

Me quedé sentado mirando el disco, preguntándome si era una buena idea. Nunca me había alojado en su casa. Y mucho menos ser invitado al zoológico con ellos se sintió como una excursión familiar y yo solo soy amigo de Matt.

"Dudar. Todos queremos que estés allí. Piensa en lo emocionado que estará Colton. Además él te ama. Todos lo hacemos", dijo Matt, casi como si pudiera leer mi cara.

"Sí, yo, uh, iré", estuve de acuerdo, mirando hacia él.

Matt asintió y se dirigió patinando hacia el banco. Volví al disco, lo único que podía controlar en este momento.

La verdad es que, desde que conocí a Chloe y Colton, es todo en lo que pienso. Algo en ellos dos me atrae hacia ellos cuando están en la habitación. Cuando Colton empieza a llorar, entro en pánico, porque quiero ayudarlo.

Cuando Chloe parece frustrada, lo dejo todo y la ayudo lo mejor que puedo sin hacerla sentir débil. Cuando no estoy cerca de ellos, me pregunto qué estarán haciendo. Si ha descubierto su plan de negocios, ¿a Colton le gustan los nuevos alimentos que está probando? ¿Tomó una siesta hoy? Todas estas preguntas me resultan ridículas: él no es mi hijo, no es mi sangre, pero a veces lo olvido.

Finalmente llega el mediodía y Matt y yo salimos de la pista y nos dirigimos a nuestra camioneta.

"Las chicas dijeron que necesitan un cambio de aires, así que cenemos en nuestra casa.

¿Estás bien con eso? -Preguntó Matt.

"Sí, está bien. Probablemente deberíamos limpiar. No es que Colton esté caminando, pero está gateando, ¿necesitamos ser a prueba de bebés? Quizás consiga esos enchufes de pared. Oh, ¿qué tal una silla alta? ¿Tenemos que conseguir una o no? Empecé a recitar estas preguntas sin pensar realmente en ello.

"Cálmate amigo. Si las niñas no pensaran que nuestra casa era segura, probablemente nos habrían recomendado un restaurante. ¿Por qué estás preocupado? Levantó una ceja antes de volver su atención a la carretera.

"Simplemente nunca antes había tenido un niño en nuestra casa. Sólo quiero que estén cómodos" respondí molesto porque antes había sonado paranoico.

Matt se rió sacudiendo la cabeza. "¿Podemos hablar sobre el elefante en la habitación?"

"¿Qué elefante?" Le pregunté frunciendo el ceño. "El hecho de que puedo leerte como un libro y sé con certeza que te gusta Chloe y amas a Colton. ¿Puedes ser honesto conmigo y contigo mismo y decir que te gusta más que una amiga?, explicó.

"No me gusta así. Solo somos amigos, lo entiendes. Y sí, amo a Colton, es un chico genial", dije mirando por la ventana.

"Reed, sabes que no soy tonto y Summer tampoco. Literalmente haces todo lo que puedes cuando Chloe o Colton parecen frustrados o abrumados. Literalmente entras en pánico cada vez que Colton llora o

Chloe parece estar al borde de las lágrimas. Incluso has llegado a ayudar con las compras si no tienen tiempo", dijo Matt.

Me volví y miré a Matt: "Nada de eso significa nada. Mi mamá me crió para ser útil. Eso es lo que estoy haciendo, ser amable", respondí.

"Reed, cuando están en las gradas, te distraes mirándolos. Cada vez que te levantas a tomar una copa, siempre regresas con un agua con gas o un snack para ellos. Te desconectas cuando Chloe habla. Amigo, te gusta. Te gustan", dirigió Matt.

Respiré hondo, "¡Bien! ¡Bueno! Sí, me gusta, amo a Colton. Me preocupo por ellos, odio verlos molestos o enojados. Pero no puede agradarme, sabemos que nunca seré lo suficientemente bueno para ninguno de los dos. No sé mucho sobre su pasado ya que ella no se abre, pero no me importa no saberlo. Me gusta ella, sí. Pero ese es el alcance. No puedo actuar en consecuencia" Bajé la cabeza con las manos a cada lado sosteniéndola.

"Reed, tu pasado no define tu futuro. Eso se aplica tanto a ti como a Chloe. Pero eres lo suficientemente bueno para ella, para ambos. Ojalá te vieras como el buen chico que eres. Lo que pasó hace 3 años no fue tu culpa". Matt dijo con calma, extendiendo la mano y agarrando mi hombro.

"Matt, no podía comprometerme entonces, ¿qué te hace pensar que puedo comprometerme ahora?" Pregunté con dureza.

"Reed, Jessica no era tu persona, diablos, te lo dije varias veces. No fue que no pudieras comprometerte, fue que ella no pudo, no te dejó, te engañó", afirmó Matt con sinceridad.

"Si pudiera haberme comprometido mejor, ella no habría hecho trampa.

No soy lo suficientemente buena, ella lo demostró", respondí con dureza.

"Cree lo que quieras. Jessica era el pasado, estos dos podrían ser tu futuro". —susurró Matt.

Me limité a mirar por la ventana. Odiaba pensar en mi pasado, odiaba pensar en los acontecimientos que ocurrieron. Odiaba odiarme a mí mismo, también odiaba el hecho de que pensaba que Matt tenía razón, pero no podía creerle.

Ninguna terapia me ha ayudado.

Antes de darme cuenta, eran las 5 de la tarde, estaba en el gimnasio de nuestro garaje quemando el estrés y la ira que había reprimido desde el viaje en auto a casa.

Mientras limpiaba y guardaba las pesas, una risita más dulce que venía de la entrada me sacó de mi zona. Colton y Chloe deben estar aquí. Tenía tantas ganas de dejarlo todo y correr hacia ellos para verlos. Hacer eso demostraría a todos lo envuelto que estoy. No puedo permitir eso.

Continué limpiando y las risas se hicieron cada vez más fuertes. "Vamos a buscar a Reedy, ¿qué dices Colt Man?" Pude escuchar a Matt afuera de la puerta.

La puerta se abrió y se giró para saludar a Colton. Me sorprendió verlo de pie, con las manos sobre la cabeza sosteniendo los dedos de Matt. La sonrisa más grande en el rostro de Colton, se podían ver sus 3 dientes inferiores asomando.

Colton se estaba riendo cuando me vio. Mi corazón explotó. "¿Qué estás haciendo, hombrecito? ¿Estás aprendiendo a caminar? Pregunté arrodillándome frente a él.

Reed balbuceó en respuesta, moviendo sus piernas para dar unos pasos, trayendo a Matt con él. Se desabrochó y me alcanzó. Lo tomé en mis brazos y lo sostuve contra mi pecho, sumergiéndome en el abrazo más dulce de mi vida.

"Las chicas están cenando, creo que Colton estaba tratando de encontrarte. Siguió arrastrándose buscando algo. Creo que se dio cuenta de que no estabas allí porque empezó a llorar. Una vez que mencioné tu nombre, se arrastró hacia mí, así que aquí estamos", explicó Matt, recogiendo el último peso del suelo y colocándolo nuevamente en el carrito.

"Gracias hombre. Colt, ¿me extrañaste? Pregunté mientras le hacía cosquillas en el estómago.

Una vez que todo lo peligroso estuvo apartado y fuera de su alcance, puse a Colton en la colchoneta de ejercicios y le dejé una cuerda para saltar para que jugara.

Matt y yo nos sentamos en el suelo, haciendo algunos estiramientos de último momento. Colton se arrastró, con una mano sujetando la cuerda para saltar, arrastrándola con él mientras pasaba. Matt y yo nos reíamos, viendo cómo él estaba interesado en todo.

Colton se giraba para mirarme, sus ojos verdes miraban fijamente los míos, tiene los rasgos de su madre, casi su gemelo.

Colton sonrió mostrando sus pequeños dientes blancos como perlas y luego volvió a balbucear.

Tenía un viejo palo de hockey apoyado contra la pared, casi como si enviara una señal, Colton se arrastró hacia él y dejó caer la cuerda que extendió hacia adelante para agarrar el palo.

Al notar que estaba interesado en él, me incliné y lo agarré dejándolo en el suelo, para que no cayera sobre él. Colton se arrastró, muy por encima de mí, aterrizando entre mis piernas, con una mano sosteniendo su chupete y la otra tocando el mango del palo.

"Creo que tenemos un chico de hockey entre manos", se rió Matt.

"No me enojaría por eso", respondí, mirando a Colton examinando el palo. "Deberíamos conseguirle algunos mini palos".

"Su cumpleaños se acerca pronto, deberíamos hacer todo el montaje", respondió Matt.

Dejé escapar una carcajada: "¿Cuándo es su cumpleaños otra vez?" Yo pregunté. "Digamos que tendrá un cumpleaños increíble cada año, especialmente cuando cumpla 21", se rió Matt.

"Mierda, ¿Halloween? Es un cumpleaños increíble", respondí mirando a Colton. Como si sintiera que lo estaba mirando, Colton se giró para mirarme, tendiéndome su chupete y lo tomé. Colton volvió a dirigir su atención al palo, ahora con dos manos libres, lo estaba agarrando y tratando de moverlo.

"¿Te imaginas que si le pusiéramos una portería, le pusiéramos unas pelotas de plástico y un mini palo, crees que las chicas se molestarían?" Pregunté, pasando una mano por el cabello rubio de Colton. Se ha hecho más largo desde julio, el niño necesita un corte de pelo o me igualará.

"Honestamente, creo que les encantaría", respondió Matt. "Y creo que sería el regalo perfecto que podrías darle".

Acepté con la cabeza: le compraría a este niño una pista entera sólo para verlo sonreír.

Una hora más tarde, la puerta del garaje se abrió, Chloe asomó la cabeza y nos sonrió a los tres en la alfombra. "La cena está lista, muchachos".

Matt se puso de pie y se secó las manos en los pantalones cortos. "Oh, gracias a Dios, me moría de hambre". Dijo pasando por alto a Chloe y entrando a la casa.

Me levanté y me agaché para agarrar a Colton mientras Chloe se acercaba. Miró el palo en la colchoneta, "¿Estábamos teniendo lecciones de hockey 101 aquí?", Soltó la risa más dulce.

"Qué puedo decir, al niño le encanta el hockey", dije pasándome la mano por el cabello.

"Puedo llevarlo, has sido lo suficientemente amable al tratar con él durante la última hora", ofreció, alcanzando a Colton.

"Estoy bien, me encanta salir con él. Además, necesitas un descanso de vez en cuando. Le devolví la sonrisa. Colton aprovechó este momento para apoyar su cabeza contra la curva de mi cuello, con el chupete en la boca y su mano agarrando el cuello de mi camiseta.

Chloe giró la cabeza con una sonrisa y observó a Colton abrir y cerrar los ojos. Ella pasó una mano suave por su cabello, "Una vez que él duerme contigo, estás atrapado. Ahora es el momento de dirigir Reed", se rió. "De verdad, estoy bien. Me gusta tenerlo, me hace sentir querida" expresado.

Su expresión cambió de feliz a confundida, se tomó un segundo para encontrar las palabras. "Reed, eres buscado", miró hacia abajo, luego volvió a mirarme, con las mejillas sonrojadas, luego se giró y salió por la puerta.

"Reed, eres buscado", las palabras resonaban en mi cabeza una y otra vez. Me quedé allí, perdida y confundida. ¿Quiso decir que me quería o simplemente me hacía sentir mejor? ¿Por qué parecía nerviosa después, prácticamente huyendo?

'Reed eres buscado'

6

Chloe: Dijo Que?

Antes de darme cuenta, llegó el viernes y los niños vendrían a pasar la noche en casa de Colton en honor al primer viaje de Colton al zoológico mañana. Me encanta cómo 4 adultos están conmemorando este "hito" en La vida de Colton, cuando Colton ni siquiera la recuerda.

Tal vez empiece a hacer un álbum de recortes en lugar de simplemente tomar fotos con mi teléfono. Algo que investigar.

"Chloe, estaba pensando en pedir nuestra comida china o tailandesa. Tal vez vaya a la tienda y compre dulces y golosinas y podamos tener un maratón de películas esta noche", continuó Summer.

"El chino suena mejor. Los dulces suenan perfectos. Nunca rechazaré una noche de cine", dije mientras le daba el almuerzo a Colton. Que consistía en un poco de cereal baby hojaldre y un poco de puré de batata y zanahoria, suena terrible pero es un fan.

"Dios mío, Colton, mira qué lindo te ves después de la siesta. ¿Esa comida es buena? Summer arrulló a Colton mientras le pasaba la mano por el pelo. Él la miró dándole su sonrisa con dientes y comida para bebés untada alrededor de sus labios. Casi como si entendiera, empezó a balbucear.

Dejé escapar una risa, me encanta cuando está feliz, quiero decir, lo amo de todos modos, pero Colton feliz era una de mis versiones favoritas de él. Sus ojos se iluminan, le encanta hablar y siempre está agitando las manos en el aire. Mi pequeño fiestero burbujeante.

"Muy bien, voy a salir a buscar esas cosas. Los chicos deberían llegar pronto. Colton, tú estás a cargo, amigo". Summer se rió al salir por la puerta.

Miré a Colton y levanté una ceja: "Oh, no, tú estás a cargo. La casa seguramente se quemará, ¿no, muchachote? Me reí dándole un suave golpe en la mejilla. Una fuerte risita surgió de Colton cuando sus manos hicieron un movimiento para agarrarme.

Después de unos minutos más de terminar su comida. Empecé a limpiar su bandeja, sus manos y su cara. La puerta principal se abrió y se cerró, indicando que Reed y Matt habían entrado a la casa.

A medida que sus pasos se acercaban, las mariposas en mi estómago comenzaron a estallar. Le había dicho a Reed que lo buscaban la otra noche, pero no me di cuenta de que lo había dicho en voz alta hasta que fue demasiado tarde. Luego huí y no me he permitido estar a solas con él desde entonces.

"Bueno, ¿no son mis personas favoritas?" Escuché a Matt reír. "Espera hasta que Summer escuche esa declaración", bromeó Reed golpeando el hombro de Matt.

Terminé de limpiar las manos de Colton y me volví para ver a los dos hombres.

"Summer se fue hace unos 20 minutos, debería regresar dentro de una hora. Algo sobre comida china, dulces y maratón de películas. Oh, también Colton está a cargo, dijo Summer. Me reí levantando a Colton de su silla alta.

Mientras sostenía a Colton en mis brazos sentí la sensación de frío contra mi pecho, mirando hacia abajo me di cuenta de que tenía comida de bebé por toda mi camisa. "Umm, ¿alguno de ustedes puede llevarse a Colton? Acaba de comer y ya está todo limpio. Lamentablemente no lo soy y necesito cambiar".

Reed inmediatamente dejó caer sus maletas y prácticamente corrió hacia mi ayuda. Extendiendo la mano para agarrar a Colton, nuestras manos se tocan, enviando rayos de electricidad a través de mi cuerpo, haciéndome jadear por aire. Reed saltó ligeramente ante el contacto, sus mejillas se sonrojaron, "Ven aquí, pequeño. Dejemos que mamá se limpie. Quiero ir a jugar con los juguetes Dino", Reed le hizo cosquillas a Colton.

Colton inmediatamente se animó con la palabra juguetes y los de dinosaurios eran, con diferencia, sus favoritos. Ver a Reed salir de la cocina con mi hijo en la cadera me hizo desmayarme. Desde que nació Colton éramos solo nosotros dos. Desde que nos mudamos hace meses, a él le ha gustado Reed y a mí también.

Una tos me devolvió la atención a lo que me rodeaba y mis ojos se apartaron de la espalda tonificada de Reed que se alejaba. "Sabes, se dice que mirar fijamente es de mala educación", bromeó Matt.

Lo miré, tratando de ocultar mi frustración por haber sido atrapada comiéndose con los ojos a Reed. "No estaba mirando. Estaba pensando. En esa dirección". La astuta Cloe. Muy astuto.

"Es un buen tipo. Sólo para que lo sepas. Puedes confiar en él", explicó Matt.

"No pensé que no fuera un buen tipo", respondí confundido.

"No, pero él no se ve a sí mismo como un buen tipo. Sus experiencias del pasado le hacen odiarse a sí mismo. Pero él realmente ama a Colton, y creo que le gustas", dijo Matt girándose para dirigirse a la sala de estar para jugar con los niños.

Miré a Matt con tanta confusión pero ahora las preguntas atormentaban mi mente. "¿Por qué piensa eso?" Pregunté tímidamente. ¿Por qué se odiaría a sí mismo? ¿Por qué no se considera un buen tipo? Ha sido de gran ayuda cuando terminó y ha sido demasiado dulce.

"Esa es su historia para contar. Simplemente no te rindas", dijo Matt. "Abandonar.

¿Cuándo comencé a intentarlo? Me reí.

"Ustedes dos son tan tontos, lo juro", se rió Matt alejándose de mí.

Rápidamente me puse una sudadera de San José y mis cómodos pantalones grises antes de regresar a la sala de estar. Al doblar la esquina me detuve, queriendo espiar a los chicos. Al asomar la cabeza por la esquina, me encontré con la vista más dulce. Reed sentado de espaldas al sofá con las piernas extendidas frente a él. Colton estaba apoyando su espalda contra Reed sosteniendo un dinosaurio de juguete, su cabeza mirando a Reed con su sonrisa de dientes. Reed pasó una mano por el cabello de Colton, haciendo que el bebé hablara sobre el juguete en la mano de Colt. Con una mano, Colton extendió la mano hacia la cara de Reed, Reed se inclinó hacia adelante sabiendo que el brazo de Colton era demasiado corto. Una vez que se inclinó hacia adelante, Colton se agarró la nariz, balbuceando y riéndose.

Me levanté de la pared y entré a la sala de estar, con una sonrisa en mi rostro. Reed levantó la vista sonriéndome y luego dirigió su atención a Colton: "Mira amigo, mamá cambió y está lista para jugar. Sólo mamá lleva la sudadera del equipo equivocado. ¿Cómo se atreve?", bromeó.

Mis mejillas se calentaron al escucharlo hablar tan dulcemente pero también llamarme mamá: "Oye, no he podido agregar el guardarropa desde que llegué aquí". Me reí.

Sentada en el suelo frente a Reed y Colton, junté las manos, tratando de convencer a Colton para que dejara a Reed. Colton se levantó, tambaleándose ligeramente. Había estado intentando con todas sus fuerzas caminar, sólo desearía que el tiempo se desacelerara. Colton me sonrió y extendió ambas manos hacia adelante. "Mamá", balbuceó.

Las lágrimas brotaron de mis ojos mientras me inclinaba hacia adelante y lo agarraba contra mi pecho. "Sí, cariño, soy mamá", arrullé dándole un gran beso en la mejilla. Ha dicho "mamá" antes, pero cada vez que lo escucho me pongo triste y feliz. Seguí besando sus pequeñas mejillas hasta que se rió de mí.

Colton retrocedió y giró la cabeza hacia Reed. Reed sonrió, jugando con el juguete de dinosaurio que Colton había dejado caer antes. Colton se giró y comenzó a levantarse del suelo nuevamente, una vez de pie, tropezó hacia adelante a cuatro patas. "Papá. Papá. Da", murmuró.

Reed y yo nos detuvimos y nos quedamos helados. Si dijo "papá", nunca había escuchado esa palabra antes, tal vez solo estaba hablando.

Matt se animó y miró a Colton desde el sofá: "¿Qué dijiste amigo?"

Colton se arrastró hacia Reed, empujándolo desde el muslo para ponerse de pie, colocó su manita sobre el hombro de Reed. Volviéndose para mirar a Matt, sonrió y volvió a mirar a Reed, con la otra mano en la mejilla de Reed. "Pa-Pa", dijo de nuevo. El aire pareció ser absorbido de mis pulmones.

Los ojos de Reed inmediatamente se encontraron con los míos, con pánico en su rostro. Él compartía la misma expresión que yo.

Matt todavía estaba sentado en el sofá, con su teléfono olvidado hace mucho tiempo. La puerta principal se abrió y se cerró indicando la llegada de Summer. Ella entró arrastrando los pies en la habitación sosteniendo algunas bolsas, sus ojos escudriñándonos a todos en preocupación.

"Papá", dice Colton de nuevo, envolviendo sus bracitos alrededor del cuello de Reed, la mano de Reed se acerca a la espalda de Colton para sostenerlo.

"¿Qué acaba de decir?" Summer preguntó en voz alta.

Me levanté abruptamente, levanté a Colton y salí de la habitación. "Volveremos enseguida, él necesita cambiar". Prácticamente salí corriendo de la habitación y subí las escaleras.

Al llegar a nuestra habitación, coloqué a Colton en el suelo sobre su tapete de juego con juguetes. Rápidamente comencé a sacar su pijama y un pañal nuevo. Estaba molesta, frustrada, triste, todas y cada una de las emociones me atormentaban.

No debería enojarme, Colton no lo sabía. Sin embargo, ¿cómo sabe él esa palabra? No la usamos. Ni siquiera conoce a su padre, lo cual me alegra mucho.

Esto tampoco fue justo para Reed. No había hecho que Colton lo llamara así.

Parecía tan sorprendido como yo. Probablemente también esté entrando en pánico.

Me senté junto a Colton en el suelo, su pijama tirado en el suelo junto a mí. Me recosté en la cama con lágrimas en los ojos. Mi respiración era errática, tenía pánico por nada. Sin embargo, lo era todo. Esto fue una tontería.

Le hice cambiar a Colton y le puse un pañal nuevo y estábamos peleando por el pijama. No quería quedarse quieto lo suficiente para que yo pusiera sus piernas en el mono. Me estaba frustrando cada vez más debido a que mis emociones estaban por todos lados. "Por favor, cariño, deja que mamá tenga 1 minuto para ponerte esto y podremos jugar un poco más", traté de razonar con él.

Colton empezó a quejarse cuando intentaba ponerle los pies en pijama. Estaba llorando ahora.

Ni siquiera había oído la puerta abrirse y cerrarse. No me había dado cuenta de que alguien se había arrodillado a mi lado. "Chloe, cariño, ¿qué pasa?", Preguntó Reed en voz baja tratando de no asustarme.

De repente abrí los ojos y me sequé las lágrimas: "Nada, nada. Estoy bien. Colton simplemente no quiere ayudarme a vestirlo", le expliqué apresuradamente.

Reed se movió para sentarse a mi lado, Colton, arrastrándose hasta su regazo. "Aquí, déjame ver si puedo ayudarte" Reed tomó su pijama de mi mano.

Me senté allí sintiéndome una madre terrible por llorar, por frustrarme y no poder vestir a mi propio hijo. Vi a Reed interactuar con Colton, haciendo muecas, soplando frambuesas y haciendo reír a Colton. Antes de darme cuenta, mi dulce hijo estaba vestido con su pijama de fútbol completamente negro que tenía pequeños palos de hockey por todas partes, un regalo del verano.

Colton, se alejó de Reed y regresó a sus juguetes.

Reed se reclinó hacia atrás, su cuerpo alineado con el mío, colocó su mano izquierda en mi rodilla derecha apretándola un poco, "¿Eres buena mamá?" Preguntó gentilmente.

Asentí con la cabeza, "Yo, umm. Lamento si te llamó así y te hizo sentir incómoda", respondí en voz baja. Estaba mirando su mano, su pulgar frotando mi rodilla de un lado a otro. Fue reconfortante, esta también fue la primera vez que nos tocamos así.

Al igual que antes, los rayos eléctricos se estaban extendiendo por todo mi cuerpo. Su mano se sentía cómoda donde estaba. Esto fue cómodo.

"No te preocupes por eso. Aunque estoy más preocupado por ti. ¿Qué está pasando por tu cabeza? Inclinó la cabeza hacia abajo tratando de mirarme a los ojos.

"¿Soy una mala madre?" Pregunté tímidamente, levantando la vista para encontrar su mirada. Su expresión se suavizó: "Chloe, ¿por qué piensas eso? Eres una gran mamá. Colton te quiere mucho", trató de tranquilizarme. "Me frustro fácilmente, no es culpa suya, pero siento que le estoy fallando. Ni siquiera pude cambiarlo en este momento. Y que te llamara, esa palabra de antes, me hizo darme cuenta de que le falta ese departamento.

¿Eso me convierte en una madre fracasada? Empecé a llorar de nuevo.

29

Las cejas de Reed se fruncieron antes de suavizarse nuevamente, pasó su mano izquierda por su cuerpo, acariciando suavemente mi mejilla, girándola para que lo mirara. Una vez frente a él, tomó ambas manos y suavemente comenzó a secarme las lágrimas. "No eres una mala madre. Es comprensible que se sienta frustrado. Solía poner de los nervios a mi madre todo el tiempo cuando era niño", se rió. Haciéndome sonreír ante su comentario. "El hecho de que no tenga un padre no significa que le falte algo. Quiero decir, nos tiene a Matt y a mí y, en mi opinión, somos mucho más geniales". Me sonrió con cariño.

Mantuve mis ojos fijos en los suyos, probablemente parecía un desastre. Dejé escapar un suspiro tembloroso y asentí levemente con la cabeza reconociendo lo que dijo.

Colton se arrastró durante nuestro concurso de miradas y se subió a mi regazo. Las manos de Reed dejaron mis mejillas cuando me volví para mirar a Colton. Pasé una mano por el cabello de mi hijo, tratando de calmar mi respiración. Reed tiene razón, está bien sentirse frustrado, simplemente no puedo soportarlo.

Colton se cruzó en mi regazo para mirar a Reed. Aplaudiendo y riendo como si acabáramos de decir las cosas más divertidas del mundo. Este pequeño no sabía lo que decía, no se da cuenta de lo que hace, está aprendiendo a ser humano. Y lo amo.

Reed se puso de pie, inclinándose hacia adelante, levantó a Colton y extendió su mano hacia la mía para ayudarme a ponerme de pie. "Muy bien, ¿qué tal si los tres bajamos, tomamos una manta, comemos algo y miramos una película?". Agarré su mano, permitiéndole tirar de mí. Una vez de pie, asentí con la cabeza, estando de acuerdo con que él les sonriera a los dos. Caña Dejé caer mi mano, lo que me hizo sentir casi decepcionado. "Ven aquí" dijo Reed suavemente agarrándome por la cintura. tirandome a su pecho en un abrazo. Uno de mis brazos rodeó su cintura y el otro alcanzó la espalda de Colton.

Reed me apretó, abrazándome fuerte contra él. Lo sentí dejar un dulce beso en la coronilla, "Recuerda Chloe, eres buscada".

El aire abandonó mi cuerpo. Mis palabras me respondieron.

Reed me soltó pero aún me mantuvo cerca, al levantar la vista me encontré con sus ojos marrones, "Vamos. Matt podría comerse toda nuestra comida, no podemos permitir eso", bromeé.

Caminando hacia la puerta, Reed mantuvo su mano en mi espalda baja, haciéndome consciente de que estaba allí y que no estaba sola. Nunca volvería a estar solo.

El resto de la noche fue perfecto. A las 9 de la noche, Colton estaba dormido sobre mi pecho mientras yo me acostaba en el sofá. Matt y Summer estaban dormidos en el otro sofá y Reed estaba sentado a mis pies con mis piernas sobre su regazo.

"¿Caña?" Pregunté en voz baja.

Volvió la cabeza y susurró "sí".

"Umm, necesito levantarme para acostarlo, ¿puedes ayudarme a levantarme?" Yo pregunté. Por lo general, me ayudaba a mí mismo, pero no tenía el corazón para arriesgarme a despertar a Colton.

Reed asintió con la cabeza y se movió con cuidado debajo de mis piernas, se agachó y transfirió suavemente a Colton de mi pecho al suyo. Lentamente moví mi cuerpo a una posición de pie, me dolía solo por las 3 horas que estuve acostado en el sofá, definitivamente me sentiría dolorido mañana.

Me acerqué a Colton, Reed negó con la cabeza, "Creo que se despertó cuando lo tomé, simplemente volvió a cerrar los ojos. Déjame seguirte y con suerte estará fuera cuando lo pongamos en la cuna", dijo Reed en voz baja, dejando un beso en la cabeza de Colton.

Llegar a mi habitación fue la parte fácil, pero Colton no estaba dispuesto a decir "deja ir a Reed". Cada vez que Reed iba a sacárselo del pecho, Colton le daba un puño en la camisa y empezaba a quejarse. Esto rara vez sucedió, tal vez cuando era recién nacido, pero eso fue hace 11 meses.

"Puedes entregármelo mientras se queja y me quedaré despierto con él hasta que vuelva a dormir, tienes que irte a la cama" Traté de razonar con Reed llevando a Colton de regreso.

Bueno, digamos que mi táctica no funcionó. Una vez que sacaron a Colton del pecho de Reed, se despertó llorando y gritando: "Papá".

Me estaba frustrando de nuevo, esto no era culpa de Reed ni siquiera de Colton. Debería haber dormido en el sofá.

"Chloe, esto puede sonar raro", mencionó Reed para llamar mi atención, "¿Puedo dormir aquí contigo? Él no me deja y tal vez si me acuesto, él me liberará. No es que vaya a suceder, su agarre es bastante fuerte".

"Umm, sí, supongo que está bien", estuve de acuerdo tímidamente. Me acerqué moviendo las mantas, Reed se arrastró y se acostó boca arriba, Colton tendido sobre su pecho.

Me giré para apagar la luz y me dirigí a la cama.

Esto es extraño, ¿verdad? Compartiendo cama porque MI hijo no duerme sin él. No significa nada. ¿Bien?

Arrastrándome junto a Reed, me recosté de espaldas mirando al techo. "Esto también puede sonar extraño. Yo uh, ¿soy yo o Colton tiene la expresiones más lindas cuando duerme", susurró Reed.

Al girarme para mirarlos, me encontré con Reed mirando a mi hijo con tanto amor. Me acerqué y acaricié ligeramente la mejilla de mi hijo: "No es nada extraño. A veces lo veo dormir y pienso en la bendición que realmente es. Me encanta lo relajado y libre de preocupaciones que está. Tengo envidia de que pueda ser "libre". Lo amo más que a mi propia vida, pero le debo mi vida, él me salvó" bostecé. "Buenas noches, Reed. Si necesitas que lo lleve, simplemente despiértame".

Reed se acercó a mí, lo mejor que pudo, tomó su brazo y lo puso debajo de mis hombros, acercándome a él. "Ven aquí", dijo adormilado, manteniéndome cerca de su pecho.

Antes de darme cuenta, estaba fuera.

7

Chloe: Evidencia de Chocolate

Todo lo que pude escuchar fueron susurros y una declaración de "no, déjalos dormir", definitivamente Summer. Esperar. "Ellos", ¿de quién son "ellos"? Empecé a cuestionar.

Mientras me esforzaba lentamente para abrir los ojos, sentí que mi almohada comenzaba a moverse debajo de mí, eso es nuevo.

Al abrir los ojos, me encontré con Summer sosteniendo a Colton, que estaba jugando con su cabello. Summer me lanzó una mirada tipo "tenemos que hablar". En mi defensa, todavía estoy muy confundido. Mientras intentaba tener una conversación sin palabras con ella, ella se giró para salir de la habitación, llevándose a mi hijo con ella. Me levanté de la almohada y me encontré con un gruñido.

"Chloe, ¿no podrías domarme tan temprano en la mañana?" Preguntó mi almohada.

Desviando la atención hacia abajo, me encontré gratamente con un Reed muy sexy y de aspecto cansado. "Lo siento mucho, olvidé por completo que te quedaste dormido aquí". Rápidamente moví mi mano de su pecho, un pecho desnudo, debería decir, bastante seguro de que anoche tenía una camisa puesta.

Pasando ansiosamente mis manos por mi cabello, desviando mi mirada hacia la ventana y ahora a su pecho.

No me he despertado en una cama con un hombre desde que descubrí que estaba embarazada de Colton. Esa mañana no fue agradable, de hecho casi me mata. Mi respiración comenzó a entrecortarse cuando lo recordé.

Sentí una mano tranquilizadora frotando círculos en mi espalda, "oye, oye, Chloe, mírame. Respirar. Estás bien".

No me había dado cuenta de que mi respiración se había vuelto dificultosa y mi cuerpo temblaba. Todo lo que podía escuchar además de los intentos de Reed de calmarme, fueron los sonidos lejanos de mi pasado. Los gritos, los chillidos, el sonido de una mano abofeteándome la cara. Esto no puede estar sucediendo. Esto no ha sucedido en meses.

Sentí unos brazos rodeándome, sentí que mi cuerpo se movía. Creo que Reed me tenía en su regazo, no estoy tan seguro. Sentí una mano acariciar mi mejilla, "Chloe, concéntrate en mí, amor. Enfocar. Todo está bien. Colton está bien. Estás bien. Estamos bien. El verano está bien. Matt está bien". Estaba tratando de tranquilizarme, sin saber siquiera lo que estaba pasando.

"Necesito que me mires a los ojos. ¿Puedo ver esos cautivadores ojos verdes? Preguntó dulcemente. Sentí su otra mano masajeando la base de mi cuello e incluso recorriendo mi cabello en un patrón terapéutico. Me volví para mirarlo.

"Esa es mi chica. Sigue mirándome. ¿Puedes decirme algo que escuches? Él preguntó.

Estudié su rostro mientras luchaba por encontrar mi voz, "Yo, umm, puedo oírte", respondí.

Él sonrió, acariciando mi mejilla con amor, "¿Qué creo que hueles?"

"Puedo oler, creo, café, creo", dije frunciendo el ceño.

Él sonrió, "Sí, Summer nos trajo café. ¿Qué creo que puedes sentir?

"Puedo sentir que me abrazas", respondí tímidamente.

"Sigue respirando, nena. ¿Qué es lo que puedes saborear? Preguntó estudiando mi cara.

"Puedo saborear mis lágrimas", respondí avergonzadamente, sin darme cuenta de que había vuelto a llorar. Fui a secarme las lágrimas, pero su mano agarró la mía. Entrelazando nuestros dedos.

"¿Qué es lo que puedes ver?" Preguntó, jugando con los anillos en mis dedos.

"Puedo umm, veo tus ojos". Susurré.

Él asintió, manteniendo nuestros dedos entrelazados un rato más. Después de unos segundos, soltó mi mano de la suya. Agarró mis caderas y me movió hacia donde estaba mi espalda contra su pecho, su mano izquierda rodeó mi estómago para mantenerme allí. Su mano derecha se cruzó con un café en la mano, "toma, bebe esto y respira. Summer tiene a Colton, tomemos este tiempo para asegurarnos de que estás bien", dijo mientras jugaba con mi cabello.

Tomé un sorbo de mi café, que jugara con mi cabello me relajó, esta táctica siempre me relajó. "Lo siento, lo siento. No había tenido un episodio así desde que descubrí a Colton" intenté explicar. "No te disculpes amor. Todos tenemos dificultades que tenemos que soportar. No les pasa nada", dijo dulcemente.

Sé que solo está siendo amable, pero los apodos como "amor" y cuando dijo "mi niña" me hicieron algo. Seguí bebiendo mi café, apoyando mi cabeza contra su pecho, él se sentía seguro, yo me sentía segura.

"El padre biológico de Colton no era un buen tipo. Él umm, fue el último hombre con el que compartí cama. Ese fue el día que pensé que iba a morir", dije con sinceridad. "No quiero que te sientas culpable o arrepentido o incluso que me tengas lástima. Estaba agradecido de vivir ese día, estaba agradecido de que Colton tuviera pocos o ningún rasgo de ese hombre. Sobreviví, soy un sobreviviente".

Reed continuó pasando una mano por mi cabello mientras su otro brazo me acercaba. Se inclinó hacia adelante, colocando su rostro paralelo al mío, "¿Dónde está ahora?" Él preguntó.

"Yo, um, no lo sé. Una vez que desperté en el hospital, nunca lo vi. Después de salir, no había señales de él. Todavía no tengo señales de vida" suspiré. Creo que la peor parte es lo desconocido. ¿Está muerto? Deseo. ¿Está en la cárcel? Deseo. ¿Dónde está? ¿Aparecerá? ¿Peleará por Colton? Él ni siquiera sabía que estaba embarazada, así que tal vez pueda interpretar ese papel. Mi mente comenzó a agitarse nuevamente hasta que sentí un suave beso en mi sien.

"Estás a salvo, Chloe. Independientemente de dónde se encuentre ahora, no se acercará a usted ni a Colton. Matt y yo nos aseguraremos de eso", explicó. Asentí con la cabeza, asimilando sus palabras, estaba a salvo, me alejé. Giré la cabeza para mirar a Reed a los ojos, inclinándome y besando su mejilla.

"Gracias por todo."

Después de unos minutos de silencio, dejamos el calor de la cama y de los demás y bajamos las escaleras. Nuestros oídos se encontraron con la música country sonando en la cocina y la vista de Summer y Colton bailando mientras Matt se reía mientras comía su tocino. Estábamos a salvo.

Reed se apartó de mi lado para ir a tomar dos platos y me entregó uno. Llenando nuestros platos con la comida que Summer cocinaba, bailando por la cocina y cantando, seguramente estábamos completamente despiertos y listos para ir al zoológico.

Aproximadamente dos horas más tarde estábamos todos apiñados en mi suburbio, Reed se había ofrecido a conducir, permitiéndome sentarme mientras Matt y Summer estaban de "servicio con Colton" en el asiento trasero. Que consistía en darle bocadillos y asegurarse de que todos los juguetes fueran fácilmente accesibles.

Poco después de nuestro viaje por carretera nos detuvimos en el estacionamiento del zoológico y pagamos nuestra tarifa de estacionamiento antes de comenzar a descargar el auto. Lograr que 4 adultos, un cochecito, una bolsa de pañales, nuestras pertenencias y un niño pequeño ingresaran al zoológico fue un hito importante para todos nosotros. Bonito Seguro que el único que no quería llorar era Colton.

La exhibición favorita de Colton hasta el momento era el puesto de helados que los niños visitaban mientras Summer y yo corríamos al baño. Al regresar, encontramos a ambos hombres adultos con tazones de helado y, lamentablemente, no saben cómo ocultar su evidencia, porque el chocolate estaba por toda la cara de Colton. Sin embargo, ambos ignoraban que su mejor amigo de 11 meses los había vendido sin querer.

"Entonces, ¿cómo están los chicos de los helados?" Pregunto en broma, mirándolos a ambos, con una sonrisa creciendo en mi rostro.

"Oh, es genial. Tenemos suficiente para que todos compartamos. Pero no le dimos nada a Colton. No quiero que esté despierto toda la noche, ¿sabes? Matt trató de explicar, bueno, trató de ocultar la verdad. Seamos realistas, él no puede mentir. "¿Colton ni siquiera mordió? ¿Qué tan malos son ustedes? – dije sarcásticamente respondió, inclinándose para limpiar la cara de Colton con una servilleta.

Escuché un ruido sordo, levanté la vista mientras Matt se frotaba la parte posterior de la cabeza mirando a Reed, quien lo miraba estupefacto:

"Te dije legítimamente: 1. No le alimentes sin comprobarlo. 2. No mientas. Y por último, pero no menos importante, busque pruebas. Eres un idiota.

Summer y yo comenzamos a reír y me agaché para sacar a Colton del cochecito.

"Bueno, ahora que hemos aclarado eso, ¿podemos ponernos en marcha? Necesitamos quemar algo de su energía antes de regresar a casa. me gustaria dormir profundamente esta noche", dije caminando hacia la exhibición Safari dejando a los niños empujar el cochecito, bueno, Reed, Matt pasó legítimamente por allí.

"Oye amigo, ¿quieres alimentar a una jirafa?" Reed preguntó acercándose a mi lado.

"Oh, eso sería precioso, ¿verdad?" Pregunté emocionado. "Matt, Summer, chicos, ¿podéis cuidar nuestras cosas? Vamos a ir a alimentar a una jirafa", instruyó Reed mientras hacía rodar el cochecito hacia Summer.

Después de unos 10 minutos de cola, llegamos al frente y nos dieron 1 trozo de lechuga a cada uno. Caminando hacia la barandilla lateral donde nos indicaron que nos paráramos, esperamos un segundo antes de que la jirafa se acercara.

Los ojos de Colton se convirtieron en platillos al ver al animal acercarse a nosotros. Miró a la jirafa mientras Reed le mostraba la lechuga, chillando y aplaudiendo, amando la interacción. Bien, entonces las jirafas son un buen animal.

Mientras alimentaba a la jirafa, me volví para mirar a un Colton feliz y risueño en mis brazos y vi a Reed parado atrás, con el teléfono colgado, tomando algunas fotografías de nosotros. Segundos después, mi teléfono vibró, mensaje de Reed con las fotos que acababa de tomar.

Le sonreí, "Gracias. Como madre única, nunca recibo fotos como ésta de él y yo". Empecé a llorar.

"Oye, oye, no llores. Este es un momento feliz" Reed intentó tranquilizarme. "Yo estoy feliz. Dios, estoy tan feliz", dije volviéndose hacia Colton depositando un beso en su frente.

"Disculpen, ¿les gustaría a ustedes tres una foto grupal con la jirafa?" Un empleado del zoológico se acercó mirándonos.

"Oh, eso sería genial, gracias", dije efusivamente, entregándole mi teléfono.

Reed sonrió y se movió hacia mi izquierda, justo detrás de Colton. Su brazo derecho rodeó mi cintura y su mano aterrizó en mi cadera, acercándome. Colton notó lo cerca que estaba Reed y comenzó a balbucear y aplaudir. Este chico ama a Reed.

"Está bien, 1…2…3… Ustedes forman una familia tan hermosa.

Aquí tienes. Que tengas un gran día", dijo la chica devolviéndome el teléfono y alejándose.

No dijimos nada, no lo negamos. Tomando mi teléfono, miré las fotos que tomó y me sorprendí, parecíamos una familia. Mi corazón cayó.

Sin prestar atención, Reed aplicó presión en mi cadera, "Vamos a movernos. Hicieron una larga cola. Además, tenemos que ir a ver a los Monos. Hombrecito, te encantarán los monos".

"Da Da Da Da", balbuceó Colton.

Reed me sonrió, era genuino, pero también se notaba que estaba nervioso por cómo respondería si Colton seguía diciendo eso.

Reed extendió sus brazos hacia Colton, manteniendo sus ojos y sonriéndome, "Aquí, déjame llevarlo. Puedes clasificar las fotos buenas y malas".

Asintiendo con la cabeza, le entregué a Colton e hice precisamente eso, solo quedé mirándolo y concentrándome en lo perfectos que nos veíamos.

La culpa burbujeaba dentro de mí, desearía poder darle a Colton una familia así. Eso es algo que siempre me comerá.

Terminamos poniéndonos al día con Matt y Summer y continuamos caminando por las diferentes exhibiciones. Pillé a Reed en múltiples ocasiones tomando fotos de Colton y de mí y luego enviándomelas. Casi como si fuera su trabajo diario brindarme recuerdos con mi hijo.

Pasamos 5 horas, 5 largas y agotadoras horas en el Zoológico.

Matt se comió toda la comida chatarra y derrochó el dinero en el vaso de recuerdo más caro, porque "por qué no", como dijo. Summer y yo terminamos con las mejores líneas de bronceado, de ahí el sarcasmo. Reed corrió por todos lados haciendo reír a Colton y pasar un buen rato; definitivamente estará dormido antes de la cena. Y Colton, bueno, decidió quedarse dormido justo al final, lo cual estuvo bien para mí, al menos alguien tomaría una buena siesta en el camino a casa.

Me ofrecí a regresar, ya que era mi auto. Sin embargo, me levantaron suavemente y me colocaron en el asiento del pasajero mientras Reed me decía: "Hoy eres la princesa del pasajero". Hablando de desmayos.

Matt y Summer se relajaron atrás, bastante seguros de que Matt estaba luchando contra toda la porquería que comió hoy. Summer cerró los ojos y decidió que Colton tenía una mejor idea.

En el camino a casa, sentí una mano en mi muñeca, un apretón suave para llamar mi atención, al girarme para ver a Reed, él estudió mi rostro antes de hablar. "Hoy fue un buen día. Creo que estás en la carrera por ser mamá del año". Sonreí y dejé que una pequeña risa saliera de mis labios: "Creo que las jirafas ahora han tomado el puesto número uno sobre los dinosaurios después de hoy. tal vez el Puede ser una jirafa para Halloween" bostecé.

"En mi opinión, sería la jirafa más linda. ¿Quizás todos podamos ser cuidadores de zoológicos? Reed preguntó emocionado.

"¿Quieres disfrazarte para Halloween?" -cuestioné. "Bueno, es su cumpleaños y es Halloween. Además, es el único niño para el que me disfrazaría", explicó Reed con total naturalidad.

"Mierda, necesito planear su primera fiesta de cumpleaños" Dejé escapar un suspiro exhausto, dándome cuenta de que tengo otra cosa que hacer.

"No te preocupes por eso ahora, descansa la vista. Nos llevaré a casa". Apretó suavemente mi muñeca para tranquilizarme.

Al cerrar los ojos, pude sentir su pulgar frotando mis círculos a lo largo de mi mano.

Hoy fue un buen día. Incluso si este hombre me confunde muchísimo.

8

Nerviosismo del Primer Juego

Quién hubiera pensado que 48 horas con Colton y Chloe y yo nos sentiríamos como el mejor hombre vivo?

Cuando Colton me llamó "Papá" la otra noche, despertó tantas emociones, emociones que ni siquiera puedo descifrar.

No pude deshacerme de la expresión del rostro de Chloe cuando dijo que me preocupaba. Sabía que ella entró en pánico. Sabía que ella se sentía culpable porque él no tenía padre. Supongo que por eso corrí tras ella cuando él huyó de la sala de estar. Necesitaba que ella supiera que estaba de acuerdo con eso y que ella no debería sentirse culpable. Ella me confió un poco de información sobre el hombre al que de aquí en adelante solo nos referiremos como el "donante de esperma". Decidí dedicar mi tiempo con ellos para que fuera una experiencia positiva para ambos y que Reed pudiera tener una figura masculina en su vida.

Las fotos que tomé y le envié a Chloe aún permanecían en mi teléfono, no solo hice una de su foto de contacto, sino que también puse nuestra foto de "familia" como fondo de pantalla de mi teléfono. Llámame simple, no me importa.

Después de llegar a casa del zoológico, pedimos pizza y una vez más nos quedamos temprano. Terminé de regreso con Chloe y Colton; Nuevamente Colton se niega a dormir a menos que me abrace. Este niño me tiene asfixiado. A la mañana siguiente, me desperté con Colton abrazado a mi pecho, con su cabeza apoyada en mi cuello, mientras Chloe me miraba, con mi brazo debajo de su cabeza. Ella estaba literalmente lo más cerca que podía estar de Colton entre nosotros.

Me salí con cuidado del agarre de Colton y moví con éxito mi mano debajo de Chloe. Colocando a los dos como uno solo, permitiéndoles permanecer dormidos pero acurrucados juntos.

Bajé las escaleras para tomar un poco de café y despertarme, cuando entré a la cocina me sobresaltaron dos voces. "Bueno, buenos días, bella durmiente. ¿Cómo estuvo tu sueño anoche en la HABITACIÓN DE INVITADOS? Summer preguntó mirándome y llevándose la taza a los labios.

"Dormí bien, gracias", murmuré alcanzando una taza del armario detrás de Matt.

"Sí, esa HABITACIÓN DE INVITADOS es realmente agradable. Deberías intentarlo alguna vez" Matt se rió.

"Callarse la boca. No pasó nada, pervertidos. Colton estaba teniendo una noche difícil, literalmente dormí con él pegado a mí como un bebé koala", bromeé. "Me desperté antes que cualquiera de ellos y me escabullí para darles algo de tiempo juntos".

Tomé otra taza y la llené con un poco de café.

Volviéndome hacia Summer y la miré tímidamente, "Umm, ¿cómo le gusta a Chloe su café?" Deslicé mi mano detrás de mi cuello frotándolo avergonzada.

Summer se rió, "Solo negro".

Asentí, agarrando ambas tazas, los miré a los dos y salí de la cocina, dejándolos discutir lo más que probable.

Abriendo la puerta en silencio, me acerqué de puntillas al lado de la cama de Chloe y dejé su taza. Mirándolos a los dos, noté que Colton comenzaba a moverse, caminé hacia el lado donde dormía y dejé mi taza, lista para atrapar a Colton y dejar a Chloe dormir.

"Mamá" escuché un murmullo somnoliento.

Mirando hacia arriba, veo a Colton estirar los brazos y mirar a Chloe con una sonrisa en su rostro. Se dio la vuelta y se acercó a su cara, dejando un beso húmedo gigante debajo de su ojo.

Al escuchar una risita femenina salir de sus labios, vi sus ojos abrirse. "Bueno, buenos días para ti", bromeó, devolviéndole el beso al niño.

Mirando más allá de Colton, fijó sus ojos verdes en los míos, casi como un leopardo mirando a su presa. Ella sonrió, luego se estiró, dejando escapar los gemidos más sexys. Mierda, esto no es bueno.

"Hay, eh, hay café en la mesa de noche para ti", dije mirando alrededor de la habitación, frotándome el cuello.

"Gracias", respondió ella agarrando su taza. Colton se había arrastrado sobre la cama por mí, "papá". "No amigo, soy Reed. ¿Puedes decir Reed? Intenté razonar con el niño.

"Lo siento si él dice eso te hace sentir incómodo. No he usado esa palabra cerca de él, así que no estoy segura si solo está balbuceando, pero no creo que sea el caso", explicó Chloe con tristeza, con las mejillas enrojecidas. "No, está bien. Él no sabe nada mejor. Recién está aprendiendo, ¿no es así, hombrecito? Dije haciéndole cosquillas en los pies mientras se acostaba en la cama.

"Gracias. Bueno, tú y Matt. Colton no tiene una sola figura masculina en su vida hasta ustedes dos. Y yo, bueno, me alegro de que los tenga a ustedes dos. También estoy feliz de conocerlos y tenerlos a los dos", dijo tímidamente, tomando un sorbo de su café.

"Bueno, de nada. Si puedo ser honesto, nunca me he sentido como un buen tipo. No hasta que ustedes dos aparecieron. Supongo que quiero ser un buen hombre para ustedes dos, ser un buen modelo a seguir y alguien en quien puedan confiar, que me motive" respondí, finalmente sentándome en la cama, Colton subiéndose a mi regazo como un mono.

No pasamos mucho tiempo descansando en la cama.

Colton decidió que necesitaba cambiarse y quería desayunar. Entonces trabajamos juntos. Ella lo cambió y lo llevé abajo a desayunar mientras Chloe se cambiaba y se refrescaba.

Colton y yo disfrutamos del desayuno mientras la tía Summer regañó al tío Matt por dejar caer el cartón de leche, todo porque pensó que había una araña. Resulta pelusa, asusta a Matt.

Matt y yo nos dirigimos a casa esa misma tarde para prepararnos para patinar temprano en la mañana. Estábamos a una semana de la pretemporada, normalmente estaría eufórico, pero eso significaba tiempo lejos de Colton y Chloe.

Realmente necesito descubrirme a mí mismo, no puedo tener distracciones, ni siquiera estoy saliendo con Chloe, no soy el padre de Colton, pero aun así sentí que lo era. Joder, tenía tantas ganas de eso.

Una semana de prácticas infernales, agendas de medios y fisioterapia me habían agotado. Sin embargo, lo logré, ahora estábamos a 2 horas de la caída del disco.

Summer mencionó que traería a Colton y Chloe y que se sentarían con las WAG, así que al menos sabía dónde estaban, pero al menos a Colton no le dolerían los oídos.

Summer entró al vestuario, "Hola Reed, ¿tienes un segundo?" "Sí, ¿qué pasa?" Dije mientras grababa mi bastón. "Un niño realmente dulce te hizo algo. Dijo algo como "Bababababa DADA". No estoy seguro de lo que quiso decir, pero aquí tienes". Ella se rió mientras me entregaba un sobre.

Abrí el sobre y saqué una hoja de papel doblada. Al desplegarlo, me encontré con garabatos de colores. En la parte superior, con la letra más hermosa decía: "Para: papá Reed De: Colton".

"Chloe y yo estábamos coloreando hoy y él quería participar. Entonces ella lo ayudó a sostener el crayón y no comérselo. Una vez que consideró que estaba hecho, lo agarró y se arrastró por la casa buscando quién asumimos que eres tú, porque bueno, tu 'papá'", explicó Summer mientras me miraba a la cara.

Las lágrimas picaron en mis ojos, inspiré profundamente y me limpié debajo de los ojos con la esperanza de que no cayeran lágrimas. Al levantar la vista vi a Summer todavía mirándome: "Este es el mejor regalo que he recibido". Dije honestamente.

"Chloe no estaba segura de si te gustaría. Ella estará feliz de saber que lo haces", sonrió. "Sabes, ustedes dos no son tan diferentes; Y no lo tomes a mal, pero has cambiado".

Confundida, fruncí el ceño mientras la miraba, casi incitándola a explicarse.

"Estás cauteloso, Reed. El hockey es vida, es aire, lo es todo. Sin embargo, en el momento en que aparecieron Chloe y Colton, tus prioridades cambian. Sé que Matt mencionó algo antes. Sólo debes saber que tienes mi bendición. Eres un buen hombre, eres bueno para los dos. Voy a irme ahora antes de que me obliguen a trabajar esta noche. Buena suerte amigo", saludó mientras salía.

Mirando hacia abajo, sostuve el regalo en mis manos, mi corazón se sentía cálido y las lágrimas volvieron a hincharse en mis ojos. Joder, este sentimiento se sentía genial. Sonreí y acerqué el papel a mi corazón. Me estoy dedicando a convertirme en el mejor hombre que pueda para ellos dos, este será mi recordatorio.

Me levanté y coloqué el papel en mi casillero, llegando a donde es lo primero y lo último que veo cuando abro y cierro la puerta de mi casillero.

Patiné sobre el hielo durante los calentamientos, Matt y yo siempre terminamos jugando a la mancha, y ahora mismo era él. Mientras patinaba junto al cristal, lo miré dos veces y casi me caigo de culo.

A lo largo del cristal, mirándome y saludándome estaban Colton, Chloe, Summer y algunas otras chicas. Colton inmediatamente se dio cuenta de mí y comenzó a aplaudir y a alcanzar el cristal. Patiné, olvidándome de Matt; Puse mi mano sobre el vaso donde la tenía Colton y sonreí. Chloe sonrió ante la interacción entre nosotros dos y comenzó a reír cuando Colton comenzó a aplaudir y chillar.

Noté que algunas de las otras chicas nos miraban, algunas con miradas cuestionables y otras con pura felicidad.

Summer dio un paso atrás y tomó algunas fotos para que Chloe recordara este momento.

Summer me señaló y le dijo a Chloe algo sobre girarse, supongo que ¿foto de grupo? Mientras estaba apoyado contra el vidrio tomando una foto, quedé completamente derribado al caer sobre las tablas.

Al abrir los ojos, veo a Matt retrocediendo riendo, jodidamente genial. Bajó una mano para ayudarme a ponerme de pie, "¿Qué carajo, hombre? ¿No pudiste ver que estaba ocupado y no prestaba atención?

Pregunté enojado.

"Lo siento hombre. Te vi y supe que tenía que ganar. ¿Interrumpí la foto familiar? Preguntó burlonamente.

Lo empujé, mirando a Chloe, quien articuló: "¿Estás bien?"

Asentí con la cabeza "sí" y sonreí. Después de unos minutos más de interactuar con Colton, le indiqué que debía devolver el banco. Cuando estaba a punto de girarme, ella puso su mano sobre el cristal y sonrió. Me quité el guante y coloqué el mío contra el de ella sobre el cristal, sonriéndole. Quitando mi mano del cristal, besé las yemas de mis dedos, los golpeé 3 veces contra mi pecho y salí patinando.

No estoy seguro de qué carajo fue eso, pero supongo que ahora era cosa nuestra.

Un triplete, un puto triplete. No he marcado un triplete desde hace mucho tiempo, y lograr uno en la noche inaugural de la pretemporada fue increíble.

Cuando salí del vestuario, todavía estaba emocionado. Sostuve los 3 discos y los coloqué en mi bolso.

Matt caminó a mi lado, ambos todavía entusiasmados por ganar.

Un grupo de otros muchachos se marcharon. "Reed, Matt. ¿Están los dos en el bar?

"Sí, envíanos un mensaje de texto con la ubicación y estaremos allí", gritó Matt. No había decidido si quería salir, generalmente una vez que comenzaban los juegos.

Reduje mi consumo de alcohol. Aunque todavía tenía energía, eso no significaba que iba a seguir así hasta la madrugada.

Al entrar en la sala familiar, mi mundo se detuvo, todo se desvaneció. Los únicos presentes en la habitación para mí eran Colton y Chloe. Chloe sostenía a Colton, que estaba profundamente dormido, con la cabeza debajo de su barbilla. Estaba parada hablando con alguien, probablemente Summer, se balanceaba hacia adelante y hacia atrás manteniendo a Colton dormido.

Al mirarme a los ojos, Chloe se giró y me sonrió. Su sonrisa era impresionante, perfecta, fascinante.

Matt y yo nos acercamos a las chicas: "Cariño, tú, yo y algunos de los chicos del bar. ¿Qué dices?" Matt preguntó mientras movía las cejas.

"Estoy deprimido", dijo Summer sonriéndole a Matt, "Además, buen juego esta noche, muchachos. Ambos jugaron muy bien".

"Gracias verano". Respondí.

"Oh, caray, Chloe, no quiero dejarte colgada". Summer entró en pánico al mirar a Chloe.

Chloe levantó la vista después de haber estado ajustando a Colton, quien sabía que estaba poniendo pesado. "No, ve a divertirte. Necesito llevarlo a casa y luego acostarnos a los dos. Además, puedo llevarnos a casa", la tranquilizó Chloe, dándole el visto bueno.

"No voy a ir, monté hasta aquí con Matt. Chloe, ¿puedes llevarme a casa o puedo dormir en el sofá?

"Sí, está bien" Ella sonrió.

"Está bien, bueno, nos iremos. Ustedes dos lleguen sanos y salvos a casa", dijo Matt mientras tomaba la mano de Summer para sacarla.

Me volví para mirar a Chloe, "Aquí, déjame llevarlo", dije acercándome.

"No puedo dejar que hagas eso. Acabas de jugar un partido largo y tienes tu bolsa de hockey", argumentó.

"Chloe, estoy bien. Necesitas un descanso. Déjame ayudar al amor", respondí. Me di cuenta de que cuando la llamé "amor" sus mejillas se pusieron rojas y, mierda, eran lindas. Ella asintió levemente mientras yo me acercaba y tomaba Colton de sus brazos.

Inmediatamente vio el alivio inundar su rostro.

Salimos de la arena hacia el estacionamiento de empleados donde ella estacionó con el pase de Summer. Abrió el maletero y me ayudó a poner mi bolso en la parte trasera mientras yo caminaba para trasladar a Colton a su asiento de seguridad. "Umm Chloe, me gusta pensar que puedo hacer todo, pero ¿cómo carajo funciona esto?" Pregunté en voz baja.

Pude escuchar la risita más dulce pasar por sus labios cuando abrió la otra puerta y se arrastró por el asiento trasero para mirarme.

"Está bien, te guiaré a través de esto. Levántalo con cuidado de tu pecho y colócalo con cuidado". Ella instruyó.

Después de 5 minutos de que ella me enseñara las funciones del asiento de seguridad y me diera cuenta de mi odio por ellos, pero los amo; Conseguimos a Colton atado de forma segura.

Nada te hace sentir más padre que poner a un niño en un asiento de seguridad.

Chloe y yo conversamos un poco en el camino, noté que ella se dirigía a su casa y no me dejaría, lo cual me parece más que bien.

Al llegar al camino de entrada, lo estacionó y se detuvo a mitad del movimiento. "Mierda, olvidé dejarte", entró en pánico.

"Está bien, estoy aquí más que en mi propia casa y probablemente habría venido aquí de todos modos", respondí honestamente.

"¿Seguro?" Ella preguntó tímidamente.

"Amor, estoy totalmente bien. Matt deja ropa aquí que puedo robar. Además, me siento mejor sabiendo que tú y Colton no están solos", respondí extendiendo la mano y agarrando su mano. "Entremos y preparémonos para ir a la cama".

Una vez que entramos, encontré un par de sudaderas grises Matts y me cambié. Chloe llevó a Colton a la cocina para prepararle un biberón antes de acostarlo.

Al entrar a la cocina, Chloe estaba parada en el mostrador tratando de tapar la botella mientras sostenía a un somnoliento Colton en sus brazos. Al acercarme, agarré a Colton, permitiéndole sellar adecuadamente la botella.

"Déjame darle de comer, tú ve a cambiarte y a ponerte cómoda", insistí.

"¿Está seguro?" Ella preguntó con cautela.

"Sí, ahora vete. Estaremos bien" le aseguré, empujándola suavemente hacia las escaleras.

Una vez que Colton terminó con el biberón, hice lo que recordaba haber aprendido y lo hice eructar; no estaba seguro de si era necesario o no, así que lo hice de todos modos. Una vez que estuvo satisfecho, simplemente lo miré fijamente, observando sus rasgos, era un niño lindo, definitivamente su madre de principio a fin. Me incliné y le di un suave beso en la cabeza.

Los ojos de Colton comenzaron a parpadear, diciéndome que estaba a punto de quedarse dormido. Chloe aún no había regresado, así que comencé a caminar de un lado a otro, simplemente meciéndolo hacia adelante y hacia atrás en mis brazos, esperando que se durmiera.

Al entrar a la sala de estar, me incliné con cuidado para agarrar el control remoto y encendí los aspectos más destacados de la NHL del juego de esta noche, asegurándome de que el volumen no fuera alto como para despertar al pequeño niño en mis brazos.

Después de unos 10 minutos, Chloe entró en la sala mientras yo estaba sentado allí con Colton recostado sobre mi pecho. "¿Por qué eres tú con quien le encanta dormir? Soy legítima como celosa", se rió.

"¿Qué puedo decir? Todos me aman", sonreí, tratando de no reírme por accidente.

Chloe se acercó a mí en el sofá, tomó su dedo y acarició suavemente la mejilla de Colton, con una sonrisa en su rostro. "¿Quieres que lo lleve?" Preguntó, volviendo su atención hacia mí. Su rostro más cerca que nunca.

"Estoy bien. Yo y el hombrecito nos estamos uniendo", respondí. "Bueno, me siento mal. ¿Puedo hacerte algo de comer? Ella ofreció: "Tienes que estar muriéndote de hambre".

"Cualquier cosa estaría bien, no soy exigente", respondí, permitiéndole preocuparse por algo. Tenía la sensación de que ella sentía que necesitaba una tarea.

Ella sonrió y se puso de pie. "Vuelvo enseguida", se rió. Mientras caminaba detrás del sofá hacia la cocina, su mano pasó por mi cabello dándole un pequeño masaje a mi cuero cabelludo. Puro Cielo.

Unos minutos más tarde Chloe regresó con una quesadilla, una quesadilla grande, aparentemente sintió que podía comer para una familia de 4 personas; no se equivoca.

Agarré la quesadilla y le di un gran mordisco: "Oh, esto es el paraíso". Gemí.

Chloe se rió en voz baja y colocó el plato vacío frente a ella. "Realmente no es mucho. Los hice todo el tiempo cuando nació Colton. Fue súper fácil y podía usar una mano para hacerlos mientras lo sostenía". Explicó, mirando a su hijo dormido en mis brazos.

"Eres una buena mamá Chloe" dije mirándola fijamente.

Ella me miró con los ojos brillantes. "Mierda, Chloe no llores". supliqué.

"No, no, no son lágrimas de tristeza. Simplemente, siempre hemos sido él y yo. A veces me siento inútil o como la peor mamá. Pero siempre pareces saber cuando estoy en mi cabeza y me tranquilizas. Gracias", dijo secándose debajo de los ojos.

Chloe ya estaba sentada lo más cerca posible de mí para mirar a Colton, después de verla tratar de ocultar sus lágrimas, la rodeé con mi brazo y la atraje hacia mí para que su mano descansara sobre mi pecho. "Ven aquí." Ella voluntariamente se derritió en mi agarre, "Si me quedo dormido, entiendes que quedarás atrapado", susurró. Sus dedos acariciando los de su hijo mejillas.

"Ehh, no me importa. Hay peores maneras de dormir" bromeé, pasando una mano arriba y abajo por su espalda, tratando de calmarla.

Tenerla tan cerca hizo que mi corazón latiera rápido. Estaba perdidamente enamorado de esta chica, aunque ella no sintiera lo mismo, iba a apreciar los momentos que ella me regalaba. Siendo este uno de ellos.

Nunca pensé que alguna vez sería un "hombre de familia", pero cuando estos dos entraron en mi vida, esa visión cambió.

Mientras soñaba despierto, no me di cuenta de que Chloe movía una manta por su cuerpo y mis piernas. "Lo siento, me resfrío fácilmente", afirmó.

"No hay problema para mí. Me encanta una buena manta" respondí dándole una suave sonrisa.

Colton aprovechó este momento para moverse mientras dormía, moviendo su cuerpo para estar más sobre mi pecho, su pequeña mano apoyada sobre mi pecho y su cabeza sobre mi corazón. Mirándolo, tiene los labios entreabiertos y pequeños ronquidos salen de su boca. Su mejilla se presionó contra mi pecho, el otro niño jodidamente rosado brillante más lindo de todos los tiempos.

"Realmente amo a este niño", espeté.

Chloe movió su cabeza de su lugar sobre mi hombro, estudiando mi rostro, "Me encanta. ¿Cómo podría alguien no amarlo? Preguntó colocando su cabeza sobre mi hombro.

"Gracias", le susurré en el pelo. "¿Para qué?" Ella cuestionó.

"La imagen que ustedes dos garabatearon antes. Lo tengo pegado en el interior de mi casillero en la arena". Le expliqué.

"De nada, por favor no te tomes esto a mal ni te asustes. Pero eres lo único más parecido a un padre que tiene. Y no quiero que pienses que tienes que ser su padre, es solo que lo ayudas tanto que él te ama tanto". Ella explicó nerviosamente.

Me di cuenta de que tenía miedo de decir eso, sus palabras me golpearon en el corazón. Quería ser su padre de alguna manera. Quería verlo dar sus primeros pasos, decir su primera frase, realizar todos los hitos.

"¿Tener una cita conmigo?" Solté.

Chloe levantó la cabeza de nuevo, mirándome como un ciervo ante los faros, "¿Qué-qué?" Ella tartamudeó.

"Ve a cenar conmigo. Vosotros dos." Reiteré.

"¿Quieres llevarme a cenar?" Ella cuestionó de nuevo. "Chloe, realmente me gustas. Puede que no sea un hombre perfecto, pero dame un oportunidad, por favor. Quiero eliminarlos a los dos. Si decides que la fecha no es una buena idea, entonces me echaré atrás, lo prometo — enfaticé, mis ojos suplicando los de ella.

Se tomó unos segundos, sus ojos se conectaron con los míos casi como si estuviera buscando algo, luego miró a Colton y luego a mí, "Está bien. Saldré contigo. O bueno, a NOSOTROS nos encantaría ir a cenar contigo", sonrió.

"¿Podrías ir a cenar conmigo mañana por la noche? ¿Digamos a las 6:00?" Pregunté, mi mano jugando con las puntas de su cabello.

"Las 6:00 es perfecto". Ella sonrió. Recostando su cabeza sobre mi hombro, subiendo más la manta.

Apoyando mi cabeza contra la de ella, le di un tierno beso en la línea del cabello. "Perfecto, no puedo esperar".

Antes de darme cuenta, mis ojos se cerraron y la oscuridad se hizo cargo.

9

Chloe: Cena y una Buena Noticia

Me desperté con unos besos babosos de Colton, al abrir los ojos me di cuenta de que Colton y yo dormíamos literalmente encima de Reed, en el sofá.

Reed todavía estaba dormido, así que suavemente quité sus manos de mí, levantándome y quitando a mi feliz niño de encima de Reed antes de que lo despertaran.

No estoy seguro de a qué hora nos quedamos dormidos, pero no fueron 8 horas de sueño reparador, eso es seguro.

Mientras levantaba a Colton y sus manos me alcanzaban, "mamá", balbuceó con una sonrisa de dientes.

"Buenos días bebé", susurré, besándolo en las mejillas.

Sabiendo que necesitaba empezar a darle el biberón y cambiarlo, me dirigí a la cocina. Donde me recibieron gentilmente con Matt y Summer con resaca, ambos bebiendo tranquilamente su café.

"Buenos días fiesteros", bromeé, moviendo mis caderas hacia adelante y hacia atrás haciendo reír a Colton.

"Shhhh, no tan ruidoso, pequeño amigo. El tío Matt se siente como si estuviera muerto", dijo Matt aturdido, colocando su frente en el mostrador frente a él.

Summer se rió de Matt antes de volver su atención a Colton y a mí. "¿Quieres explicar por qué ustedes tres estaban en el sofá y no en una cama como la gente normal?"

"Honestamente, Reed le dio de comer anoche mientras yo me cambiaba y cuando regresé, los dos estaban viendo lo más destacado y luego Colton se quedó dormido. Estábamos hablando y creo que nos quedamos dormidos poco después. A propósito me salté la parte sobre la cita, no quería que Summer le diera mucha importancia delante de Matt.

Summer se frotó las sienes mientras hablaba, a ella también le dolía, pero no tanto como Matt.

"¿Puedes prepararle un biberón? ¿Necesito cambiarlo y probablemente yo también necesite cambiar? Le pregunté.

"Sí, los tengo a ambos", estuvo de acuerdo, levantándose de su asiento y dirigiéndose al refrigerador.

Después de que Colton y yo nos cambiamos y nos pusimos frescos para el día, bajamos las escaleras para tomar su botella. Al regresar a la cocina me di cuenta de que Reed estaba sirviendo café, bueno, dos tazas de café.

Mientras giraba con ambas tazas, hizo una pausa. Noté la botella en su brazo, "Oh, oye, estaba a punto de ir a buscarlos a los dos".

Le sonreí, tan nerviosa como estoy por nuestra cita, y por mucho que jure que no es un buen tipo, solo sé que se está mintiendo a sí mismo. Porque cualquier hombre dispuesto a pensar en mí y en mi hijo antes que nada y dejarnos prácticamente babear por él, es un muy buen hombre.

"No tenías que hacer eso, Reed. Gracias", dije amablemente, extendiéndome hasta los dedos de mis pies, le di un delicado beso en la mandíbula.

Mientras colocaba las 2 tazas en el mostrador frente a mí, alcanzó la botella, lo cual Colton también notó, inclinándose de mis brazos hacia Reed, "Dada".

"Ven aquí, hombrecito, sentémonos con el tío Matt, aterrorícelo y tomemos nuestro refrigerio matutino". Reed lo colocó sobre su cadera y le entregó su botella antes de tomar su taza. Antes de salir de la cocina se inclinó besando la parte superior de mi cabeza.

"Relax Love" fueron las últimas palabras que dijo al salir de la cocina.

Aproximadamente una hora después, Matt y Reed fueron a su casa, un lugar que casi no visitan estos días. Al salir, Reed anunció que regresaría a las 5:30 para buscarnos a Colton y a mí. Dejándome con una Summer muy interesada, acechando detrás de mí en las escaleras.

"Entonces, ¿qué es a las 5:30?" Ella cuestionó.

"Oh, mmm. Nos invitó a mí y a Colton a tener una cita esta noche", respondí tímidamente.

"Oh, cállate, ¿de ninguna manera?" Summer aplaudió con entusiasmo. "No es gran cosa, por favor no lo hagas tan importante. Es sólo la cena. Ni siquiera sé si nos divertiremos" mencioné, más como tratando de no hacerme ilusiones. "Chloe, ese hombre está perdidamente enamorado de ustedes dos. Nunca lo había visto prestarle atención a nadie como lo hace con ustedes dos. Además, prácticamente me empujó fuera del camino para hacerle a Colton esa botella mañana. Está enganchado", razonó Summer conmigo.

Podía sentir mis mejillas enrojecerse y mi sonrisa crecer. Realmente es un buen tipo. No quiero hacerme ilusiones pero estoy nervioso y emocionado. Colton lo ama y en el fondo creo que yo también podría amarlo. Tengo miedo, pero es normal, especialmente con mi pasado.

Summer y yo pasamos el tiempo entre que los chicos se iban y yo preparándome con las tareas domésticas básicas y jugando con Colton, mientras intentaba que diera sus primeros pasos, se estaba acercando mucho.

Mientras limpiaba la cocina, empezó a sonar mi teléfono, un número desconocido, la pesadilla de todo el mundo.

Con cautela respondí: "¿Hola?"

"Hola, ¿es Chloe?" Preguntó la voz. "Sí, esta es ella" respondí cansado.

"Hola, soy el Sr. Johnson. Tengo el espacio en Olive Street en el centro para el que presentó una solicitud hace 2 semanas", dijo.

"Oh sí, hola, ¿cómo estás?" Pregunté emocionado.

"Estoy muy bien. Vi en tu solicitud que eres esteticista y buscas un espacio para administrar tu negocio. ¿Sigues interesado en el espacio? Él preguntó.

"Sí, todavía estoy muy interesado", respondí rápidamente.

"Bueno, perfecto, sé que puse el espacio en venta por $2,000 al mes pero, sinceramente, iba a ver si aceptarías el espacio por $1,000 al mes", explicó.

Me sorprendió, había ahorrado mucho durante mi estancia en California, pero esta sería otra victoria para mí hoy. Eso fue una ganga en esta área.

"Sí, eso sería genial en realidad", respondí.

"Perfecto, ¿puedes reunirte conmigo en el espacio mañana a media mañana, digamos a las 11 a. m.? Podemos revisar el contrato y conseguirte las llaves", dijo con entusiasmo.

"Sí, estaré allí mañana a las 11. Muchas gracias", dije efusivamente.

"Que tengas un buen día Chloe" dijo antes de colgar.

Me quedé estupefacto, esto es lo último en lo que pensé. Olvidé que había presentado una solicitud para ese lugar, era el diseño de mis sueños y aquí estoy, a punto de firmar mi contrato.

Corrí a la sala donde Summer estaba en "Distract Colton Duty", lista para compartir mis buenas noticias: "Summer, no lo vas a creer. Yo, eh, tengo el espacio en Olive Street".

Summer se levantó apresuradamente con la misma cara de asombro que yo tenía: "No, mierda. ¿En realidad? ¡Esto es increíble, Cloe!

"Estoy como en shock. Santa mierda. Esto está sucediendo. Realmente está sucediendo", dije efusivamente.

Summer me abrazó y me meció de un lado a otro: "Estoy muy orgullosa de ti, niña. Ayudaré en todo lo que pueda", ofreció.

"Gracias. Seguro que necesito que me ayudes a decorar. Las compras estarán en orden", me reí.

Mientras nos abrazábamos, sentí dos manitas en mis piernas. Mirando hacia abajo, veo a Colton mirándome fijamente, sosteniendo un disco de aspecto negro. Alejándome de Summer, me arrodillé al nivel de Colton, "¿Qué tienes aquí, pequeño?" Pregunté, alcanzando el disco.

Colton me lo entregó mientras se apoyaba en mi hombro, dándome su sonrisa con dientes, sus ojos verdes brillantes y felices.

Al volver a mirar el disco, noté que era un disco. Tenía el logo del equipo en un lado, al darle la vuelta veo una cinta blanca con una hoja escrita. Tenía "9-23. #13" Fecha de ayer y número de camiseta de Reed. Debajo de "CLM" están las iniciales de Colton. Aún confundido, el tercer trozo de cinta decía "Amo a papá". Me atraganté con el aire.

Lo firmó "Papá", este era uno de los discos de su triplete.

Se lo dio a Colton.

Mis ojos se estaban llenando de lágrimas nuevamente, este hombre ni siquiera nos había invitado a nuestra cita y yo era plenamente consciente de su presencia en mi vida.

Summer puso su mano sobre mi hombro y se arrodilló. "Él se lo dio mientras le daba el biberón esta mañana. Le estaba contando a Colton lo que este disco significaba para él, aunque Colton no tenía idea de lo que estaba hablando". Ella explicó.

Sonreí sosteniéndolo en mi mano, "Es un buen tipo". Joder, ni siquiera sé por qué estoy llorando", me reí. "Creo que voy a colocar esto en un lugar seguro para que Colton algún día pueda tenerlo como recuerdo y no intentar comérselo ahora".

Al levantarme, miré la hora, las 2:30. Decidí que debía tomar una siesta de 30 minutos y luego prepararme, me agaché y cogí a Colton. "Vamos a tomar una siesta antes de que tengamos que prepararnos, amigo".

"Si me necesitas llámame" gritó Summer desde la cocina.

Llegaron las 5:00 y estaba mirando mi armario y mis cajas de ropa desempaquetadas, dejando que un fuerte suspiro saliera de mis labios, me senté en el borde de la cama. Necesitando un tiempo de descanso mental.

Como no me estresaba por nada, Summer entró en la habitación con una taza de café para mí: "Pensé que podrías necesitar esto y quería ver cómo iba".

"Bueno, estuvo bien, quiero decir, Colton todavía está durmiendo, mi cabello y maquillaje están arreglados, pero se fue a la mierda cuando fui a vestirme, no sé qué ponerme" suspiré de nuevo.

"Déjame mirar", desapareció en el armario.

Poco tiempo después, salió con un par de pantalones negros y un body verde oliva con cuello redondo. "El verano es como ropa de negocios", dije.

"Bueno, me encanta el body, hace que tus ojos y tus pechos resalten", se rió, arrojándome la parte superior. "Bien, veré si puedo encontrar un par de lindos jeans o una falda".

Unos minutos más tarde regresó con un par de jeans de pierna recta, lavados claros y con dos aberturas en la parte inferior de las piernas. "Aquí ponte esto, esa blusa y aquí tienes un suéter con el que lo combinaría. Ah, y usa tus cuñas negras".

Dejé de discutir con ella y me vestí apresuradamente, por mucho que no quisiera admitirlo, el look era perfecto. "Eres un salvavidas. Espero que no le guste un lugar súper elegante".

"Me llamó antes para contarme sus planes, que es otra razón por la que vine aquí. Quería espiar tu atuendo", se rió.

Sacudiendo la cabeza y riendo, lo único en lo que podía pensar era en el hecho de que él sabía que probablemente estaba estresada, ¿cómo me conoce tan bien?

Colton se había despertado poco después de que se solucionara la situación de mi vestimenta. Ahora estaba vestido con una camisa color canela de manga larga, pantalones negros, botas y una chaqueta verde con cremallera. A las 5:25 ambos estábamos listos y no se derramaron lágrimas. Rápidamente volví a empacar su bolsa de pañales y cambié mi bolso por uno más pequeño.

A las 5:30 estábamos bajando las escaleras y Summer le estaba abriendo la puerta a Reed. La puntualidad debe ser una cualidad suya, ni un minuto antes ni un minuto después.

Cuando Reed entró, miró hacia las escaleras y nos vio a Colton y a mí descendiendo. Al llegar al pie de las escaleras, tomó el bolso de Colton y colocó la correa en su hombro. Estaba vestido con jeans lavados oscuros, una camisa negra lisa con botones y las mangas enrolladas parcialmente hasta el antebrazo, y sus tatuajes asomando por debajo. Su cabello estaba peinado hacia atrás fuera de sus ojos, todavía colgando ligeramente sobre sus orejas.

"Bueno, ¿no se ven increíbles?", elogió, colocando un beso en mi mejilla antes de pasar a colocarlo en la cabeza de Colton.

Colton le sonrió a Reed, mostrándole los dientes inferiores. "Usted se ve muy guapo, Sr. Collins", lo felicité él hacia atrás, mi mano naturalmente encontró su camino hacia su cuello, alisando una arruga.

Con los ojos cruzados, nos miramos el uno al otro, ambos sonriendo ampliamente. Colton se rió y nos sacó de nuestro trance.

Reed miró hacia abajo limpiándose la garganta, "¿Están ambos listos para partir?

Nos conseguí reservas a las 6:00", preguntó. "Sí, salgamos", respondí.

Me ofrecí a llevarnos mi auto debido al asiento para el auto, lo cual Reed aceptó, pero rápidamente me robó las llaves e insistió en conducir.

De camino al restaurante, charlábamos mientras Colton jugaba con sus juguetes en el asiento del auto, de vez en cuando balbuceaba palabras desconocidas y ocasionalmente se le escuchaba pronunciar las palabras "mamá" o "papá".

Reed nos llevó al estacionamiento de un restaurante italiano en el centro. El lugar parecía elegante y caro.

Reed corrió alrededor del auto y abrió la puerta, ayudándome a bajar. Una vez que salí del auto, volvió corriendo y desabrochó a Colton y lo sacó, colocándolo sobre su cadera.

Agarré la bolsa de pañales antes de encontrarme con Reed en la parte delantera del auto. "Reed, espero que no nos hayas traído a un lugar demasiado caro. Probablemente no les gusten los bebés en establecimientos como este", dije honestamente. "Ni siquiera te preocupes. He estado viniendo aquí desde que me mudé, este es un lugar agradable, pero créanme, no es de lujo. Créeme, les encantará Colton", me aseguró, tomando mi mano y entrelazándola nuestros dedos.

Cuando entramos al restaurante nos encontramos con una mujer mayor con cabello canoso, sus ojos eran de un color marrón intenso, cuando reconoció a Reed, su sonrisa se hizo grande en su rostro.

"Oh, mi dulce muchacho, no te he visto en mucho tiempo". Dijo corriendo alrededor del puesto de anfitriona y pellizcando las mejillas de Reed.

"Lo siento señora Romano, la vida me ha estado manteniendo ocupada" respondió girándose para mirarme, sonriendo. "Quiero que conozcas a Chloe y Colton, son mis citas esta noche".

Las palabras que salieron de su boca hicieron que las mariposas estallaran en mi estómago.

Rápidamente fui arrastrado a un abrazo aplastante: "Oh, querida, es un placer conocerte".

"Es un placer conocerla también, señora Romano", respondí, devolviéndole el abrazo.

Mientras se alejaba, miró a Colton, quien la miraba con una mirada perpleja por no reconocerla.

"Este es mi hijo Colton. Colton, ¿puedes saludar a la señora Romano? Le pregunté mientras pasaba mi mano por su cabello.

Colton levantó la mano y le saludó tímidamente, girando la cabeza para acariciar el cuello de Reed.

"Lo siento, normalmente no es tímido", me disculpé.

La Sra. Romano desvió su atención de los dos niños hacia mí, "Cariño, no te disculpes, él no me conoce, también llámame Francesca", respondió, colocando su mano en mi brazo y dándome una cálida sonrisa.

"Muy bien, queridos, sentémonos y alimentemos bien a los tres. También iré a buscar a Lorenzo, te extraña, Reed", dijo mientras tomaba 2 menús, llevándonos a un puesto en la esquina.

El restaurante estaba tranquilo, no había mucha gente ocupando las mesas o la zona del bar.

Una vez que nos sentamos, me ofrecí a llevar a Colton, pero ambos chicos rechazaron mi oferta.

"Francesca y su marido Lorenzo son propietarios de este restaurante desde hace 30 años. Hubo un tiempo en que todos sus hijos trabajaban aquí con ellos, al menos eso me dijeron. Esta es verdadera comida casera, es uno de mis lugares favoritos para venir", explicó mientras reacomodaba a Colton en su regazo.

"Parece muy dulce, realmente me encanta la sensación aquí, me siento como en casa", le dije mientras le hacía muecas a Colton.

Después de unos minutos de charla trivial y charla infantil, un caballero mayor se acercó aplaudiendo: "Reed, muchacho. ¿Dónde has estado?"

"Hola Lorenzo, siento no haber estado últimamente. Quiero que conozcas a Chloe y Colton. Reed se puso de pie, colocando a Colton nuevamente sobre su cadera mientras le daba un abrazo al hombre mayor.

Lorenzo sonrió ampliamente al ver a Colton antes de volverse para verme, "Hola querida, encantado de conocerte". Volviendo a Reed, "desapareces durante un mes y regresas con una familia. ¿Cómo sucedió esto? él se rió.

Las mejillas de Reed se pusieron rojas y su mano libre se frotó la nuca, mirándome y sonrió antes de volverse hacia Lorenzo: "Entraron en mi vida durante el verano y no he mirado atrás".

Sus palabras estaban causando que mi estómago tuviera un volcán de mariposas bailando alrededor de mi estómago. Mis mejillas definitivamente estaban de un rojo brillante. Me levanté de mi asiento y caminé hacia Reed, colocando mi brazo sobre el suyo y sonriéndole.

"Hola Lorenzo, un placer conocerte" Me volví para mirar al caballero mayor.

Colton extendió sus manos hacia mí, tomándolo de Reed y lo coloqué en mi cadera. Reed colocó su brazo alrededor de mi cintura y me acercó a su lado.

Lorenzo se aclaró la garganta, "Qué bueno verte, muchacho. Jugaste un gran partido la otra noche. Estoy orgulloso de ti, hijo", dijo abrazando a Reed de nuevo. "Sin embargo, no vuelvas a desaparecer así. Nos tienes a mí y a la señora preocupados". Dejó escapar una profunda carcajada.

"Prometo que no volveré a hacer eso. Pero puede que no esté solo de aquí en adelante", bromeó volviéndose para mirarnos a Colton y a mí.

Colton se estaba poniendo ansioso así que me solté del agarre de Reed y regresé a la cabina, colocando a Colton a mi lado, sacando algunos juguetes y sus bocadillos.

Reed regresó a su lado de la cabina después de terminar su conversación con Lorenzo.

"Lo lamento. Cuéntame ¿cómo estuvo tu día después de que me fui? Él preguntó. "Estuvo bien, limpié principalmente", respondí. "Oh Dios mío, no sé cómo lo olvidé. Recibí una llamada sobre ese espacio en alquiler en Olive Street, unas cuadras más allá. El dueño me bajó el precio al mes y me encuentro con él mañana a las 11 para firmar los papeles y recoger las llaves"

Le expliqué.

Reed sonrió ampliamente y se acercó para tomar mi mano con la suya. "Amor, eso es emocionante. ¿Te llevarás a Colton mañana contigo?

"Creo que sí. No tengo otra opción. Summer tiene que ir mañana a la arena". Respondí.

"Puedo cuidarlo, o puedo ir contigo y estar de guardia con Colton si lo necesitas", ofreció.

"¿No tienes que irte mañana para el partido fuera de casa? Summer estaba explicando que se iba con el equipo y que se ausentaría por unos días", respondí.

"Saldré con el equipo mañana alrededor de las 3 de la tarde. Si te encuentras con él a las 11, puedo estar ahí", afirmó.

"Realmente quieres venir conmigo y realmente quieres tratar con este tipo", me reí señalando a Colton, quien ahora estaba parado en la cabina, con una mano sosteniendo cheerios y la otra mano alcanzando la exhibición en la mesa.

Reed se rió alejando la pantalla de Colton, "Duh, necesitas toda tu atención en mañana mientras estás allí. Puedo llevarlo a la cafetería de la calle o incluso esperarlo en el auto. lo que sea que tu Necesito, lo haré", respondió lanzando un cheerio hacia Colton haciéndolo reír.

"Está bien, puedes venir", le sonreí y volví a colocar mi mano en su agarre.

La cena transcurrió sin problemas, con el tiempo Colton se acostumbró a Francesca y Lorenzo hasta el punto de que se subía por encima de mí o de Reed para llegar a sus brazos. En un momento, estoy bastante seguro de que lo llevaron y le mostraron la cocina, honestamente, ni siquiera lo sé, pero se entusiasmaron con él como si fuera su propio nieto.

Al final de la cena, Francesca se acercó mientras sostenía a Colton: "Muy bien, ustedes dos, siéntense juntos. Ustedes necesitan una foto", le entregó Colton a Reed mientras él se levantaba para sentarse a mi lado.

Le entregué mi teléfono y abrí la aplicación de la cámara. Me deslicé sobre algunos en mi asiento para darle espacio a Reed, Colton apoyó su cabeza en el hombro de Reed.

La mano libre de Reed pasó por mis hombros, acercándome a él, mi mano se estiró hacia atrás para sostener la suya.

Francesca tomó algunas fotos antes de devolverme mi teléfono y recoger los platos de nuestra mesa.

Nos fuimos poco después, asegurándonos de abrazar tanto a Francesca como a Lorenzo, prometiéndoles que regresaríamos.

Colton estaba dormido antes de que saliéramos del estacionamiento, se divirtió tanto y le encantó toda la atención que lo aniquiló.

Reed extendió la mano sobre la consola central, entrelazando su mano con la mía, llevándose el dorso de mi mano a sus labios, "Bueno, me muero por conocer a Chloe. ¿Podemos tener una segunda cita?

Las mariposas tienen residencia permanente en mi estómago gracias a este hombre. La cita fue perfecta, nos llevábamos tan bien que pensó en Colton y en mí. Hizo todo lo posible y el esfuerzo se demostró:

"Realmente la pasé bien esta noche, Reed. Creo que el hombrecito también lo hizo. No rechazaré una segunda cita".

Incluso en la oscuridad, pude distinguir un poco de rubor en las mejillas de Reed. Besó mi mano de nuevo, "¿Qué tal si mañana por la mañana los invito a ambos a desayunar antes de que vayan a su reunión? Realmente no quiero esperar una semana cuando regrese".

"El desayuno suena bien", solté mi mano de la suya, levanté la mano y pasé los dedos por su cabello, "No creo que ninguno de los dos pueda esperar una semana".

"¿Cómo están mañana a las 8 a. M.?" Apoyó su cabeza en mi mano.

"Estaremos listos". Susurré, volteándome para mirar a mi hijo dormido en el asiento trasero.

La vida estaba funcionando.

10

Reed: Odio el Adios

No le di un beso de buenas noches después de que los acompañé a ambos a la casa. Tenía miedo de apresurarla. Sólo espero que ella no se haya hecho ilusiones y la haya decepcionado.

En ese momento estaba entrando a su camino de entrada, eran las 7:50 am y llegué 10 minutos antes. Para ser honesto, había estado despierto desde las 4 am, no podía dormir, seguía repitiendo nuestra cita una y otra vez en mi cabeza. Todo había ido muy bien, y el camino a casa, sus manos en mi pelo, fue perfecto.

Ella me había enviado la foto que Francesca nos tomó y ya había reemplazado el bloqueo de mi teléfono y las pantallas de inicio.

Estaba vestido con pantalones deportivos negros, una camiseta Henley de manga larga y mi gorro verde. Todavía hacía calor pero el tiempo empezaba a refrescar. Hice una parada rápida en la tienda y le compré un ramo de flores frescas.

Llamé a la puerta, esperando pacientemente a que alguien abriera.

Summer abrió la puerta sonriendo, "bajarán enseguida. Ella está en su habitación. Colton no está teniendo un buen día".

Asentí y decidí subir las escaleras y ver si podía ayudar. Mientras me acercaba a la puerta pude escuchar a Chloe tratando de razonar con Colton: "Colt, cariño, tenemos que terminar de prepararnos. Reed llegará pronto para llevarnos a desayunar. ¿Puedes prepararte para mamá?

Su súplica con él fue lo más lindo que he presenciado. La mejor parte fue que Colton apenas podía hablar y estaba tratando de replicar con su balbuceo de bebé. Cuando estaba a punto de llamar a su puerta, escuché a Colton gritar: "No. Papá. papá".

Me detuve, esperando, pensando, ¿debería esperar abajo? Estaba a punto de darme la vuelta para alejarme cuando escuché un suspiro de derrota de Chloe.

Entonces, llamé a la puerta agrietada y asomé la cabeza hacia adentro, "Hola, ustedes dos. Summer dijo que estábamos teniendo un gran debate aquí", bromeé.

Los hombros de Summer cayeron, "Oye, lo siento. Alguien realmente no quiere a su mamá hoy". La tristeza inundó sus ojos cuando se volvió hacia Colton.

Me acerqué a Chloe y le di un beso en la cabeza: "Te compré esto, mamá. Déjame razonar con el terror de esta mañana mientras te relajas. Ella tomó las flores y asintió con la cabeza. Estaba vestida con un suéter de punto beige que era más largo, con mallas gruesas negras y botines negros.

Ella se veía tan hermosa. Su cabello dorado estaba recogido en 2 trenzas francesas y tenía poco o ningún maquillaje.

"Gracias, son hermosos. Si quieres probar con él, los pondré en agua". Se levantó de la cama y me dio un beso en la mejilla. Sus mejillas se ponen rojas.

Cuando se dio la vuelta para salir, me volví hacia Colton, que estaba jugando con la jirafa de juguete que le habíamos comprado en el zoológico.

"Hombrecito, mi hombre. Trabaja conmigo y con mamá aquí. Tienes que ponerte la chaqueta". Levanté la chaqueta mientras me sentaba junto a él en la cama.

Colton dejó caer la jirafa y me miró: "Papá, papá", balbuceó.

"Sí amigo. ¿Puede 'papá' ayudarte? Me moví para levantarlo y traerlo frente a mí.

Con un poco de razonamiento y devolviéndole la jirafa, estaba completamente vestido y listo para partir.

Colocándolo en mi cadera, bajamos las escaleras mientras Chloe y Summer hablaban junto a la puerta. Ambas chicas se giraron para mirarnos y descender hacia ellas: "Estaba a punto de venir a ver si necesitabas que te salvaran".

"Estamos todos bien. Sólo necesitábamos una charla varonil", me reí. "¿Estás listo para partir?"

"Sí, déjame agarrar mi suéter". Chloe corrió de regreso a la cocina donde dejó su suéter.

Summer sonrió, agarrando sus llaves, "que se diviertan 3. Llegaré temprano. Chloe, te veré el domingo cuando regresemos.

Chloe regresó por la esquina y la abrazó: "Está bien, diviértete, mantente a salvo. Te amo."

"Los hablaré por FaceTime a los dos" Summer besó a Colton y salió con sus bolsos.

"Está bien, ustedes dos, estoy lista para rodar", dijo Chloe, haciéndole cosquillas en el estómago a Colton y haciéndolo reír.

Tomamos su auto una vez más, principalmente por el asiento. Nuevamente la engañé para que me dejara conducir.

No muy lejos de donde celebraría su reunión había un pequeño restaurante para desayunar, un lugar muy familiar, que tampoco iba a estar lleno un miércoles por la mañana.

Al entrar al establecimiento, nos sentamos en una mesa junto a las ventanas del frente. Colton estaba desayunando mientras Chloe y yo revisábamos el menú.

"Está bien, definitivamente necesito un café solo, y creo que voy a ir con los panqueques de suero de leche con una guarnición de tocino" Chloe le sonrió a la camarera mayor mientras le entregaba el menú.

"Muy bien, ¿y usted, señor?"

"Quiero galletas y salsa con una guarnición de fruta y tocino, y también un café solo. Gracias". Le entregué el menú mientras ella salía para ingresar nuestro pedido.

Al poco tiempo, Colton estaba sentado en mi regazo mientras jugábamos con uno de sus juguetes que se ilumina. Esta cosa nos tenía a Colton y a mí concentrados en ella, cuando miré hacia arriba, Chloe estaba tomando fotografías de Colton y de mí.

Nuestra camarera regresó colocando nuestra comida frente a nosotros.

Chloe comenzó a reírse y colocó su taza frente a ella. "Déjame llevarlo. Sus ojos se agrandaron al ver tu plato y me temo que no podrás comer".

64

"No, él es bueno. Tu comes. Podemos volver a cambiarlo cuando esté lleno. ¿Hay algo que él no pueda tener en mi plato?

"No, le encanta el tocino, pero en trozos pequeños. Aunque no creo que haya comido salsa, pero le encanta el pan".

Bueno, a Colton le encanta la salsa. Encontramos esto cuando su pequeña mano se metió directamente en él y luego en su boca.

Chloe y yo no podíamos dejar de reír. "Aquí déjame tomarlo y limpiarlo. Necesitas comer".

Se lo entregué a Chloe, quien había terminado la mayor parte de su comida. Levanté la vista mientras ella se limpiaba las manos mientras él intentaba alcanzar los panqueques que sobraban en su plato.

Antes de que pudiera verme, levanté mi teléfono y les tomé algunas fotos.

Salimos del restaurante alrededor de las 10 de la mañana y decidimos que íbamos a caminar y estirar las piernas.

Habíamos encontrado una pequeña zona de parque que estaba vacía, sólo unas pocas personas mayores sentadas en los bancos.

Chloe y yo nos sentamos, Colton intentaba liberarse en el suelo, yo me levanté colocando sus pies en el suelo mientras sostenía sus manos.

Colton comenzó a reír mientras miraba a Chloe: "Pronto caminará".

"Espero no estar en ningún partido fuera de casa cuando eso suceda" La miré, observando sus expresiones mientras ella observaba a su bebé.

Chloe me miró riéndose: "Me aseguraré de tener la cámara enfocada en él en todo momento en caso de que eso suceda".

"¿Qué, um, cuáles son tus planes para su cumpleaños? Sé que es Halloween y creo que Matt y yo tenemos un juego al día siguiente. Pero me gustaría ayudarte con cualquier cosa que necesites", ofrecí.

"Odio que su cumpleaños sea un jueves, pero además, probablemente solo seremos nosotros 4 los adultos y Colton, así que tal vez podamos cenar, algunos regalos y un pastel". No pude evitar notar lo derrotado que. ella miró.

No sabía mucho sobre la dinámica familiar, aparte de que sus padres habían fallecido cuando ella apenas estaba en la universidad. No estaba seguro de si tenía hermanos o primos, Summer solo mencionó a Chloe.

"Bueno, umm, creo que mis padres querían volar esa semana para asistir a un juego. Entonces, quiero decir que puedes decir que no, pero tal vez puedan volver en sí. Volví a mirar a Colton, tratando de ocultar el rubor de mis mejillas. Ninguna chica con la que he salido ha conocido a mis padres. ni siquiera estoy saliendo Chloe y yo queremos que conozca a mis padres.

"¿Tus, um, tus padres? ¿Quizás querrían venir? Cloe parecía nerviosa.

"Puedo preguntar, como dije, acababan de mencionar que saldrían esa semana, no estoy seguro de si es así", traté de tranquilizarla y no ponerla nerviosa. "¿Qué tal si desayunamos el día 31, luego esa noche cenamos con pastel y luego salimos a pedir dulces?"

"Eso suena bien, podríamos regresar todos a las 9 p.m. para que Matt y tú no estéis muertos al día siguiente para patinar por la mañana y jugar". Parecía menos preocupada.

Miré la hora en mi reloj, las 10:30. "¿Qué tal si regresamos al auto? Coloca al hombrecito en su asiento para el auto, probablemente necesite una siesta y luego te llevaré a tu reunión y él y yo esperaremos en el auto". "Eso suena bien", sonrió levantando a Colton del suelo.

Girándome para caminar hacia el auto, puse mi mano a lo largo de su cintura y la acerqué a mí mientras caminábamos.

"Gracias por el desayuno. ¿Estás seguro de que no te importa el nivel de locura que Colton y yo ponemos sobre la mesa?

"Amor, no hay nivel de locura". Noté que cuando la llamé "amor" sus mejillas se sonrojaron y su respiración cambió. Al parecer, a alguien le gusta el apodo.

Cuando me detuve frente al espacio que Chloe estaba alquilando, Colton se había quedado dormido. Chloe se giró para mirar por la ventana y vio a un caballero mayor abriendo la puerta del espacio, volteándose hacia mí y sonrió. "No debería tardar tanto. Llámalo o envíale un mensaje de texto si se despierta o está inquieto".

"No te preocupes por favor. Ve a firmar tu contrato de arrendamiento y patea traseros. Voy a dar una vuelta para que se quede dormido, llámame cuando hayas terminado". Me incliné y le di un beso en la mejilla y la empujé fuera del auto.

"Está bien, está bien, ya me voy", finalmente salió del vehículo y respiró hondo. Me di cuenta de que estaba nerviosa pero no tenía nada de qué preocuparse. Cerró la puerta en silencio y se dirigió hacia la puerta de vidrio del espacio de alquiler, se dio la vuelta para lanzarme un beso y luego cruzó el umbral.

Miré por encima del hombro para asegurarme de que no vinieran coches antes de regresar a la carretera. Decidí pasar por el servicio de autoservicio de la cafetería y comprarle un café para cuando terminara.

La tienda de flores a la que suelo ir no está lejos de aquí, sé que había pasado por el supermercado esta mañana para comprar flores, así que quería mejorar mi juego y comprarle un ramo mejor.

Seguí adelante y marqué el número de la tienda, hablé con la dueña sobre lo que quería y ella accedió a cargar mi cuenta y acompañarla hasta el auto para que no tuviera que preocuparme por Colton.

Una vez que las flores y el café estuvieron asegurados, llamé a Francesca desde el restaurante y pedí suficiente comida para 2 días y ella estuvo de acuerdo en que se la entregaran en la casa de Chloe más tarde esa noche, después de que me hubiera ido.

Sabiendo que ella estaría sola por unos días, quería asegurarme de que la cuidaran, ya había planeado recibir el desayuno y el resto de la cena mientras estaba de viaje.

Estacioné frente al frente de la tienda, tenía música sonando suavemente, Colton todavía estaba dormido. Miré bien dónde estaba y en quién me estaba convirtiendo. No soy el mejor hombre del mundo, mi ex me lo demostró, pero voy a intentar ser el mejor hombre que pueda para Colton y Chloe.

Unos minutos más tarde, Chloe salió con el caballero mayor. Parecían estar terminando su conversación cuando ella le estrechó la mano y se despidió con la mano, dirigiéndose hacia el auto.

Entró al auto con entusiasmo, prácticamente saltando al asiento delantero, su sonrisa era contagiosa ya que se extendía de oreja a oreja.

"¿Albricias?" No podía esperar a escuchar todo sobre este espacio y su nuevo plan.

"Es más que una simple buena noticia. El espacio es todo lo que podría haber soñado. La ubicación es perfecta, el precio mensual es asequible, el espacio es más que suficiente. Puedo llevar a Colton conmigo al trabajo si es necesario, hay una habitación en la parte de atrás que sería perfecta para una oficina o un área para la siesta". No creo que ni siquiera se haya tomado un descanso.

Cuando finalmente dejó de hablar, notó el café en el portavasos. "¿Me trajiste un café?" Preguntó tímidamente.

"Sabía que el de esta mañana no era suficiente y es tu bebida favorita, así que quería traerte un poco. Oh, antes de que lo olvide" extendí la mano detrás de su asiento, agarrando el gran ramo de rosas de color rojo intenso. "También te compré estos como regalo de 'felicitación'".

Sus ojos comenzaron a llenarse de lágrimas: "Oh, Reed, son hermosos. No tenías que hacer todo eso por mí. Gracias" respiró temblorosamente tratando de calmar sus emociones.

"Antes de que preguntes, no se ha despertado, excepto cuando estaba en el camino, se molestó un poco, pero se le cayó el chupete. Así que lo encontré y volví a colocar ese tonto y ha sido bueno". Estaba más que orgulloso de mí mismo por poder manejar a Colton, a pesar de que no es tan aterrador.

Chloe se rió y miró hacia atrás para verlo durmiendo. "Te extrañará a ti y a Matt y probablemente a Summer mientras ustedes tres no estén". "Bueno, lo extrañaré más a él y a su mamá, eso es una promesa". nunca en En mi vida he sido muy abierto acerca de mis sentimientos. "Está bien amor, una última parada antes de tener que dejarlos a ambos".

Regresé a la carretera que se dirigía hacia la arena. "¿A dónde vamos?" Ella parecía confundida mirando por la ventana y luego hacia mí.

"Bueno, como necesito estar en la arena para tomar el autobús en 2 horas, pensé que podríamos ir a patinar y de esta manera, tengo que ir a verte cuando regresemos a buscar mi auto. Es mi plan maestro", me reí.

"¡¿Patinaje?! No tengo patines ni puedo patinar" parecía más que nerviosa.

"Con amor, Summer tomó sus patines esta mañana para ti. Y me tendrás. Vas a estar bien". Extendí la mano y la agarré, llevándola de nuevo a mis labios.

Me di cuenta de que todavía estaba nerviosa, pero tenía planes de ayudarla a superar el miedo a caerse.

Cuando llegamos a la arena, estacioné en el estacionamiento de jugadores. Chloe salió antes de que yo tuviera la oportunidad de abrir la puerta y dio la vuelta para sacar a Colton.

Por suerte para los dos, Colton estaba completamente despierto y se estaba asegurando de que lo supiéramos. Me estiré detrás de Chloe y agarré a Colton mientras ella agarraba su bolso.

Fui hasta el maletero de su coche, cogí mi bolsa de hockey y mi bolsa de viaje y me las puse en el otro hombro.

Colton tenía algunos bocados de yogur en la mano mientras los comía con la cabeza apoyada en mi hombro.

Chloe caminó a mi lado, abriendo las puertas de la arena. Una vez dentro, me dirigí a los bancos y dejé mis maletas. Cuando Chloe se acercó, levanté los patines de Summer que dejó en el banco y meneé las cejas en su dirección. "Siéntate aquí y te ayudaré a ponértelos. Te daré a Colton mientras los ato.

Me quitó a Colton y se sentó en el banco. Aprovechó esta oportunidad para darle a Colton más bocadillos para mantenerlo felizmente ocupado.

Una vez que terminé de atarle los patines, saqué los míos y rápidamente me los puse.

"Aquí, dame a Colton, y luego toma mi mano libre y te ayudaré a subir al hielo", le indiqué, extendiendo mi mano libre, ya levantando a mi pequeño amigo.

Chloe me miró mientras nos acercábamos al hielo, "No me dejes caer, por favor", suplicó.

"Bebé, prometo atraparte, siempre te atraparé. ¿Confías en mí?

Ella sonrió, mirando sus pies, luego mi mano y nuevamente a mis ojos, "Sí, confío en ti".

Finalmente la puse en el hielo y al poco tiempo pudo patinar sin necesidad de tomar mi mano.

A Colton le encantaba estar en el hielo, me incliné y dejé que sus pies se deslizaran sobre la superficie fría mientras patinaba. Colton continuó riendo y sonriendo mientras Chloe registraba los momentos.

Patiné más cerca de Chloe mientras sostenía a Colton en alto, "Mamá", balbuceó, sonriéndole.

"Hola bebé. ¿Te estás divirtiendo? Ella arrulló, acercándose para poder pellizcarle las mejillas de manera amorosa.

"Creo que tenemos un futuro jugador de hockey entre manos", bromeé.

Chloe me sonrió cuando nos detuvimos. "Bueno, parece que puedes enseñarle porque me has visto aquí, no seré de ninguna ayuda". "Seré su entrenador. Antes de que nos demos cuenta, estará en la matanza de la NHL él." Comencé a hacerle cosquillas en el estómago, lo que hizo que me diera una gran sonrisa. "Entonces, 2 citas en 2 días. ¿Estás, umm, listo para un tercero?

Chloe sonrió, metiendo un mechón de su cabello rubio que se había caído de su trenza detrás de su oreja. "Sí, creo que la tercera cita estaría bien".

"Perfecto. Lo planificaré para cuando regrese". Moví a Colton hacia mi otra cadera, liberando mi brazo más cercano a Chloe. Lo enrollé alrededor de su cintura acercándola a mí. Sus manos aterrizando en mi pecho. Miré fijamente sus labios y sus ojos, saltando de un lado a otro, ella estaba respirando y estaba en mis manos.

"Reed", susurró. Antes de que chocara mis labios con los de ella. Podía sentir su mano alrededor de mi cuello acercándome, mientras que la otra permanecía en mi pecho.

Alejándose, sus mejillas estaban sonrojadas y sus labios un poco más carnosos. Le puse el mechón de cabello detrás de la oreja, "Dios, eres hermosa". Me incliné y le devolví un suave beso en los labios. Escuchar el aire salir de su cuerpo.

Alejándonos por segunda vez, nos miramos fijamente en un cómodo silencio, sin quitarnos las manos.

Nuestra paz se arruinó cuando Matt llamó desde los bancos: "Hola chicos, tal vez consigan una habitación y no delante del niño".

Realmente quería matarlo.

Chloe escondió su rostro sonrojado contra mi pecho, mientras giraba mi cuello para mirar a Matt, levantando mi mano y sacándolo de encima. "¿Necesitas algo, Mateo?"

"Odio cuando me llamas así, y sí. Tenemos que irnos aquí pronto". Con eso, se dio vuelta y se alejó de regreso al vestuario. "Vamos amor, hagamos las maletas". Patiné de regreso al banco con ambos.

Colton y Chloe en mis brazos. La vida era buena.

Después de quitarme los patines y volver a empacar mi bolso. Summer había recuperado sus patines y los había colocado en su oficina.

Llevé mi bolso de skate al autobús y puse mi bolso de noche en el vestuario con el resto de nuestras cosas.

Chloe y yo salimos al estacionamiento para llevarla de nuevo a la carretera.

A Colton le estaba costando mucho dejar mis brazos. "Vamos amigo. Tengo que ir a trabajar y tú tienes que ser bueno con tu mamá, ¿vale?

Te traeré más discos a casa y te marcaré un gol si eres bueno". Realmente necesito dejar de tener debates con niños que no pueden hablar. Chloe se rió a mi lado. Ella lo había tomado de mis brazos y lo había colocado en su asiento del auto abrochándose el cinturón. Una vez que estuvo asegurado, ella saltó abajo, colocando su manta sobre los juguetes en su regazo. Las lágrimas brotaron de sus ojos mientras estaba sentado allí, comenzó a llorar más, extendió sus brazos hacia mí y la palabra "papá" salió de su boca más de una vez.

Puse mi mano en la parte baja de la espalda de Chloe, acercándome sigilosamente a ella, me acerqué y puse mi mano sobre el pecho y el estómago de Colton. "Hola amigo, volveré bien". Me incliné hacia adelante y besé su cabeza. "Sé bueno, amigo".

Chloe también tenía lágrimas en los ojos, sin estar segura si era por la interacción o por mi partida, puse mis manos en sus mejillas limpiando las pocas lágrimas sueltas, "Tú tampoco llores. Si ambos lloran, estoy acabado".

"Estoy bien. Estoy bien. Prometo. Simplemente odio cuando llora".

Rodeé su cuerpo con mis brazos y la acerqué a mi pecho. "Te enviaré un mensaje de texto, te llamaré y te enfrentaré todos los días".

Ella asintió con la cabeza. Respirando profundamente.

Le di un beso en la cabeza, alejándome lentamente para mirarla a la cara, "Cada objetivo que hago en este viaje es para ti y para él, ¿entiendes? Cada victoria, cada periodo exitoso es para ustedes dos. Tengo su foto en mi bolso".

Levanté mi teléfono para mostrarle la pantalla: "Los tengo a ambos conmigo, ¿vale? Disfruten su tiempo juntos los próximos días".

Ella sonrió, inclinándose para unir sus labios a los míos. "No pelees con nadie a menos que lo merezca. No puedo cuidar de ti si te lastimas lejos de aquí". Ella se rió.

"Ah, y por favor envíame fotos todos los días, especialmente si camina o habla más", supliqué, odiaba irme. Ni siquiera estábamos saliendo y estaba a punto de dejar mi trabajo sólo para no perderme un momento lejos de ellos dos.

Chloe volvió a asentir con la cabeza. "Será mejor que te vayas, odiaría que te quedaras atrás".

La besé de nuevo, esta vez más tiempo, tratando de poner cada emoción y sentimiento que tengo en ello.

Después de soltarla, rápidamente le di a Colton un beso más antes de cerrar la puerta y ayudar a Chloe a sentarse en el asiento delantero.

"Te llamaré cuando lleguemos al hotel" le prometí. Pero también quería escuchar su voz antes de acostarme. Ella me besó de nuevo, esta vez con más fuerza. "Cuídate, Reed".

Cerré la puerta, retrocedí, mirándonos, golpeé el lugar sobre mi corazón 3 veces, ella colocó su mano sobre su pecho y lo golpeó 3 veces.

Dándome la vuelta, me dirigí de regreso a la arena hacia el vestuario. Listo para emprender este viaje por carretera, pero más que dispuesto a dejarlo todo atrás y quedarse en casa.

11

Chloe: Conocer a los Padres

Habían pasado algunas semanas desde el primer viaje por carretera y desde que firmé el contrato de arrendamiento del espacio del edificio. Actualmente era martes y estábamos a 2 días del primer cumpleaños de Colton.

Reed había seguido llevándonos a Colton y a mí a citas y, a veces, simplemente nos quedábamos en casa, lo que generalmente terminaba en pijamadas, pijamadas con clasificación G. Nuestra relación estaba progresando bien y yo odiaba estar lejos de él.

Colton ha seguido llamándolo "papá" y cada vez, Reed me asegura que está bien. Verlo interactuar con Colton me calienta el corazón, me provoca mariposas y me da ganas de saltar sobre sus huesos. Algo que todavía tenemos que hacer.

Si bien han tenido algunos juegos fuera de casa, me he mantenido ocupado configurando mi nuevo espacio para prepararlo para su apertura en aproximadamente un mes. A Colton le encanta la tienda, tiene su propia área y le encanta perseguirme y gatear detrás de mí mientras me muevo.

También visitamos a Francesca y Lorenzo varias veces para almorzar y cenar temprano cuando trabajamos en la tienda.

Mientras movía mi escritorio en la oficina, mi teléfono se encendió, Reed, él estaba actualmente en Texas, tenían un juego esta noche y regresarían mañana, el momento perfecto para el cumpleaños de Colton.

Respondiendo al tiempo de cara a cara, veo a Reed con sus toallas sanitarias puestas y el cabello despeinado. "Bueno, hola cosas buenas", me reí.

"Bueno, hola hermosa", movió las cejas y sonrió.

Me moví para sentarme en el suelo junto a Colton, "Colt, ¿quieres decir 'hola'?"

Colton levantó la vista de sus juguetes y vio a Reed al otro lado de la línea, "Dada" agitando su manita en el aire.

"Oye amigo, has crecido en los 5 días que estuve fuera. ¿Qué es eso? ¿Tienes otro diente?

"En realidad lo hace, ha sido una P.R.A.C.H. de un diente, esta mañana tenía fiebre y casi no dormía. Dije pasando mi mano por el largo cabello rubio de Colton. Tenía algunos rizos en las puntas.

La sonrisa de Reed desapareció, "¿Es eso normal? ¿A qué altura estaba? ¿Necesito volver a casa?

Sonreí mirándolo: "Es normal, no era demasiado alto, solo lo suficiente como para resultar incómodo. Volverás a casa mañana tonto. Estaremos bien".

Reed asintió con la cabeza escuchándome, "si estás seguro, entonces está bien". ¿Te importa si me quedo contigo mañana cuando aterricemos?

Sonreí, me encantaba cuando se quedaba a pasar la noche, era tan vacilante con Colton que normalmente dormía un poco mejor, pero también me encantaba cuando me abrazaba. "Por supuesto que puedes quedarte. Cocinaré la cena, aterrizarás mañana alrededor de las 6 p. m., ¿verdad?

"Ooh, ¿qué estás haciendo? Me encantaron esos macarrones con queso cargados que hiciste la semana pasada".

Me reí pensando en cómo él y Matt pelearon por la última primicia, solo para que Summer la consiguiera mientras estaban discutiendo. "Sí, puedo hacer eso. Oh, también podría necesitar ayuda el jueves para el desayuno de su cumpleaños".

Los ojos de Reed se iluminaron, "Querrme me permite verlo a primera hora en su cumpleaños. Me encanta esto. Sí, puedo prepararte el desayuno, tal vez traerte un poco de café a la cama, tal vez algunos besos que tanto esperabas, ¿lo que necesites? Miró a la cámara de manera seductora.

"No diré que no a nada de eso". Le guiñé un ojo y él levantó una ceja.

En algún lugar detrás de Reed, pude escuchar a Matt decir: "Colton no necesita un hermano en este momento, mantenlo en tus pantalones, Collins".

Mis mejillas se pusieron rojas brillantes, Reed se volvió y le arrojó un rollo de cinta adhesiva a Matt. Sabía que lo había golpeado porque dejó escapar un gemido de dolor cuando Reed le dio un voltereta.

"Me pregunto cómo es mi amigo". Reed se pasó la mano por el largo cabello. "Bueno cariño, necesito terminar de vestirme y salir, ¿te irás a casa pronto?"

Me levanté, levanté a Colton, lo puse en mi cadera y besé su cabeza. "Sí, estoy agarrando mis maletas ahora, necesito ir a ver a Francesca, ella tiene mi cena para esta noche". Agarrando la bolsa de pañales y arrojando mi billetera en la bolsa, tomé las llaves de la mesa y salí por las puertas, cerrándolas con llave mientras cerraba la puerta.

"Buena suerte esta noche, Reed. Llegaremos a casa y veremos el partido".

Reed sonrió, "¿Qué le parece al hombrecito el palo de hockey que le entregué?"

"Me encanta cómo tomaste su amor por el hockey y lo seguiste. Como si te das cuenta de que está en la etapa en la que los tobillos están en riesgo, ¿verdad? Ese pequeño palo de hockey casi me cortó la pierna. Pero a él le encanta". Con la mera mención de mi tobillo, empezó a dolerme.

"¿Realmente te ha arrancado los tobillos?" Reed parecía preocupado. "Oh, tal vez una o doce veces", me reí, abriendo el asiento trasero puerta, colocando la bolsa de pañales en el suelo antes de colocar a Colton en su asiento. Apoyando el teléfono en la consola central.

"Cuando llegue a casa, te frotaré los pies, lo siento mucho, Chloe". Ofreció Reed, con un toque de culpa en su voz.

"No necesito un masaje en los pies, cariño. Tenerte en casa será suficiente. Tomé el teléfono y lo vi ponerse rojo ante la mención de la palabra bebé.

Subiendo a mi asiento y cerrando las puertas, encendí el auto. "Está bien, necesito preparar mi cena. Buena suerte esta noche, cosas calientes. Colton dice 'adiós'". Sosteniendo el teléfono para que Reed pudiera ver el respaldo de su asiento de seguridad, una manita surgió de la nada, diciendo "adiós", las palabras "adiós" salieron de su dulce boquita.

Volviendo a acercarme el teléfono, los ojos de Reed parecían brillantes, "Mierda, eso fue lindo. Me atrapó en los sentimientos. Mierda. Está bien amigo, ganaré solo para ti. Muy bien amor, conduce con cuidado. Te extraño."

"Te extraño. Llámame más tarde, ¿vale?

Reed y yo colgamos después de que él me dijera que me extrañaba 6 veces más y prometió llamarme una vez que terminara el juego.

Francesca salió corriendo con mi comida y no me dio la oportunidad de encontrarla a mitad de camino. Después de ponernos al día durante unos minutos, salí y me dirigí a casa, tenía un partido que ver y necesitaba mi cama.

Bueno, perdimos. 3-4. Reed anotó 2 de los goles, pero no fue suficiente para que pudiéramos remontar.

Colton se quedó dormido durante el segundo período, ambos estábamos acostados en el sofá acurrucados juntos.

Reed había llamado pero lo hicimos breve porque era tarde y necesitaba dormir.

Me desperté a la mañana siguiente en el sofá, con Colton presionado contra mi costado. Necesitaba empezar a dormir en mi cama porque me dispararon en la espalda.

Odiaba estar sola en la casa y odiaba tener que caminar por la casa y subir las escaleras para ir a la cama cuando estaba así de vacía.

Mi pasado todavía me atormentaba, especialmente en momentos como éste. La casa estaba demasiado silenciosa sin Summer y los niños. Me encantaba durante el día cuando Colton balbuceaba, intentaba caminar o se reía de cualquier cosa.

Levanté a Colton y lo llevé a nuestra habitación, él se estaba despertando lentamente mientras yo le cambiaba el pañal y le ponía una ropa nueva. Rápidamente me puse un par de mallas, un sujetador deportivo y una de las camisetas de Reed, y me puse mis pantuflas peludas.

Colton tomó su biberón mientras yo preparaba el desayuno y preparaba una taza de café recién hecho.

Tenía algunas horas hasta que necesitaba empezar a cenar y dar la bienvenida a mis compañeros de casa. Así que los pasé preparando artículos para la fiesta de mañana, envolviendo los regalos de cumpleaños de Colton, cargando la batería de mi cámara y limpiando la sala y la cocina.

A las 3 de la tarde, la casa estaba impecable, la ropa estaba lavada o lavada, la cena preparada y Colton tomó algunas buenas siestas incluso mientras le cortaban los dientes.

Colton estaba actualmente durmiendo una siesta en el sofá, así que me acerqué con una taza de café y decidí acostarme junto a él y relajarme.

Comencé a navegar por las redes sociales en mi teléfono, Reed había publicado una historia, así que hice clic en ella.

Era una foto de Reed, Colton y yo en el restaurante de nuestra primera cita con un emoji cubriendo el rostro de Colton para ocultar su identidad, la imagen tenía la leyenda "se dirigieron a casa con estos 2" con múltiples emojis de corazones.

Me gustó su historia, enviándole un mensaje con múltiples corazones rojos.

Debí quedarme dormido poco después porque me desperté cuando la puerta principal se abría y se cerraba.

"Shhh, creo que están durmiendo. Y ustedes dos son muy ruidosos" Summer estaba regañando a los dos hombres adultos.

Estiré los brazos por encima de la cabeza. "Estoy despierto, aunque no estoy seguro del hombrecito. ¿Qué hora es?"

Reed se rió acercándose, inclinándose sobre el respaldo del sofá para besarme la frente, "5:30, ¿cuánto tiempo llevas fuera?"

Moví a Colton a mis brazos, él se estaba despertando lentamente, "creo que probablemente solo una hora, estuvo fuera más tiempo. Necesito empezar a cenar y él necesita un biberón".

Fui a pasar junto a Reed cuando su brazo cruzó mi estómago, impidiendo que pasara junto a él, "Déjame llevarlo, haré el biberón, tú concéntrate en esa deliciosa cena".

Colton estaba despierto y plenamente consciente de la presencia de Reed, prácticamente saltando de mis brazos a los suyos, un "papá" somnoliento escapándose.

"Hola amigo, estoy en casa" Reed se frotó la espalda de manera tranquilizadora.

Me encantó cómo se amaban tanto, me calentó el corazón verlos interactuar.

Mientras Reed entretenía a Colton, yo había terminado de cenar, Summer y Matt estaban desempacando y poniéndose al día con la ropa.

Disfrutamos de la cena y nos pusimos al día con lo que estaba pasando con mi nuevo espacio comercial y hablaron sobre los juegos durante el viaje. Habíamos hecho un plan de juego: por la mañana los niños prepararían el desayuno mientras Summer y yo decorábamos. Todos planeamos en el zoológico.

Disfraces de guardián y jirafa para salir a pedir dulces.

Después de limpiar la cocina, Reed y yo subimos las escaleras preparándonos para ir a dormir. Colton se había quedado dormido poco después de que terminara la cena, así que Reed lo acostó en medio de la cama antes de girarse para mirarme. "Me encanta cuando usas mi ropa".

Me giré para mirarlo, mi pijama en mis manos, mirando hacia abajo me di cuenta de que todavía estaba en su camisa de esta mañana, "¿Qué puedo decir? Huele a ti y es cómodo". Me acerqué a él, dejando caer el ropa en mis manos al suelo. Colocando mis manos sobre su pecho, lentamente serpenteándolas hacia arriba y alrededor de su cuello, "Sabes, te extrañé un poco. Odio cuando te vas" Me incliné besando su mandíbula.

Reed pareció desconcertado por mi confianza: "Mierda, cariño, te extrañé y odio haberme ido. Realmente desearía que no tuviéramos un compañero de cuarto en este momento", pasó su brazo izquierdo alrededor de mi cintura y el otro llegó a mi nuca. Chocó sus labios con los míos, vertiendo cada sentimiento que tenía en ellos, besándome con tanta pasión que podía sentir los dedos de mis pies curvarse.

Después de unos minutos de la alucinante sesión de maquillaje, nos alejamos lentamente, ambos sintiéndonos acalorados y molestos por no estar solos.

Agarré su mano y lo llevé a la cama. "Vamos a dormir antes de que el cumpleañero nos despierte".

Reed me siguió voluntariamente, arrastrándose bajo el edredón, agarrándome por las caderas y acercándome a él. Giré mi cuerpo para mirarlo, apreciando la vista de su pecho cincelado. Mi mano apoyada en un abdomen mientras la otra jugaba con el cabello cayendo en cascada contra su cuello.

"Gracias por estar aquí y querer ayudarme con el cumpleaños de Colton mañana. Estás llenando un vacío que no tenías que hacer" susurré entrelazando el cabello con mis dedos.

Reed dejó escapar un suspiro tembloroso: "No desearía estar en ningún otro lugar". Se inclinó hacia adelante y me dio un suave beso en los labios: "Duerme un poco bebé, mañana va a ser salvaje".

Me acurruqué cerca de su pecho, cada uno abrazando al otro.

Salvaje era un eufemismo, Colton se despertó a las 5 de la mañana, completamente despierto y completamente listo para causar el caos. Me levanté de golpe al escucharlo hablar, levantándome lentamente de la cama para llegar a él antes de que tuviera la oportunidad de despertar a Reed, quien estaba durmiendo profundamente, sorprendentemente, tos, tos, no.

Levanté al niño inquieto y lo mecí contra mi pecho, mi mano en su espalda frotando círculos. Caminando y tratando de convencerlo para que duerma una hora más.

Cuando me di cuenta de que no iba a volver a dormir, lo acomodé en mi cadera y silenciosamente salí de la habitación para prepararle el biberón y el desayuno mientras le preparaba un poco de café.

Mientras hacía su botella, me di cuenta de que oficialmente tenía un año. Tenía su cabeza apoyada en mi hombro y cuello mirándome preparar la botella en la mano. Su pequeña mano estaba agarrando parte de mi cabello por mi espalda y la otra mano sostenía el cuello de la camisa de Reed que llevaba puesta.

Podía sentir las lágrimas hincharse en mis ojos, él era oficialmente un niño pequeño y ya no era mi bebé. Hace mucho que es el pequeño bebé de 8 libras y 3 onzas que me colocaron en el pecho a las 3:46 am del 31 de octubre del año anterior.

Podía sentir las lágrimas liberándose, corriendo por mis mejillas, ¿cómo podía ser tan grande ya? Lo odiaba y lo amaba.

Terminé su biberón y se lo entregué mientras él lo sostenía en su lugar mientras comía. Me ocupé preparando café antes de dejarlo caer en el sofá y ponerle dibujos animados.

Mientras me sentaba a su lado en el sofá, era como si supiera que yo estaba emocionado y que iba a ser un desastre, así que, para mejorarlo, abandonó su asiento y se arrastró hasta mi regazo. Se sentó a mi lado y le volvieron a colocar la botella en la boca.

Nos tumbamos en el sofá por un rato, pasé mis dedos por su cabello, notando lo largos que se habían vuelto sus mechones rubios y noté los rizos que estaban en las puntas.

Él estaba mirando la caricatura intensamente, de vez en cuando mirándome y sonriendo, a veces levantaba su mano para jugar con mi labio o mi nariz.

Las lágrimas regresaron, seguramente no pasaría este día sin llorar tantas lágrimas como el Nilo.

Hacía mucho que me había olvidado del café, pero lo recordé rápidamente cuando me entregaron una taza grande desde encima del sofá.

Al levantar la vista me encontré con la sonrisa somnolienta de Reed mirándonos a Colton y a mí. "Gracias. ¿Por qué estás levantado? Tomé gentilmente la taza y tomé un gran sorbo, apreciando la forma en que calentaba mi cuerpo. "Lo estaba hasta que me acerqué a ti y encontré una cama vacía. No me gusta cuando no estás ahí". Se sentó directamente a mi lado, bebiendo su propia taza y alcanzando el pie de Colton, haciéndole cosquillas en la base, lo que resultó en en una dulce risita.

"Lo siento, se despertó a las 5 y se negó a dormir, así que vinimos aquí" Apoyé mi cabeza contra su hombro, sintiendo cómo me dejaba un suave beso en la cabeza.

"¿Qué tal si empiezo a desayunar?" Podía sentir el brazo de Reed alrededor de mis hombros tirando de mí, mientras Colton seguía extendiendo una mano para que Reed la sostuviera.

"Nos parece bien. Déjame saber si necesitas que te hagamos compañía". Me volví para darle algunos besos en la mejilla, viéndolos tornarse de un rosa intenso.

"¿Siempre me vendría bien la compañía si son ustedes dos?" Reed se puso de pie, extendiendo una mano para que yo la agarrara y poniéndome de pie.

Colton tenía sueño después del biberón, así que lo sostuve en mis brazos hasta que se quedó dormido. No quería menospreciarlo, al darme cuenta de que un día será la última vez que lo abrace o lo meza; Así que saborear estos momentos significa todo para mí.

No mucho después, Summer y Matt entraron perezosamente a la cocina, cada uno sirviendo una taza de café y tomando un plato de desayuno.

Los padres de Reed llegaron a la ciudad el día anterior y hoy vendrían a participar en las travesuras del cumpleaños. Era la primera vez que los conocía y cuando Reed se ofreció a invitarlos lo pensé y decidí que cuantos más, mejor. Además, mis padres murieron cuando yo tenía 18 años, Colton no sabe qué son los abuelos, tenía tantas ganas de que él tuviera esa dinámica familiar.

Espero que todo salga bien, al último par de padres que conocí no les agrado y bueno, la toxicidad corría por las venas de esa familia.

Ya era mediodía y Summer y Matt se habían ido a recoger el almuerzo, decidimos que la pizza era una buena opción. El bizcocho ya lo había hecho el día anterior y lo glaseé; Mientras Reed jugaba con Colton aproveché para tomar sus regalos y ponerlos sobre la mesa de la sala.

Mientras dejaba el último regalo, sonó el timbre, alertándome de que iba a conocer a sus padres. Reed se levantó de un salto, recogió a Colton y se dirigió hacia la puerta. Estaba nerviosa, mis manos se juntaron, inquietas. Necesitaba algo que hacer, pero primero necesitaba respirar.

Podía escuchar las bromas que se decían en la puerta y los arrullos de la madre de Reed hacia Colton, con la dulce risita de mi hijo adornando mis oídos.

Caminé lentamente hacia el frente, esperando y rezando para que mis nervios y mi ansiedad no me agotaran antes de llegar allí, necesito sentir las manos de Reed o sostener a mi hijo.

Al doblar la esquina, Reed me mira y sonríe ampliamente: "Mamá, papá, soy Chloe. Chloe, esta es mi mamá Susan y mi papá Dave".

Su mamá y su papá se emocionaron al verme, su madre me encontró a mitad de camino y me dio un gran abrazo: "Oh, cariño, es un placer conocerte, Reed habla de ti sin parar y de este dulce niño tuyo".

Calor, Amor y paz, mi cuerpo se relajó en su abrazo.

Al soltarme, encontré su sonrisa con la mía: "Estoy muy feliz de conocerlos a ambos y gracias por venir a celebrar con nosotros hoy, Colton y yo lo apreciamos". Me acerqué al padre de Reed para abrazarme con fuerza.

Podía escuchar a Reed reírse mientras me veía pasar de padre a padre: "Está bien papá, ella necesita respirar". Al retroceder sentí el brazo de Reed deslizarse alrededor de mi cintura, acercándome a su costado.

Colton aprovechó ese momento para alcanzarme y prácticamente salió volando de los brazos de Reed hacia los míos.

"Por favor, entra y siéntete como en casa. Summer y Matt deberían volver pronto con la pizza para que podamos comer. Reed me abrazó mientras caminábamos hacia la sala de estar.

Reed se había sentido como en casa en el suelo entre mis piernas mientras yo me sentaba en el sofá hablando con sus padres.

Colton estaba sentado cerca de Reed jugando con sus grandes bloques.

Summer y Reed regresaron con la pizza y comenzaron a desempacarla toda en la cocina. Reed se levantó para ayudarlos a prepararse, alertando a Colton de su partida, gritó "Dada" Colton, arrastrándose tras él. Reed se detuvo en seco, se dio vuelta para levantar al niño y le aseguró que no lo dejaría atrás.

Amaba su vínculo, pero olvidé que sus padres estaban a mi lado. Me volví para continuar mi conversación y encontré una expresión de sorpresa en los rostros de sus padres: "¿Colton te llama 'papá'?"

Reed se giró, olvidándose también de que estaban allí, "umm, sí, empezó antes de que empezáramos a salir y tratamos de corregirlo, pero se niega a llamarme de cualquier otra manera, realmente no me importa", dijo Reed, girándose para mirar a los ojos. mí, dándome su dulce sonrisa.

"Y, Chloe, ¿estás de acuerdo con esto? ¿Qué pasa con su verdadero padre? Preguntó el padre de Reed, Dave.

"Colton no conoce a su verdadero padre, umm su verdadero padre no era o no es un buen hombre, él... umm..." Empecé a entrar en pánico hasta que sentí una mano en mi hombro.

Reed estaba allí, "El padre de Colton casi la mata, es mejor que no esté cerca. Como dije, intentamos que me llamara de otra manera, pero se niega. No puedes hacerle cambiar de opinión y a nosotros, bueno, no nos importa" Reed se inclinó y me dio un beso en la cabeza.

Dándose la vuelta y caminando hacia la cocina, dejándome con sus padres. Su madre Susan parecía triste: "Cariño, lo siento mucho, por favor no creas que no nos gusta, simplemente nos sorprendió. Y lo siento mucho por Trayendo recuerdos terribles", puso su mano sobre la mía.

"Estás bien, no lo sabías. Ya superé ese momento de mi vida. Reed me ayudó mucho. Honestamente, es una segunda naturaleza para nosotros escuchar a Colton llamarlo así, olvidamos por completo que ustedes no lo sabían". Le di una sonrisa tranquilizadora para hacerle saber que todo estaba bien.

Seguimos hablando hasta que nos llamaron para sacar comida y comer.

Hasta ahora, creo que les agrado, cruzo los dedos para que realmente les guste.

12

Reed: Pastel de Cumpleaños y Disfraces.

hloe parecía llevarse bien con mis padres y ellos parecían amarla de verdad; además, no se cansaban de Colton. Esta fue la segunda chica que les dejé conocer y espero ella será la última.

El almuerzo transcurrió sin problemas, una vez que superamos el percance de "Dada"; pero mi madre parecía alegrarse cada vez que Colton lo decía, casi como si se hubiera ganado un nieto, y en cierto modo lo hizo.

Mi papá y Colton no se cansaban el uno del otro, cada vez que Colton estaba cerca de él, alcanzaba a mi papá.

El último hijo que mi padre tuvo en brazos fui yo, así que verlo a él y a Colton llevarse tan bien me hizo feliz y liberó muchas emociones dentro de mí. Mientras estábamos sentados alrededor de la mesa, Colton estaba en el regazo de mi madre, jugando con su collar y balbuceando sobre Dios sabe qué. Chloe salió con el pastel de 3 capas más detallado que jamás haya visto. Normalmente las tartas caseras que he visto son una sola capa con glaseado en la parte superior. Esto estuvo impecable.

Chloe cortó el trozo, puso una vela en el centro y lo colocó frente a mí, mi mamá me había devuelto a Colton para que pudiera disfrutar de su primer pastel de cumpleaños.

Chloe se sentó a mi lado y acercó su silla lo más que pudo.

Colton inmediatamente quiso su pastel, pero una vez que Summer comenzó la canción "Feliz cumpleaños", el pobre niño quedó petrificado, especialmente cuando Matt comenzó a cantar. Creo que yo también estaba un poco asustado.

Gracias a Dios, su verdadero trabajo es el hockey y no el canto.

Chloe encendió la vela, mientras terminaba la canción; Colton volvió a centrar su atención en el pastel, esta vez hipnotizado con la vela.

Agarrando sus manos antes de agarrar la vela encendida, Chloe se inclinó hacia adelante y me hizo un gesto con la cabeza mientras apagábamos la vela por él. Me encantó que ella sintiera la necesidad de incluirme en eso.

Todos comenzaron a aplaudir, lo que provocó que Colton también aplaudiera pero sin saber por qué.

Una vez que quitaron la vela, le dejamos hacerlo, resulta que al niño le encanta el pastel de vainilla. Aunque, después de evaluar el daño en el trozo de pastel, se concluyó que Colton y yo usábamos la mayor parte del pastel.

Mientras todos seguían disfrutando del pastel, Colton continuó tomando puños llenos y tratando de comérselo de esa manera, de vez en cuando levantaba su pequeña mano llena de pastel hacia mi boca, queriendo que tomara un poco, luego se giraba hacia un lado y me ofrecía. Cloe lo mismo. Por lo que recibí de su mano, el pastel era el más delicioso que he probado en mi vida. Mientras todos hablaban, me incliné hacia el costado de Chloe y acerqué mi boca a su oído para que solo ella escuchara: "Buen trabajo con el pastel, amor. Lo mejor que he probado, además de ti. Sellando mis palabras con un beso en su sien. Vi como sus mejillas se pusieron de un rojo intenso y la vi retorcerse en su asiento. Aún no la he probado, pero pronto.

Chloe se giró para mirarme, la lujuria llenó sus ojos y se acercó, dirigiendo sus ojos a Colton antes de mirarme, con una sonrisa adornando sus labios. Se inclinó más cerca como lo había hecho yo con ella, "Aún no me has probado, Reed. Pero cuando lo hagas, seré lo mejor que hayas probado jamás, este pastel ni siquiera estará en tu mente". Apartando sus ojos de los míos, se levantó y agarró a Colton antes de dirigirse a la cocina para lavarle las manos. Verla irse selló mi destino, ella estaba balanceando sus caderas más de lo habitual y no había manera de que me levantara de esta silla sin que todos supieran lo que me hace.

Mientras estaba atrapado en el trance en el que me puso su trasero y sus palabras, mi madre me sacó de mis pensamientos: "¿Reed? ¿Estás bien? Inmediatamente me volví para mirarla y vi a Matt y Summer tratando de ocultar sus risas sabiendo exactamente lo que había estado haciendo. Volviéndome para mirar a mi mamá, ella dándome el "todo lo sabe" mamá mira: "Sí, estoy bien, solo estoy pensando en el plan de juego para esta noche. Ya sabes truco o trato. Ah, y tenemos que hacer regalos".

Mi mamá se rió disimuladamente: "Ajá, apuesto a que lo eras".

La miré haciéndome parecer confundido en cuanto a a qué se refería, pero en el fondo ella sabía y yo sabía que me habían pillado comiéndose con los ojos a mi novia.

Después de limpiar el almuerzo, todos nos dirigimos a la sala de estar donde Chloe se sentó en el suelo con Colton y Summer les ayudó a entregar los regalos.

Colton estaba más interesado en el papel de regalo que en los regalos; si hubiera sabido esto, tal vez le habría comprado papel de regalo.

Mis padres le habían traído una colección de libros ilustrados de dinosaurios, tan pronto como vio el t-rex en la portada, le sonrió a Chloe dándole su mejor sonido, "rawrrr", haciendo reír a todos.

Summer y Matt le habían comprado ropa de invierno nueva para el invierno de Missouri que se acercaba junto con algunos autos de carreras de juguete nuevos, aunque creo que Matt los disfrutará más.

Cuando Chloe abrió el regalo que le había regalado, se detuvo y luego volvió a mirarme: "¿Le regalaste una camiseta?"

Sonreí inclinándome hacia adelante, "Dale la vuelta"

Miró la camiseta de hockey de St. Louis que tenía en la mano antes de darle la vuelta; en la parte de atrás decía mi número 13 con "Collins" sobre los hombros. "¿Le diste tu camiseta?"

Le sonreí y asentí con la cabeza: "De esta manera todos saben quién es su jugador favorito cuando vienen a los juegos".

Ella soltó una carcajada antes de llamar la atención de Colton mostrándole la camiseta. Colton lo alcanzó, interesado en lo que era. Como si supiera para qué era la camiseta, la agarró y la agitó diciendo "Papá", mostrando a todos una sonrisa con sus dientes.

"Hay más en la bolsa", señalé la bolsa frente a Chloe.

Ella me levantó una ceja y continuó revisando el papel de regalo. Sacó un lobo de peluche que vestía una camiseta de hockey de St. Louis y patines de hockey para niños pequeños.

Chloe me miró, "¿tú, le compraste patines Asentí con la cabeza, "Dijiste que tenía que ser yo quien lo entrenara, ¿recuerdas? Debo empezar por alguna parte".

Chloe volvió a guardar los patines y la camiseta en la bolsa y le entregó a Colton el animal de peluche. Rápidamente se puso de pie y se acercó a mí, abrazándome hasta los huesos. La rodeé con mis brazos, atrayéndola hacia mí. Podía escuchar su respiración y me di cuenta de que estaba tratando de mantener sus emociones bajo llave.

"Gracias Reed", susurró en mi cuello. "De nada, bebé", volviéndome para besar su mejilla, mi mano frotando su espalda.

Ella se echó hacia atrás dándome un pequeño beso en los labios, enderezando su postura y girándose para regresar al suelo.

La vi caminar de regreso a su lugar antes de girarme para mirar a mis padres, mi papá sonreía de oreja a oreja viendo a Colton hacer los mejores ruidos de dinosaurio, pero mi mamá me miraba con un brillo en sus ojos y felicidad en su rostro. Ella se acercó y tomó mi mano y la apretó antes de darme un beso en la mejilla, "Te ves tan feliz, cariño".

Sonreí, levantando su mano y besando el dorso, "Lo más feliz que he sido".

Mi atención estaba nuevamente en Colton y Chloe, ella estaba abriendo los regalos que le había dado. El primero era un nuevo juguete de dinosaurio, el segundo era una bicicleta zancuda y el tercer artículo que levantó fue un traje azul marino con rayas blancas.

Al principio me sorprendió: "¿Le conseguiste un traje a juego con uno de mis trajes para el día del juego?"

Ella comenzó a reír: "Lo hice. Pensé que ustedes serían tan lindos, especialmente el día del juego", sus mejillas se sonrojaron.

Me reí y cogí el traje. "Mañana es el próximo partido en casa, así que ¿por qué no lo usamos, amigo?"

Colton me miró al ver el traje en mis manos, "Papá", balbuceó arrastrándose hacia donde yo estaba sentado. Levantándose puso su mano sobre mi rodilla y la otra sobre la chaqueta del traje.

"¿Qué dices amigo? ¿Trajes a juego para darme buena suerte mañana?

Colton comenzó a balbucear palabras inexistentes y a sonreír.

De la nada Matt suspira: "Quiero un amiguito ahora. Verano", se quejó.

Summer se rió dándole palmaditas en la pierna, "Umm, no ahora. Simplemente cómprele a Colton un traje a juego y comparta al niño".

Levanté la vista, tratando de parecer ofendida: "No compartiremos a mi amiguito. Consigue tu propio Matt. Me estiré y acerqué a Colton, pretendiendo protegerlo de Matt.

Matt puso los ojos en blanco y levantó las manos en el aire: "Mira, Summer, te dije que Reed no comparte".

Chloe se reía mirándonos ir y venir, al hacer contacto visual con Summer levantó una ceja, "Wow Summer, negarle a tu novio un amiguito significa negarle a Colton un mejor amigo". Me encantaba cuando Chloe bromeaba, sólo que no sé si ella está bromeando aquí.

Mis padres entretuvieron a Colton mientras el resto de nosotros limpiábamos el envoltorio de regalo y rellenábamos nuestras bebidas.

Caminando hacia la sala de estar, me encontré con Chloe que estaba detenida. Mirando hacia arriba, la noto mirando a mi papá y a Colton leyendo uno de los libros sobre dinosaurios; Colton dando su mejor "Rawrr" y mi papá copiándolo. Mi mamá se reía y le hacía cosquillas a Colton haciéndolo reír.

Rodeé el estómago de Chloe con mis brazos y la acerqué a mí. "Creo que les gusta", le susurré al oído. Al notar que sus ojos estaban brillantes.

Girándola y nos acompañé de regreso a la cocina vacía, sin soltarla ni una sola vez, "Bebé, ¿qué pasa?"

Levantó la mano y se secó algunas lágrimas que comenzaban a caer, "Lágrimas de felicidad, Reed". Respirando temblorosamente, "Siempre soñé con que mis futuros hijos tuvieran una relación cercana con sus abuelos, pero pensé que ese sueño desapareció cuando mis padres fallecieron". La vi respirar profundamente, pasando una mano por su cabello, "Pero, ver a tus padres con él, me recordó a mis padres cuando era niña y ahora que nunca conocerán a Colton". Las lágrimas volvieron a caer de sus ojos, "Solo espero que consiga a tus padres por mucho tiempo, él ya los ama".

La abracé y besé su cabeza. "Bebé, estarán en su vida por mucho tiempo, lo prometo. No iremos a ninguna parte, estás atrapado con nosotros, te guste o no".

La sentí soltar una pequeña risa: "Hoy estoy emocionada".

Froté círculos en su espalda, "Creo que Colton tiene a mis padres envueltos en su dedo, Amor. Creo que acabas de conseguir algunas niñeras nuevas.

Chloe se echó hacia atrás un poco para mirarme, se inclinó sobre las puntas de sus pies y me dio un beso acalorado. La empujé contra la encimera de mármol y mis manos agarraron su cintura justo debajo de sus senos. Sus manos rodearon mi cuello.

Después de unos minutos y 2 juegos de labios hinchados, respirábamos con dificultad mirándonos a los ojos. "No podemos hacer eso cuando yo no puedo hacer nada al respecto, Chloe. Me estás matando".

Me besó una vez más, antes de regresar seductoramente a la sala de estar.

Pasé una mano por mi cabello tratando de controlar mi respiración pero también solucionar el problema que dejó en mis pantalones. Mientras estaba apoyado contra la encimera, vi a Summer entrar a la cocina con Matt de aspecto triste detrás de ella, "Summer", se quejó, "Sólo 1 niño".

Me reí al ver a Summer poner los ojos en blanco antes de girarse para mirarme, "Dile a tu amigo que necesito una piedra gorda en mi mano si tanto quiere una", luego me giré y me dirigí a la sala de estar.

Matt me miró derrotado, "Mierda, necesito asegurarme de que el anillo que compré sea lo suficientemente grande ahora".

Sentí que mis ojos se agrandaban, "¿Compraste un anillo?"

Matt hizo contacto visual conmigo, sus mejillas se pusieron rosadas y me dio una sonrisa tímida. "Mierda, olvidé decírtelo. Mmmm, sí".

"Santo cielo, eso es increíble. ¿Cuándo preguntas? Me apoyé en el mostrador mostrándole que había invertido en esto para él.

Matt se frotó la nuca y sonrió cansado: "No lo sé todavía, aunque pronto. Creo que cuando tengamos un pequeño descanso quiero llevarla fuera de la ciudad para unas mini vacaciones".

"Eso sería perfecto, a ella le encantan tus vacaciones y sé que te ama. Amigo, estoy tan feliz por ti. Me acerqué y lo abracé en uno de nuestros raros abrazos.

"Gracias hombre. Estoy jodidamente nervioso". Matt dejó escapar una risa nerviosa.

También me pondría nervioso si le pidiera matrimonio a la mujer que amo. Aunque supe desde el primer momento que ella era la indicada.

Pasamos el resto del día holgazaneando antes de que Chloe sacara su lasaña casera, lo que nos indicó que teníamos que comer antes de ir a pedir dulces.

Todos estaban sentados alrededor de la mesa mientras Chloe servía la ayuda en el plato de todos antes de tomar el suyo.

Colton se sentó frente a ella y a mí, sin importarnos una mierda. Descubrimos rápidamente que él y mi padre tienen un vínculo inseparable, por lo que, naturalmente, Colton estaba sentado con él.

Chloe había intentado llevárselo pero tanto mi padre como Colton dijeron que no.

La expresión de su rostro no tenía precio.

Matt y yo limpiamos la cena mientras Chloe iba a buscar el disfraz de jirafa de Colton; el resto de nosotros solo llevábamos sombreros de safari y una camisa y pantalones caqui. Incluso mis padres se disfrazaron.

Matt, mi papá y yo caminábamos con Colton en mi cadera, las chicas caminaban delante de nosotros. Chloe se giraba y tomaba fotos de vez en cuando. Tenía tantas ganas de que ella tuviera fotos de ellos dos, así que me propuse tomar tantas fotos de los dos juntos como fuera posible.

Mi papá seguía intentando que Colton dijera "Dave", pero Colton seguía balbuceando y riendo. Papá era implacable pero este niño era terco. Se negó a llamarme de otra manera que no fuera "papá".

Habíamos visitado al menos 5 casas cuando mi mamá nos detuvo frente a una casa con un montón de decoración de Halloween: "Está bien, Chloe, Colton y Reed. Ustedes tres necesitan una foto".

Chloe se giró para mirarme mientras yo asentía con la cabeza, caminando hacia ella, nos colocamos de modo que Colton estuviera en mi cadera entre nosotros. Su cabeza sobre mi hombro, sus pequeñas manos alrededor de mi cuello. Chloe se inclinó y me rodeó con un brazo y con el otro en Colton.

Mi mamá tomó algunas prometiendo enviárnoslas: "Está bien, esta es mi nueva foto favorita", dijo efusivamente. Mostrándole el teléfono a mi papá, quien le devolvió la sonrisa.

Todos decidieron turnarse para tomar fotos con Colton, aunque se notaba el sueño que tenía.

Una vez que mis padres llegaron a su foto, Colton se animó al ver los brazos de mi padre extendidos hacia su "papá".

Todos nos detuvimos, mi papá sonrió mirando a Chloe, "¿acaba de decir papá o algo parecido?"

Chelsea respiró hondo antes de mirarme: "Yo, um, no conozco a Dave. Nunca había escuchado esas palabras antes, pero parecía estar llamándote".

Pasé mis brazos alrededor de su cuerpo. Plantando un beso en su cabeza. Mi papá le devolvió la sonrisa: "Colton, ¿puedes decir 'Dave'?"

Colton extendió la mano y tocó la mejilla de mi papá, "Papá". Mi mamá se rió, "Oh, cariño, eres demasiado preciosa", extendiendo la mano para pellizcarle ligeramente la mejilla.

Summer tomó las fotos antes de devolverle el teléfono a mi mamá.

Colton no dijo la palabra "papá" ni siquiera "papá" durante el resto de la noche, porque el niño se estrelló en el momento en que nos dirigimos a casa.

Una vez que regresamos, mis padres se despidieron antes de salir y prometieron llamar a Chloe antes del partido de mañana para reunirnos.

Summer y Matt se retiraron a la cama.

Chloe había llevado a Colton para prepararlo para ir a la cama y se acostó.

Me dirigí a la sala, sentándome en el borde del sofá sosteniendo sus pequeños patines. Su camiseta sobre mi rodilla y su trajecito sobre la mesa.

Escuchar a Matt hablar sobre el matrimonio despertó algo en mí. Sabía que Chloe era la indicada, sé que es demasiado pronto. Sé que le cuesta confiar, especialmente cuando se trata de su corazón y de Colton.

Prometo que a partir de hoy seré el mejor novio/futuro esposo de este mundo y que seré el mejor padre que ese pequeño niño jamás tendrá.

Quiero una familia con Chloe, quiero que los tres usemos el nombre en la parte de atrás de la camiseta.

13

Reed: Soy Tuyo

Han pasado 3 días desde que era el primer cumpleaños de Colton. De hecho, descubrimos que se refería a la palabra "papá" cuando hablaba con mi papá.

Su camiseta le queda genial y le encanta. Nuestro equipo de redes sociales logró tomar fotos sinceras de nosotros tres antes y después de los juegos y ahora prácticamente estamos enviando spam a todas las redes sociales.

Summer y Matt se habían ofrecido a cuidar a Colton para que Chloe y yo pudiéramos tener una cita, y esta noche espero que ella esté de acuerdo en quedarse conmigo. Lo sabes para que Matt y Summer puedan practicar para el ejército de niños que Matt quiere.

Le había enviado a Chloe un ramo de flores a su lugar de trabajo en el centro de la ciudad, no solo un ramo pequeño sino un ramo muy grande que llamó la atención con una tarjeta muy sugerente. Afortunadamente, hice el pedido en persona y pude escribirlo, porque no quiero que ninguna mujer ni ningún hombre sepa lo que está a punto de suceder.

Cuando salía del gimnasio, mi teléfono comenzó a sonar, la foto de Halloween que tomamos aparece en mi teléfono, deslizándola para responder. Me agracia con el sonido de Colton riéndose y Chloe riéndose junto con él, "Hola hermosa, ¿a qué te debo?" ¿El placer de esta llamada?

Chloe se ríe de nuevo: "Tal vez no sé algo sobre este ramo floral del tamaño de mi auto y el hecho de que esta nota tiene mucha energía reprimida".

Me pasé una mano por el cabello, sonriendo mientras arrojaba mi bolso de lona en la caja de la camioneta, "Ohh, ¿y qué dice esta nota, amor?"

"Oh, por favor, ¿no me hagas decirlo en voz alta?" Ella suplica. "¿Hay alguien contigo además del hombrecito?" Pregunté sentándome en el asiento delantero.

"No, somos solo él y yo poniendo algo de decoración. No lo digo yo", vuelve a reír.

"Está bien, lo haré. No puedo esperar para probarte. Quédate conmigo esta noche, por favor". Esta vez soy yo quien suplica.

Se toma un segundo antes de responder: "No puedo dejar a Colton durante la noche, no lo creo".

"Cariño, te voy a contar un secreto, Matt quiere tener hijos, Summer quiere tener hijos, déjales tener una noche con Colton para practicar. Y de esta manera puedo ayudarte a relajarte, hay más formas que puedes contar".

Podía escuchar un problema en su respiración: "Relajarse contigo suena bien.

Déjame llamar a Summer".

Enciendo el camión, "No es necesario, ya la convencí. Te veré a las 5 cuando te recoja. Empaca una bolsa, cariño.

Ojalá pudiera verla, pero sé que tiene las mejillas rojas y respira con dificultad por la anticipación. La tengo, ella lo sabe.

"Te veré a las 5 entonces". Ella exhala: "¿Y Reed?" "¿Sí, bebé?" pregunto "Yo tampoco puedo esperar a probarte", dice seductoramente antes de colgarme.

Ella me excitó y luego me colgó, esta mujer sabe cómo excitarme y me encanta. Joder, la amo.

Me dirigí a la tienda a comprar champán, chocolates, algunos de sus dulces favoritos, algunas cosas para el desayuno y algunas rosas rojas. Incluso decidí tomar algunas cosas como una bomba de baño, no tengo idea de para qué sirve, pero a la mierda y luego un poco de sal de Epsom y algunas velas de té. Quiero asegurarme de que mi bebé se relaje.

De regreso a casa, descargué los artículos del desayuno en el refrigerador y luego llevé el resto de los artículos arriba a mi habitación. Como este lugar tiene 2 dormitorios principales, tengo mi propio baño privado con bañera grande. Coloqué la sal de Epsom y el bálsamo de baño en una pequeña bandeja al lado de la bañera, sacando 2 toallas.

Hice una limpieza rápida de la bañera ya que apenas se usa, además de limpiar cualquier otra cosa que no me pareció lo suficientemente limpia.

Agarré algunos tallos de rosas, los coloco a lo largo de la bañera y agregué algunas velas a lo largo de la ventana detrás de la bañera.

Esta mañana había cambiado las sábanas y el edredón, así que mi cama estaba recién hecha y olía divinamente. Tomé algunas rosas y les arranqué los pétalos, esparciéndolos a lo largo de la cama y algunos en el suelo.

Olvidándome de que tenía champán, corrí escaleras abajo, agarré el cubo de hielo en nuestra isla, lo llené con hielo y 2 vasos antes de regresar a subir las escaleras. Colocando el champán en el interior lo coloqué al lado de la tina cerca de la ventana, agregando las 2 copas a continuación. Extendí algunos de los chocolates junto a los vasos.

Al dar un paso atrás, admiré mi trabajo, todo lo que tenía que hacer cuando volviéramos era coger las fresas del frigorífico y cortejar a mi mujer.

Rápidamente me cambié y me di cuenta de que eran las 4:30 y necesitaba irme. Le envié a Chloe un mensaje de texto rápido: "En camino. No puedo esperar a verte".

Ella inmediatamente me respondió: "Mi bolso está listo, estaré lista cuando tú lo estés".

Joder, la amo.

Sabía que la amaba.

Sólo necesito decirle que la amo.

Antes de irme, caminé hacia la mesita de noche y saqué una larga caja de terciopelo. Lo abrí para echar un vistazo más al collar. Era un collar de cadena fina de oro del que salían 3 piedras. Un lado tenía un diamante para representar mi piedra de nacimiento, el medio era un ópalo para Colton y luego una piedra amatista para Chloe. Quería que ella tuviera algo para nosotros tres, algo que le recordara a mí cuando me iba a jugar. Cerré la tapa y guardé el estuche en el bolsillo.

A las 5 de la tarde en punto estaba llamando a la puerta con un ramo de peonías y rosas.

Matt abrió la puerta, tenía a Colton en su cadera quien sostenía su mini palo y un disco de plástico. "Oye hombre, te ves elegante. Entra. Chloe bajará en un segundo. El hombrecito y yo estábamos practicando nuestro golpe. ¿No es así, Colt? Se giró para mirar a Colton, que me sonreía.

"Papá", chilló. Dejando caer el disco y el mini palo.

Extendiendo mi mano libre lo agarré, "Mi hombre. ¿Te divertirás esta noche con la tía Summer y el tío Matt? Le di un beso en el costado de la cabeza.

"Amigo, espero que esto vaya bien. Estoy un poco asustado. Este niño es genial, pero tengo que comportarme lo mejor posible porque quiero un ejército de estos tipos. Así que espero que ganemos a Summer".

Me reí, colocando a Colton en el suelo para que pudiera agarrar el palo y el disco, "Matt, estarás bien. Solo mantenlo con vida y estarás bien". Chloe estaba bajando las escaleras sosteniendo una pequeña bolsa llena de ropa para dormir. Mirándola por todos lados me lamí los labios. Llevaba un pequeño vestido negro ajustado que llegaba hasta la mitad del muslo y llevaba el par de zapatos de tacón negros más sexys. Su cabello estaba peinado en rizos sueltos, mientras bajaba las escaleras su cabello rebotaba contra su cuerpo. El vestido tenía mangas para mantenerla abrigada, pero sus pechos estaban apenas retenido.

Cuando llegó abajo, se agachó frente a Colton, dándole un abrazo y un gran beso: "Pórtate bien esta noche con el tío Matt y la tía Summer. Recuerda que quieres amigos, así que ponte del lado del tío Matt, ¿vale?

Matt y yo nos reímos de ella tratando de suplicarle a su pequeño. Mientras se levantaba, se volvió hacia Matt: "Llámame o envíame un mensaje de texto si me necesitas, ¿vale?".

Matt asintió con la cabeza y luego la saludó como el idiota que puede ser.

Al despedirnos por última vez, caminamos de la mano hacia la camioneta, abrí la puerta ayudándola a levantarse antes de colocar su bolso en el asiento trasero.

Esta noche quería cenar y beber vino, así que mientras estacionaba en el estacionamiento del restaurante de carnes más bonito y caro de la ciudad, sus ojos se agrandaron antes de volverse hacia mí: "Reed, esto es demasiado".

"Bebé, te compraría el restaurante si lo quisieras. Esto no es demasiado. Eres mi chica y quiero que sólo tengas lo mejor". Tomé su mano y le di 3 besos en la muñeca.

Nos sentamos contra la pared del fondo en una mesa circular, la habitación estaba tenuemente iluminada y las velas parpadeaban sobre la mesa. Decidí que mi límite era 1 copa de vino porque las cosas que tenía planeadas para esta noche necesitaban que salieran a la perfección.

Chloe y yo tomamos una copa de vino tinto cada una, antes de acordar nuestro aperitivo y platos principales.

Después de que la camarera tomó nuestro pedido y se fue, tomé la caja de terciopelo con una mano y agarré la suya con la otra. "Te traje algo."

Levantó la vista de su copa de vino y me miró a los ojos. "No tenías que traerme nada, Reed".

"Lo sé, pero cuando lo vi supe que necesitaba tenerlo. Necesitaba que lo tuvieras". Poniendo la caja de terciopelo frente a ella.

Cualquiera que viera la caja sabría que no era un anillo, así que no hay presión. Ella soltó mi mano con cuidado y abrió la caja, con un grito ahogado saliendo de sus labios, "Reed, esto es hermoso. ¿Son estas nuestras piedras de nacimiento? Preguntó entregándole las piedras entre sus dedos.

"Sí. Quería que siempre nos tuvieses a Colton y a mí contigo en todo momento. Odio dejarte por juegos, pero ahora siempre estaré contigo". Puse mi mano en su muslo dándole tres apretones.

Me di cuenta de que estaba tratando de contener sus lágrimas de felicidad: "Me encanta. Gracias. Odio cuando te vas, pero ahora tengo parte de ti", sonrió inclinándose hacia mí y depositando un beso en mis labios. "¿Ponmelo por favor?"

Agarré el collar, lo abrí con cuidado, Chloe me dio la espalda y se recogió el cabello.

Rápidamente cerré la parte de atrás y le di un beso en la nuca.

"¿Cómo tuve tanta suerte de tenerte en mi vida?" Preguntó, sosteniendo mi mano entre las suyas.

"Soy el afortunado amor. Siempre tendré suerte contigo en mi vida. Soy tuya mientras tú me quieras". Lo expliqué sin decir las palabras "cásate conmigo" o "te amo", con suerte ella podrá notarlo.

Ella volvió a mirarme, acunando mi mandíbula en su mano, "Te mantendré para siempre si me lo permites".

Me incliné hacia ella y la besé de nuevo, alejándome decidí que era ahora o nunca, "Te amo".

Ella abrió los ojos y buscó en los míos deshonestidad o culpa, pero al no encontrar nada, sonrió más grande: "Bien, porque yo también te amo".

La cena pasó rápido porque ambos queríamos lo que vendría después. Pagando rápidamente y subiendo al camión, aceleramos hasta la casa.

Una vez que llegamos a la casa, corrí hacia el refrigerador agarrando las fresas, antes de tomar su mano y llevarla escaleras arriba. Antes de llegar a mi puerta dejé de girarme hacia ella, "Quédate aquí como 2 minutos. Necesito preparar algo".

Ella asintió confusa, permitiéndome cruzar la puerta. Corrí al baño encendiendo las velas y colocando las fresas junto al champán. Encender el agua tibia dejando que se llene.

Al abrir la puerta del dormitorio, me acerqué y ella me tomó la mano: "Te prometí amor de relajación".

Sus ojos encontraron los pétalos en la cama antes de volverse hacia mí y colocar su bolso junto a la puerta del armario. "Pétalos de rosa, qué romántico Reed".

Me froté la nuca con nerviosismo, "En realidad, por aquí", llevándola a través de la puerta del baño. Las luces estaban apagadas, la única luz era la de las velas.

Mirándola y estudiando el baño frente a ella, "¿Hiciste todo esto por mí?"

"Por supuesto bebé. Te lo mereces. Te amo." La acerqué a mi pecho. "¿Qué tal si nos quitamos esta ropa y nos damos un agradable baño tibio? Compré champán y bocadillos".

Ella dejó escapar la risita más dulce: "Está bien, ¿qué tal si entras primero y abres el champán? Voy a quitarme los pendientes".

Rápidamente me quité la ropa, sin importarme que fuera la primera vez que me veía desnuda. Cuando entré en la bañera, pude verla por el rabillo del ojo mirándome.

Estoy orgulloso de mi cuerpo, mis abdominales son como un robo y ni siquiera me refiero al tamaño y grosor de mi polla.

Abrí el champán y serví dos copas. Dándose la vuelta para mirarla, se paró contra el mostrador mirándome con una sonrisa en su rostro.

"¿Vas a entrar bebé?" Pregunté levantando una ceja.

Se inclinó hacia adelante y dejó caer la bomba de baño en el agua antes de levantar la vista para encontrarme con los ojos, sus tetas estaban a punto de salirse del vestido. Ya se había quitado los zapatos y se había recogido el cabello en un moño desordenado. Lentamente agarró el dobladillo de su vestido y se lo pasó por la cabeza, dejándola sin sostén ni bragas. Podía sentir el aire salir de mi cuerpo, "¿Estuviste comando durante toda la cena?" Pregunté mirando su impresionante cuerpo.

Pasó por encima de la cornisa y colocó su mano sobre mi hombro para estabilizarse. Una vez en la bañera, se arrodilló frente a mí y me quitó el vaso de la mano. "No quería arruinar ninguna ropa interior sabiendo que me mojas tanto". Se inclinó hacia delante y me dio un beso apasionado en los labios.

Ella se echó hacia atrás un poco, moviendo mi cabeza para besar mi cuello, "Gracias por esta noche".

Podía sentir su aliento caliente en mi cuello, haciendo que mi polla se moviera.

Le quité el vaso de la mano y lo dejé. "Joder bebé.

Déjame hacerte sentir bien".

Me di cuenta de que se sentía segura esta noche y era increíblemente sexy, se acercó a mi regazo y sus manos recorrieron mi cabello. "¿Qué tal si te hago sentir bien?"

Su mano se extendió debajo de nosotros, tomando mi longitud en su palma, cerré los ojos dejando escapar un gemido. Ella continuó besándome. Una de mis manos se colocó en su cadera mientras la otra masajeaba su teta. Dejó escapar un gemido y presionó mis labios contra los suyos para tragar los sonidos.

Mi mano se deslizó por su cadera, colocándola contra sus pliegues, frotándola hacia adelante y hacia atrás, deslizando dos dedos dentro y fuera de su calor.

"Joder bebé, te necesito", gimió.

"Necesito un condón bebé, déjame sacarlo de mis pantalones", fui a separarnos para inclinarme sobre el borde cuando su mano me detuvo.

"Estoy tomando anticonceptivos si estás bien sin ellos" Sus ojos verdes llenos de lujuria y deseo miraron a los míos.

"Estoy bien con eso si tú lo estás". Me incliné para besarla de nuevo. Me agarró de nuevo con la palma de su mano, alineándome con su centro. Mientras se bajaba, estudié su rostro, acariciando su mejilla y mandíbula, "Dios, eres hermosa".

Mientras se empalaba con mi polla, ambos dejamos escapar fuertes gemidos de placer. Había pasado tanto tiempo desde que había estado dentro de alguien, y Chloe estaba apretada.

"Me llenas tan bien", gimió.

Me incliné hacia adelante tomando su pecho en mi boca, haciendo girar mi lengua alrededor de su protuberancia, chupándolo y rozándolo suavemente con mis dientes mordiéndolo. Ella dejó escapar un fuerte gemido: "¡Reed!"

"Eso es todo bebé, sigue montándome. Dios, me tomas tan bien. Quiero escuchar esa boquita bonita decir mi nombre cuando te corras. Besé su cuello, besando su otro pecho dándole la misma atención que recibió el otro.

Ella continuó empujando sus caderas contra mí, mi mano masajeó la teta para liberarla de mis labios mientras la otra la sujetaba con fuerza por la cadera.

Podía sentir su apretado coño apretándose, su respiración cada vez más dificultosa, estaba cerca. "Ven por mí bebé, quiero sentir que me aprietas".

Mis palabras lo hicieron por ella, aceleró el paso antes de soltar un fuerte "¡Reed!" Antes de chocar contra mí.

Seguí moviendo mis caderas, podía sentir mi liberación en el borde, Chloe me sostuvo la cara con ambas manos, "Ven en mi Reed".

Sus palabras lo hicieron por mí. Aceleré mis embestidas, derramando mi semilla en su apretado coño.

Cerré los ojos y recuperé el aliento por un segundo. Ese fue el mejor sexo que jamás había tenido. Claramente el baño también estuvo de acuerdo porque nuestra ropa que estaba en el piso estaba empapada con el agua que se derramaba por el costado.

Agarré la nuca y acerqué sus labios a los míos. "Mierda, eres increíble".

Ella soltó una risita, levantándose con cuidado antes de darse la vuelta, sentándose entre mis piernas, de espaldas a mi pecho. "Ojalá lo hubiésemos hecho antes".

Le entregué la copa de champán mientras ella cogía una fresa y le daba un mordisco. Podría verla hacer cualquier cosa y seguir hipnotizado.

Se giró para mirarme y me tendió la fresa para que le diera un mordisco. "Te amo, Reed Collins, nunca lo olvides".

Tomé el resto de la fresa en mi boca, sin romper el contacto visual, "Te amo Chloe Murphy y nunca he amado a nadie tanto como a ti... y a Colton, por supuesto".

Sus ojos se llenaron de lujuria mientras tomaba un sorbo de champán, lo dejó y se puso de pie, dándome la mejor vista de su trasero.

"¿Qué tal si nos mostramos cuánto nos amamos realmente, Sr. Collins?"

Rápidamente salí disparado del baño, agarré una toalla y la envolví con ella. Recogiéndola al estilo nupcial, prácticamente corrí hacia el dormitorio y la coloqué en la cama.

Ella soltó una carcajada mientras saltaba en la cama, verla desnuda, feliz y la mía en la cama me hizo querer proponerle matrimonio en ese mismo momento.

Separé sus piernas, acomodándome entre ellas, besé su estómago, rezando algún día para que me dejara llenarlo con nuestro bebé. Besando su estómago, besé el interior de sus muslos, sus manos agarraron mi cabello. "Prometí probarte bebé", dije mirando hacia arriba para verla mirando.

Yo mientras drogo mi lengua desde la parte inferior de los labios de su coño hasta el capullo superior.

Sus ojos se cerraron y sus piernas se separaron aún más. "Sé una buena niña y haz lo más ruidoso posible".

Volviendo a sumergirme, comencé a chupar y lamer, arrastrando mi lengua en forma circular, sus caderas chocando contra mi cara.

Seguí devorándola como si fuera mi última comida. Sus manos agarraron mi cabello manteniéndome en su lugar mientras deslizaba 2 dedos dentro de ella.

"Reed, oh mierda, eso se siente bien. Sigue chupando así".

Verla desmoronarse fue una de mis nuevas cosas favoritas para ver. Continué chupando su clítoris mientras ella abría los ojos y me veía devorarla. Su orgasmo la golpeó con fuerza, mientras yo lamía los dulces jugos que salían de ella.

Sus piernas temblaron, pero no quería parar hasta tener el último de sus dulces jugos.

Avancé colocando mis codos a los lados de su cara y dándole un beso en los labios, "Sabes jodidamente delicioso, bebé".

Ella me acercó y me devolvió el beso, antes de empujarme hacia arriba y sobre mi espalda. Colocó su mano sobre mi abdomen antes de darme una sonrisa e inclinarse hacia adelante besando mis besos, luego mis abdominales y luego mi estómago.

A medida que se acercaba a donde yo la quería, mi polla seguía moviéndose con anticipación. Su mano se envolvió alrededor de la base de mi polla, acariciándome lentamente, su pulgar acariciando la punta limpiando el precum por la base. Sus ojos se encontraron con los míos, "Ahora es mi turno de probarte bebé".

En cuestión de segundos, sus labios me rodearon y su lengua se arremolinaba alrededor de mi polla.

Podía sentir mi polla golpear el fondo de su garganta y verla tomarme estaba incitando a que mi liberación llegara antes de lo que quería.

La saqué suavemente de mí, "Maldita sea, bebé, necesito correrme, pero necesito correrme dentro de ti".

Ella sonrió mientras se limpiaba el costado de la boca, nos di la vuelta para que ella quedara boca arriba.

Levanté una de sus piernas sobre mi hombro y me alineé con ella, empujando su coño mojado.

Su mano se hundió en mi hombro y la otra en mi espalda. Con cada embestida podía sentir sus uñas marcándome y me encantó.

Me incliné hacia adelante para besarla antes de bajar por su cuello y luego tomar su teta en mi boca como antes. Sus gemidos se hicieron cada vez más fuertes: "Caña más fuerte, sigue, estoy cerca".

Besé mi camino de regreso a su cuello, agarrando su cadera con más fuerza para mantenerla firme, "Joder, estoy cerca de ser bebé", gemí.

"Ven conmigo, Reed. Te necesito", jadeó.

Podía sentirla apretarme antes de sentir que ambos orgasmos se liberaban, su coño ordeñandome hasta dejarme seco.

Puse mi frente sobre la de ella, ambos abrimos los ojos, mirándonos, me incliné hacia adelante para besarla, "Eres increíble, bebé".

Dejó escapar un suspiro tembloroso cuando salí de ella, apoyando mi cabeza en su pecho. Su mano en mi cabello mientras mis manos la rodeaban.

Besé el lugar donde caía el collar sobre su pecho, antes de tomar una mano y sostener las piedras en mis dedos, "Sabes, siempre podemos agregar más piedras según sea necesario, ¿verdad?"

Ella soltó una carcajada mientras masajeaba mi cuero cabelludo: "Tengo un Reed de 1 año, ¿qué tal si esperamos para que no ocurra ningún 2 bajo 2?".

Me encanta poder criar niños y ella tiene miedo de hablar. Sólo espero que sepa que en el momento en que me dé luz verde, la voy a dejar embarazada.

Besé su pecho de nuevo, "Te amo".

14

Chloe: Era Papá

eed y Matt tuvieron una práctica temprana esta mañana, dejando a Summer, a mí y a Colton, muy en movimiento, preparando y cocinando la comida de Acción de Gracias. Desde que los chicos tenían un hogar juego anoche y luego otro el viernes a media tarde, Matt y Summer no pueden aventurarse en su escapada de fin de semana a la cabaña hasta el sábado por la mañana.

Tengo el buen presentimiento de que Summer volverá con unos herrajes grandes y muy brillantes en su dedo anular.

Los padres de Reed están volando de regreso y deberían estar aquí en breve, actualmente son las 9:30 am y se suponía que su vuelo aterrizaría a las 9.

Summer estaba lidiando con el pavo de 20 libras mientras yo intentaba mantener a Colton entretenido con dibujos animados en lugar de revisar todos los cajones de la cocina. Realmente espero que la mamá y el papá de Reed lleguen pronto, necesito un descanso.

Mientras perseguía a Colton, que tenía un cucharón en una mano y una espátula en la otra, la puerta principal se abrió para ver a Reed y Matt empapado de sudor después de la práctica sosteniendo sus bolsas de equipo. Ambos tenían grandes sonrisas en sus rostros mientras veían al niño correr directamente hacia ellos.

"Colton, cariño, mami los necesita, ¿puede devolvérmelos, por favor?" Supliqué, agachándome para estar a la altura de los ojos de mi hijo tirano. Quien actualmente estaba escondido detrás de las piernas de Reed, riéndose de mí.

Matt trató de contener la risa mientras caminaba a mi alrededor para encontrar a Summer.

Reed dejó su bolso en el suelo mientras jugaba con el cabello de Colton: "Oye amigo, ¿qué tal si le devuelves eso a mami y podemos ir a prepararnos antes de que papá y meemee lleguen aquí". Desde que Colton comenzó a llamar a Dave "papá" hemos estado tratando de encontrar un nombre para Susan, aparentemente "meemee" es el ganador. Colton dejó caer ambos utensilios de cocina antes de levantar las manos para que Reed lo tomara.

Reed se agachó, agarró los dos artículos y me los entregó, antes de alcanzar y levantar a Colton, "Hola bebé. Te extrañé" Reed se inclinó para depositar un delicado beso en mis labios.

"Te extrañé. ¿Cómo estuvo la práctica? Devolviéndole el beso con más fuerza.

Reed gimió mientras me alejaba, "No fue nada comparado con besarte".

El rubor comenzó a subir por mi cuello. "¿Sabes qué sería mucho mejor?" Le guiñé un ojo.

Reed se lamió los labios y me miró mientras me mordía el labio inferior. "Tengo algunas ideas, aunque ilumíname".

Dejé escapar una pequeña risa antes de ponerme de puntillas, mis labios a centímetros de los suyos, "Te estás duchando porque apestas". Volviendo a la planta de mis pies, le guiñé un ojo de nuevo antes de girarme y regresar a la cocina, asegurándome de balancear mis caderas un poco más de lo habitual.

Podía escuchar a Reed gemir y luego susurrar: "Colton, tu mamá será mi fin".

Al cabo de una hora, los padres de Reed llegaron y volvieron a estar absortos en la vida de Colton. No me importa, me permite trabajar en la cena y no perseguir a mi hijo por toda la casa. Reed finalmente se duchó, lo mismo que Matt, así que ahora la casa dejó de oler a vestuario de hockey, gracias a Dios.

Dave tuvo cualquier partido de fútbol, los niños se unieron a él en la sala bebiendo cerveza y comiendo cualquier bocadillo que repartimos, bastante seguro que algunos eran bocadillos para bebés de Colton, pero nadie necesita saberlo.

Susan se había unido a Summer y a mí en la cocina, ayudándonos a preparar la primera comida de Acción de Gracias que intentamos cocinar. Al darme cuenta de que se acercaba el mediodía, necesitaba encontrar a Colton e intentar llevarlo a tomar una siesta. Había sacado su botella y la estaba preparando cuando Reed entró a la cocina con una botella muy pesada.

Miró a Colton recostado contra su pecho, "Oh, bien, solo venía aquí para preparar su biberón antes de la siesta".

Sonreí poniendo la tapa a la botella antes de volverme para entregársela. "¿Quieres que lo lleve y puedas volver allí con los chicos?"

Reed agarró la botella, inclinándose para besar mi mejilla, "No te preocupes amor, preocúpate por aquí, yo lo tengo".

Reed se retiró a la sala de estar, sosteniendo todo mi mundo y mi corazón en sus manos.

Sin darme cuenta de que había estado mirando, sentí un codazo en mi hombro, mirando a mi lado veo a Susan sonriéndome, "Nunca lo había visto actuar tan domesticado, me encanta". Ella soltó una carcajada.

Podía sentir el sonrojo subiendo por mis mejillas, "Me encanta lo mucho que ama a Colton y lo útil que es, gracias por criar a un caballero perfecto".

Susan tomó mi mano y la apretó suavemente antes de darse la vuelta para trabajar con los panecillos.

Desde la cocina pude ver a Reed de pie con Colton en sus brazos, la botella vacía y los ojos de Colton cerrados. Reed está hablando con su padre y Matt mientras usa su mano libre para señalar el televisor. Verlo en su era de padre me hace querer darle más bebés, literalmente puedo sentir mis ovarios arder.

La cena estuvo genial, dejamos que Matt trinchara el pavo ya que estaba tan emocionado de tener una comida casera que necesitó la ayuda de Dave, pero todo salió bien.

A Colton le encantó todo lo que le preparé y solo unas pocas veces tuve que limpiarle el puré de papas del cabello.

Estaba en la cocina cortando el pastel en pedazos para emplatar y servir cuando sentí dos brazos rodear mi cintura, "La cena estuvo bien bebé" y un dulce beso en mi sien hizo que mis piernas se debilitaran.

Sonreí y giré la cabeza para mirar a Reed. "Gracias cariño, no fui solo yo quien cocinó, ¿lo sabes, verdad?"

Reed inclinó la cabeza hacia abajo, su nariz rozando el costado de mi mejilla, haciéndome girar la cabeza para darle acceso a mi cuello. "Conozco el amor.

Pero eres, con diferencia, mi favorito. ¿Qué hay de postre? Por favor, dime que eres tú. Continuó dejando besos a lo largo de mi cuello y debajo de mi oreja.

Haciendo todo lo posible por reprimir el gemido en el fondo de mi garganta, cerré los ojos: "Sigue haciendo eso y así será".

Reed dejó escapar una pequeña risa, su aliento golpeó mi oído, "Ojalá tuviéramos un poco de privacidad bebé, porque serías tú en este mostrador conmigo devorándote".

Dejo el cortador de pastel, girando en los brazos de Reed, pasando mis manos a lo largo de sus brazos hasta su cuello, "Realmente me encanta hacia dónde va esto, y créeme, me encantaría ser tu comida de 3 platos, pero tus padres "Están al alcance del oído, amor". Inclinándome, puse un beso acalorado en los labios de Reed antes de pasar a su cuello, "tal vez más tarde".

Con eso me di vuelta, agarré el molde para pastel y salí de la cocina fingiendo que mis bragas no estaban completamente goteando con mi excitación. Necesito a Reed y lo necesito en el momento en que tengamos tiempo a solas.

Los chicos se encargaban de lavar los platos y la cocina, o sea, es justo.

Matt y Reed habían estado susurrando entre ellos todo el tiempo y tenía curiosidad por saber sobre qué podrían estar chismorreando los dos. Pero cada vez que Summer o yo entramos a la cocina, nos congelamos. Los hombres son tontos.

Susan y Dave se alojaban en un bonito hotel no muy lejos de nuestra casa del estadio, por lo que se habían ido alrededor de las 8 p. m. para descansar bien antes de reunirse conmigo mañana para el partido de chicos.

Summer y Matt se habían retirado a su cama justo antes de las 9 y yo estaba tratando de mecer a Colton para que se durmiera. Reed estaba guardando los juguetes mientras yo estaba en nuestra habitación tratando de trasladar a Colton a su cuna.

Finalmente, bajé a Colton y me dirigí al baño para comenzar a ducharme y seguir con mi rutina nocturna, todavía no podía sacarme a Reed y sus malas palabras de mi cabeza. Decidí tentarlo con una ronda de sexo humeante en la ducha, así que le envié un mensaje de texto, haciéndole saber dónde lo necesitaba y lo quería.

Chloe: De camino a la ducha, realmente me vendría bien tu lengua para asegurarme de estar completamente relajada después de hoy.

Reed: En camino.

Solté una carcajada al imaginarlo volando escaleras arriba mientras se desabrochaba la camisa y los pantalones.

Cuando me di vuelta para probar el agua, la puerta se abrió y entró un Reed sin aliento, con los pantalones medio puestos, la camisa fuera de un brazo y todavía alrededor de su cuello.

Continué riéndome viéndolo lucir hecho un desastre, "¿Estás bien ahí, guapo?"

Reed dejó escapar un gemido, observando mi apariencia, bueno, la vista tan desnuda que le presenté, "Ahora lo soy". Reed destrozó lo último de su ropa antes de atraerme y colocarme sobre el mostrador, su boca atacando la mía.

"Reed", gemí cuando él rompió el beso y se dirigió a mi cuello. "¿Qué necesitas bebé? Cuéntamelo", exigió.

Contuve el aliento, "Tú, te necesito". El aire estaba denso debido a la frustración sexual y al calor de la ducha.

"¿Qué necesitas bebé? Dime. ¿Quieres que te lama el apretado coño? Sus manos separaban mis muslos, mientras su boca se movía sobre mis pechos.

Asentí con la cabeza, apoyándome contra el espejo, mis manos llegaron a su cabello y espalda.

"Palabras Cloe". Él gruñó.

"Sí. Sí, quiero que me comas", gemí.

Reed cayó de rodillas, acercándome al borde de la encimera.

Besó mis muslos de un lado a otro antes de lamer todo mi coño. Dejé escapar un gemido profundo en el momento en que sentí su lengua golpear mis nervios.

Reed continuó lamiendo los pliegues, chupando y mordisqueando mi bulto. Continué moviendo mis caderas y tirando de su cabello, "Oh, Reed, así como así". Reed se echó hacia atrás, colocando suavemente el pliegue entre sus dientes antes de soltarlo, "Tranquilo bebé, no necesitamos que el bebé se despierte". Las palabras apenas salieron de su boca antes de tener su boca sobre mí. Sus dedos entran y salen de mí, curvándolos. Continué gimiendo y moviendo mis caderas montando su cara, "Reed, estoy cerca", jadeé mientras El orgasmo desgarró mi cuerpo.

Reed continuó chupando hasta la última gota, mi cuerpo continuó temblando con la réplica en la que me quedé. Mi mano quedó flácida en su cabello.

Reed depositó suaves besos en mis muslos antes de levantarse, mirándome a los ojos, tomó sus dedos y se los llevó a la boca lamiendo mis jugos, "Joder, tienes un sabor increíble".

Mi respiración se atascó en mi garganta al verlo chuparse los dedos.

Lentamente me levanté del mostrador y me paré frente a él, tomando su mano libre lo llevé hacia la ducha.

Una vez dentro, lo empujé contra la pared de la ducha antes de arrodillarme, "Ahora es mi turno".

El deseo y la emoción pasaron por los ojos de Reed cuando agarré su longitud con mi mano. Manteniendo el contacto visual, bombeé su polla mientras pasaba mi lengua por la punta hasta la base y llevaba sus bolas a mi boca, chupándolas suavemente.

La cabeza de Reed cayó hacia atrás mientras dejaba escapar un gemido entrecortado. Moví mi lengua hacia la punta antes de llevarlo a mi boca. Continué pasando mi lengua alrededor de su polla y sobre la punta, saboreando el pre-semen. La mano de Reed estaba en mi cabello, reteniéndolo.

Me di cuenta de que se estaba acercando, su respiración aumentaba y los gemidos eran más frecuentes: "Bebé, estoy cerca".

Continué chupando más fuerte, deseando que se liberara en mi boca.

En cuestión de segundos, su semilla corría por el fondo de mi garganta y lo bebí hasta secarlo.

Lo saqué de la boca, Reed se agachó y agarró mi brazo para ayudarme a levantarme del suelo.

Reed puso sus manos en mi cintura y su frente contra la mía, "Joder, te amo".

Pasé mis manos por su cabello, "Te amo". El resto de la ducha nos limpiamos nosotros mismos, manteniendo las cosas bastante PG.

Esa noche, arrastrándose hacia la cama, Reed me acercó a él y me besó la coronilla: "Vive conmigo".

Mis manos se detuvieron de dibujar círculos en su pecho, moví mi cabeza para mirarlo, "¿Qué dijiste?"

Reed continuó jugando con mi cabello y su mano se posó en la base de mi cuello. "Múdate conmigo. Chloe te amo, odio ser lejos de ti, carajo ya casi no duermo en casa. Entonces, consigamos un lugar juntos".

Probablemente podía ver la agitación y las constantes disputas de un lado a otro en mi cabeza mientras reflexionaba sobre los "¿y si?", "¿Quieres que Colton y yo nos mudemos contigo?"

Los ojos de Reed se encontraron con los míos y su mano pasó por un mechón de cabello detrás de mi oreja, "Sí, cariño".

Realmente amaba a este hombre y él está ahí no solo para mí sino también para Colton, es todo lo que quería en una pareja. "Sí."

Las manos de Reed acunaron mi rostro mientras se inclinaba para besarme, "¿Estás seguro? Como 100% positivo, soy egoísta y los quiero a los dos, pero si no están listos, esperaré".

Sonreí y llevé mi mano a su mejilla. "Reed, no hay nadie más con quien quiera despertarme e irme a dormir al lado. Sí, quiero mudarme contigo".

La sonrisa de Reed creció de oreja a oreja mientras da un suspiro de alivio: "Podemos comprar una casa, la casa que quieras, yo la compraré. Deberíamos llamar a un agente inmobiliario mañana".

Dejé escapar una risa tranquila sin querer despertar a Colton, pero también muy feliz de que Colton ahora pueda tener su propia habitación, "Espera, ¿quieres comprar una casa? ¿Por qué no alquilar?

La mirada de Reed se encontró con la mía nuevamente: "Chloe, mientras sepa que no dejaré el equipo ni el estado, así que comprar una casa tiene sentido. Es donde podemos plantar nuestras raíces. Además, comprar una casa puede permitirnos determinar cuántas habitaciones queremos y cuándo queremos llenarlas".

Besé su pecho, "Piensa en los niños otra vez, ¿no?"

Las mejillas de Reed se volvieron de un tono rosado un poco más oscuro ante mis palabras: "¿Está tan mal querer tener hijos contigo? Me encanta el que tenemos actualmente, pero necesitamos más de uno para que un equipo de hockey ame".

Sacudiendo la cabeza, mi sonrisa se hizo más grande, "¿Qué tal un paso a la vez aquí Casanova?"

Reed besó la parte superior de mi cabeza una vez más, "Bien. Esta conversación no ha terminado, simplemente está en suspenso. Vamos a dormir un poco, bebé".

Besando a Reed una vez más, me acurruqué a su lado mientras sus manos me abrazaban posesivamente, manteniéndome encerrada a su lado.

"Buenas noches, Reed". "Buenas noches Cloe".

A la mañana siguiente me desperté con una taza de café caliente en mi mesita de noche y ningún Colton a la vista.

Levantándome lentamente y estirándome, me refresqué para el día y me puse unas mallas y un suéter de St. Louis Hockey que estoy bastante seguro es de Reed.

Encontré a Reed y Colton disfrutando del desayuno en la mesa con un plato intacto listo para mí junto a Reed. Sonriendo ante el gesto, me acerqué colocando mi taza al lado de mi plato y besando la parte superior de la cabeza de Reed antes de pasar a besos de pimienta a lo largo de mi dulce cara de bebé.

Colton se reía y sostenía su bolsa de yogur, emocionado de verme y emocionado de limpiarme el exceso de yogur.

"Buenos días a mis chicos favoritos".

"Escuche eso Colton, ella cree que somos niños y no hombres, que grosero".

Solté una carcajada mientras me movía para sentarme, "Gracias por el desayuno y el café. ¿A qué hora se despertaron?

Reed giró la cabeza para mirarme, con una dulce sonrisa en su rostro. "Nos levantamos a las 6:30 con el tío Matt y salimos a correr por el vecindario. Decidimos que mamá necesitaba dormir un poco después de ayer".

Miré alrededor de la cocina y la sala de estar, notando que el reloj marcaba las 8:30 am y la ausencia de mi compañero de cuarto, "¿Dónde están Matt y Summer?"

"Se dirigieron a la pista, Summer tuvo que encontrarse con uno de los jugadores en la vida real por su rodilla y Matt quería darse un baño de hielo".

"Oh, ¿necesitas ir o quieres ir allí?" "No, lo que quiero es pasar mis próximas 2 horas con ustedes dos relajándose. Hace buen tiempo, tal vez después de comer podamos dar un paseo hasta el parque que hay al final de la calle. Reed se acerca para quitarle la bolsa vacía de las manos a Colton, "Es hora de limpiarte".

Como dije ayer, Reed en modo papá es tremendamente sexy y ardiente.

Como mencionó Reed, después de limpiar Colton, dimos un paseo familiar hasta el parque de nuestro vecindario. El clima fue sorprendentemente cálido para noviembre y no hubo nieve, gracias a Dios.

Habíamos puesto a Colton en el columpio para bebés y le había encantado, no dejaba de reírse y aplaudir. "Creo que necesitamos un parque infantil o un columpio en nuestra casa, oírlo reír me está matando".

Me reí al ver a Reed desmayarse por las risitas del bebé y exigir que consiguiéramos un columpio debido a esto, y no estoy en contra. "Hablando de casas, ¿por dónde empezaríamos?"

Reed me miró mientras empujaba a Colton: "Ya llamé a mi amigo agente de bienes raíces. Le dije que quiero un vecindario cerrado con seguridad, una casa de buen tamaño que no sea difícil de limpiar, un gran patio trasero, dijo que tendría una lista de casas antes del final de la próxima semana y luego podremos recorrerlas. ."

Me acerqué colocando mi mano en su bolsillo trasero, inclinándome hacia su costado, "Estoy muy feliz de mudarme con usted, Sr. Collins", inclinándome y le di un beso amoroso en la mandíbula.

Reed rodeó mi cintura con su brazo, anclándome a él, "No preferiría vivir con nadie más que contigo, bebé".

Después de otra media hora, regresamos a la casa. Colton estaba profundamente dormido en el cochecito incluso antes de que saliéramos del parque.

Una vez que llegamos a la casa, llevé a Colton mientras Reed comenzaba a prepararse para dirigirse a la arena. Como el partido era a las 2:00, necesitaba ponerse su traje del día del partido y salir por la puerta en la siguiente hora.

Reed bajó las escaleras buscándome, "¿Hola nena?"

Mirando por encima del respaldo del sofá mientras él entraba, mis ojos me engañaron mientras miraba al hombre que estaba sin camisa y llevaba pantalones deportivos muy bajos. "Uh, umm, sí cariño" Me limpié la garganta. Reed sonrió sabiendo que yo había estado mirando, "¿Tú y Colton simplemente queréis venir conmigo? Conozco los juegos a las 2, pero no tengo por qué serlo.

Allí hasta las 12:30 y podrás pasar el rato con Summer".

Mirando mi teléfono ni siquiera eran las 11 a. m., lo que me dio mucho tiempo: "Sí, podemos hacerlo. Déjame llevarlo y comenzaré a prepararme".

Reed sonrió tomando a Colton de mis brazos, antes de extender su mano hacia la mía, "Entonces, preparémonos, familia".

Al entrar a la arena, algunos de los jugadores salían de sus autos, otros llevaban a sus familias a cuestas. Al bajar de la camioneta de Reed, agarré La bolsa de pañales y caminó hacia el lado de Reed, ayudando a sacar a Colton del asiento del automóvil.

Los chicos (principalmente Reed) decidieron usar sus trajes a juego, con sus zapatos de vestir negros. Llevaba mi camiseta de Collins con un par de pantalones de cuero negros y mis botas negras hasta la rodilla. Mi cabello estaba recogido en una cola de caballo lisa con joyas de oro en las orejas y el cuello.

Coloqué a Colton en el suelo, sosteniendo su mano mientras Reed tomaba su bolsa de equipo antes de dirigirnos a la entrada de jugadores.

Cuando entramos, su equipo de redes sociales estaba haciendo su recorrido del día del juego en fotos, así que me dirigí hacia el lado de Colton. Reed se dio cuenta y se detuvo, "¿Puede umm, Colton puede caminar conmigo?"

Sonreí viéndolo ponerse nervioso, "Dame tu bolso y podrás tenerlo".

Reed sonrió ampliamente dirigiéndose hacia mí y entregándome su bolso que sorprendentemente no pesaba tanto como pensaba, tomó a Colton quien estaba hipnotizado con las luces.

Caminé hasta el otro extremo mientras el equipo de redes sociales se comía la ternura que serían mis hijos. Colton sostenía la mano de Reed caminando junto a él sonriendo a las cámaras.

Saqué mi teléfono y les hice reír a algunos de ellos mientras caminaban hacia mí. Los ojos de Reed se encontraron con los míos, dándome su sonrisa coqueta y un guiño.

Colton me vio y salió corriendo de Reed, "mamá", balbuceó con las manos en alto.

Arrodillándome, extendí las manos, "Colton, dejaste a papá". Colton se detuvo y se dio la vuelta antes de correr de regreso hacia Reed.

"Papá". Estoy bastante seguro de que todas las chicas en la habitación se desmayaron en el momento en que Reed se arrodilló y agarró a Colton, porque yo me desmayé y mis ovarios volvieron a arder.

Después de dejar a Reed en el vestuario, Colton y yo estábamos en la sala familiar, había algunas otras esposas y algunos niños un poco más grandes que Colton.

Colton estaba jugando en el suelo a mis pies con su dinosaurio cuando otro WAG se acercó, "¿Tu Chloe, verdad?"

Levanté la vista y me encontré con su mirada, ella era un poco mayor que yo, cabello castaño claro y ojos marrones, una sonrisa educada en su rostro. "Sí, ese soy yo".

"Hola, soy Candice. Estoy casada con Luke Davies, uno de los defensores.

Quería presentarme".

Le sonreí: "Es un placer conocerte. Este es Colton, mi hijo".

Candice miró a Colton y sus ojos se abrieron, "Oh, Dios mío, él es la cosa más linda. ¿Cuántos años tiene él?"

Pasé mi mano por su cabello, "Acabo de cumplir un año en octubre".

Candice se sentó a mi lado mirando a Colton antes de volver a mirarme: "La mía tiene 5 años y ella es la más atrevida de todos los tiempos, se parece a mí, pero principalmente a su papá. Extraño cuando son así de pequeños".

Casi como si convocara a una niña pequeña alrededor de la silla, su cabello castaño está recogido en dos trenzas, lleva una camiseta pequeña que probablemente sea el número de su padre y un par de mallas con sus pequeñas botas ugg. Candice sonríe y toma a su hija en brazos: "Brooke, ¿puedes saludar a Chloe? Esta soy la novia de Reed y su hijo Colton".

La pequeña niña sonrió mirándonos a mí y a Colton, saludando con la mano y una suave sonrisa antes de inclinarse hacia su madre.

Continuamos conociéndonos durante la siguiente hora, otros WAGS se unieron a nosotros de vez en cuando y Brooke decidió jugar con Colton. Los padres de Reed entraron a la sala familiar, mientras caminaban hacia Colton notó que se tomaban su tiempo para levantarse antes de caminar hacia ellos balbuceando su versión de "papá" y "meemee" con las manos en alto y una sonrisa con dientes en su rostro.

En los calentamientos, nos dirigimos al cristal para poder ver a Reed y Colton seguían sonriendo, aplaudiendo y señalando a los jugadores en el hielo.

Volviéndome para regresar al ascensor principal que nos llevaría a la sección en la que estábamos sentados. Noté a un hombre acechando en las sombras al final del pasillo. Parecía familiar, su cabello castaño estaba desgreñado y era alto y delgado. Cuando se dio cuenta de que estaba mirando, se giró y desapareció en el pasillo.

Ha vuelto. Creo que fue el verdadero padre de Colton, mi ex. Él está aquí. ¿Por qué está aquí?

Sentí una mano en mi hombro que me hizo saltar ante el toque, al girarme vi a Summer mirándome, "Oigan, ¿están listos? ¿Y estás bien?

Sacudí la cabeza para aclarar mis pensamientos: "Sí, estoy bien. Sólo estoy pensando. Vamos."

No puedo decírselo a Summer o ella se asustará, alertará a seguridad y provocará una escena. No puedo decírselo a Reed, él sólo verá rojo y lo buscará.

Quizás no fue él.

El resto del partido sentí como si alguien me estuviera mirando, se me erizaron los pelos de la nuca. Odiaba este sentimiento.

El partido fue brutal, en el tercer tiempo estábamos empatados 3-3. Reed había pasado algún tiempo en el contenedor, uno por tropezar y otro por pelear con otro jugador.

Por mucho que odie cuando lo meten en el área de penalización, se ve muy bien peleando. Aunque nunca se lo diré.

Nos quedaba un minuto del tercer tiempo, Colton estaba dormido contra mi pecho y yo contenía la respiración viendo la cuenta regresiva del tiempo.

Ahora que quedan 15 segundos en el período, Matt le roba el disco al otro equipo y se dirige por el hielo hacia el portero del otro equipo.

Acercándose a la portería, pasó el disco en el último minuto, Reed surgió de la nada y lo golpeó. Summer y yo vimos cómo el disco volaba sobre el hombro derecho del portero golpeando el fondo de la red. Se dispara la alarma de gol y la afición se vuelve loca.

Colton se despertó mirando a su alrededor antes de mirarme a mí, "Colton, papá anotó. Ganamos bebé". Besando su mejilla.

Colton me sonrió apoyando su cabeza en mi hombro mirando hacia el hielo, señalando a Reed y mirándome, "¡Papá!"

"Sí bebé papá. Papá ganó". Summer nos sonrió antes de mirar hacia el hielo.

Mientras los equipos salían, nuestros muchachos patinaron levantando sus palos en el aire como agradecimiento a sus fanáticos.

Summer y yo nos levantamos, acomodé mejor a Colton en mi cadera.

Reed patinó hasta el cristal cerca de mí y lo golpeó con su bastón, llamando mi atención. Una vez que mis ojos estuvieron sobre él, él estaba sonriendo y sosteniendo un disco, el disco con el que anotó. Señalándome y luego de nuevo hacia él, diciéndome que me acercara.

Cuando me acerqué, me lo arrojó para que lo atrapara.

Colton se acercó y colocó las manos sobre el cristal, "¡¡Papá!!"

Reed colocó sus manos sobre el cristal donde estaban las de Colton, sus ojos se desviaron de Colton a los míos, pronunciando las palabras "Te amo". Yo articulé las palabras antes de que se fuera patinando.

Mirando el disco, tenía cinta adhesiva con la fecha de hoy y su nombre. Parece que fue escrito por el entrenador. Pero debajo había otro trozo de cinta que tenía la fecha de hoy y las palabras "Te amo".

Nos dirigimos al área familiar para esperar a los niños, los padres de Reed ya estaban en la sala hablando con otros padres y esposas.

Una vez que Dave nos vio a Colton y a mí, abandonó su conversación y a Susan. Haciendo una carrera loca hacia nosotros dos, "Ahí estás, querida". Ver a Dave acercarse me hizo sonreír, Colton notó que Dave se acercaba y se emocionó, extendiendo sus manos para que Dave lo tomara.

"¡Papá!"

Me reí al ver la cara de sorpresa de Dave. "Reed podría haberlo estado ayudando a trabajar en las palabras. 'Papa' y 'Dada' son sus favoritos hasta ahora".

Dave parecía emocionado mirando a Colton y luego a mí, extendiendo la mano y me dio un gran abrazo: "Gracias por amar a mi hijo y darnos la oportunidad de amar al tuyo".

Sus palabras me golpearon en el corazón, me hizo extrañar mucho a mi papá, se hubieran llevado muy bien. Respiré hondo antes de poner otra sonrisa en mi rostro: "Él no es solo mi chico. Es de Reed, lo que lo convierte también en tu chico. Todos somos familia Dave. Gracias por amar a Colton como si fuera tu sangre".

Dave me dio otro apretón y un beso en la cabeza mientras Susan se acercaba emocionada de vernos a Colton y a mí. "Mi dulce bebé. ¿Quién te tiene?

Colton aplaudió "¡Papá!"

Dave se rió: "Papá tiene razón. ¿Quién es ese?" Dave señaló a Susan, "Meemee", chilló.

Susan respiró profundamente: "Me gusta Meemee. Puedo trabajar con Meemee".

Los vi interactuar, perdiéndome en lo mucho que Colton ama a sus nuevos abuelos y casi me perdí a Reed caminando detrás de mí.

Colocando su bolso en el suelo, con una mano rodeando mi estómago y plantando un beso en mi mejilla, "Deberíamos enviar a Meemee y a papá con Colton a la casa mientras mamá y papá van a celebrar".

Sus palabras instantáneamente me mojaron. No quería nada más que arrancarle la ropa y montarme a horcajadas sobre él.

Mirándolo mientras levantaba una ceja, "Por mucho que me guste esa idea, estoy exhausto y sé que necesitas un buen masaje después de esa pelea brutal".

Reed se rió, "¿Te gustó eso?"

Mantuve contacto visual, sin dejarle ver cuánto me había afectado, inclinándome hacia su oído, "Me mojó tanto, estoy seguro de que todavía lo estoy" sellando mis palabras con un beso debajo de su oreja.

Podía escuchar su jadeo por aire, no preparado para mis palabras.

Sus padres finalmente notaron su presencia: "Oh cariño, lo hiciste tan bien. Pero de qué hablamos con pelear. Podrías lastimarte". Me encantaba cuando su mamá lo regañaba.

Reed abrazó a su mamá y luego a su papá, Colton extendió la mano y se pegó a Reed.

Reed y yo subimos a mi auto que él había conducido antes y nos dirigimos a casa para preparar la cena y disfrutar de una noche relajante. Summer y Matt habían decidido irse ahora en lugar de mañana por la mañana.

Cuando salimos del estacionamiento, noté una figura parada debajo de un árbol, acechando y observando.

Ya no tenía dudas, él estaba de regreso y él sabe que yo sé que está aquí.

Una vez que llegamos a casa, me dirigí al dormitorio para cambiar a Colton y ponerme ropa cómoda para mí. Reed se había cambiado y bajó las escaleras para preparar la cena.

Mirando desde la esquina de la cocina con Colton, Reed está de espaldas a mí, desplazándose en su teléfono y revolviendo los espaguetis y la salsa, me encantaba cuando se veía así.

Caminando silenciosamente detrás de él, le cubrí los ojos inclinándome hacia su oreja, "Adivina quién", lanzando suaves besos debajo de su oreja hasta su cuello.

Al escuchar el gemido primitivo más sexy salir de su cuerpo, agarró mi mano y se dio la vuelta.

"Bueno, ¿no es así mi niño favorito y su increíble y sexy mamá?" Inclinándome para dejar más besos en mi mandíbula.

Colton se acercó a Reed y se lo entregó. Miré a su alrededor. "Los espaguetis huelen increíble. ¿Necesitas ayuda, amor?

"No, aunque ¿puedes sacar una bolsa de hielo? Creo que me lastimé el hombro en esa pelea. Debería ponerle hielo aquí pronto".

Sonreí girando sobre mis talones para agarrar todo lo que necesitaba para jugar al doctor.

La cena fue bien, a las 8 p.m. Colton estaba profundamente dormido arriba.

Reed había estado poniendo hielo en su hombro en el sofá, decidí sorprenderlo ya que necesitaba aliviar el estrés. Me puse un Teddie nuevo de color granate intenso, el encaje apenas cubría mis pezones y caía justo en el fondo de mi trasero. Agregué la tanga a juego antes de darme una vuelta para asegurarme de que se viera bien. Me solté el cabello y pasé las manos por él dándole un aspecto desordenado.

Caminé silenciosamente detrás de Reed, pasando mis manos por sus hombros y sobre su pecho, inclinándome y besé debajo de su oreja, "Creo que necesitas relajarte bebé", agarré la bolsa de hielo y la arrojé sobre la mesa. Quitando mis manos caminé alrededor del sofá observando la reacción de Reed.

Sus ojos entraron en shock al ver lo que llevaba puesto, o apenas lo llevaba puesto.

Tomé mi dedo índice y lo deslicé por su mejilla y su cuello, "¿Te gusta?" Pregunté, encontrando su mirada, mordiéndome el labio inferior. "Joder bebé, estoy sin palabras. Eres la mujer más sexy del planeta." Colocando ambas manos en mis caderas, atrayéndome hacia él.

Se inclinó besándome, tomando mi labio inferior entre sus dientes, "Te voy a follar tan fuerte que mañana no podrás caminar"

Se me cortó el aliento ante sus palabras: "¿Es eso una promesa o una amenaza?" Puse mi mano en su ingle, sintiéndolo endurecerse bajo mi toque.

Reed se puso de pie, levantándome, mis piernas rodeando su cintura, "Sé una buena chica y cállate, no queremos que un hombrecito se despierte mientras te están jodiendo como un rey".

Gemí mientras le devolvía el beso, sus manos apretando mi trasero mientras me llevaba a la mesa vacía del comedor.

No lo hemos hecho sobre la mesa, así que estaba emocionado de agregar este lugar a nuestra lista.

Reed me colocó en el borde de la mesa, moviendo mis piernas para quedar entre ellas.

Reed me besó en el cuello, una vez que llegó a mi pecho, agarró el dobladillo del osito y lo levantó sobre mi cabeza, dejándome con el pecho desnudo y solo con una pequeña tanga.

Tomó cada pecho en su boca uno a la vez antes de moverse hacia el sur, arrodillándose frente a mí, movió la tanga por mis piernas antes de tirarlas a un lado.

Estaba anticipando lo que vendría después, agarrando su cabello entre mis dedos mientras comenzaba a lamerme por mi calor. Sostuvo la parte exterior de mis muslos, antes de colocar una mano sobre mi estómago, diciéndome que me recostara.

Mientras estaba recostado sobre mis codos, él me agarró por debajo del trasero y me acercó al borde.

La sensación de su lengua sobre mis pliegues y lanzándose dentro de mí, sentirlo follarme con su lengua me acercó.

Tenía una mano en su cabello mientras él lamía mi centro, chupando mi clítoris y mordiendo suavemente los labios de mi coño. Me estaba comiendo como si fuera su última comida.

"Reed, joder, estoy cerca", jadeé.

Reed golpeó mis muslos acercándome mientras me chupaba con fuerza, provocando que mi orgasmo se estrellara sobre mí. Mientras temblaba por la réplica, él continuó lamiendo mis jugos.

Poniéndose de pie, se dejó caer los pantalones cortos y los boxers, acercándome a él mientras se deslizaba en mi núcleo húmedo.

Me recosté en la dura madera, colocando ambas piernas sobre sus hombros.

Sus ojos se abrieron al ver ambas piernas en el aire, dándole un mejor acceso a mí y profundizando, "Joder, bebé, esto hace calor".

Continuó empujándome, sosteniéndome por los tobillos, esta posición me acercaba a mi segunda liberación. "Reed no pares, sigue follándome así".

Reed gimió con un sonido profundo y excitado: "Joder, bebé, yo también estoy cerca, ven conmigo, bebé".

En cuestión de segundos, mi segunda liberación sacudió mi cuerpo, podía sentir la forma en que mi cuerpo se apretaba alrededor de Reed. Reed rápidamente vino detrás de mí, sintiendo cómo me llenaba.

Suavemente soltó mis piernas y salió de mí, girándose para agarrar un paño húmedo y regresando para limpiarme.

Una vez limpio, me acercó a su pecho, "Te amo, jodidamente, Chloe".

"Te amo, Reed. ¿Qué tal si nos vamos a la cama ahora? Cuando me volví para encontrar mi tanga y mi osito de peluche, sentí un apretón y una palmada en mi trasero.

Volviéndose para mirar a Reed, se inclinó para agarrar su ropa, "No me mires así a menos que quieras más". Una sonrisa adornando sus labios.

Alejándome de él, dirigiéndome hacia las escaleras, desnudo, miré por encima del hombro: "Si eres un buen chico, tal vez en la mañana".

Podía escuchar los pasos de Reed hacerse más rápidos a medida que se acercaba, antes de darme cuenta estaba sobre su hombro, su mano en mi trasero y él estaba subiendo las escaleras de 2 a la vez.

Joder, amo a este hombre.

15

Chloe: Viaje por Carretera

Era viernes por la noche, Reed, Summer y Matt regresarían mañana por la noche de su viaje por carretera. Esta noche los tres estaban actualmente en Florida.

Summer y Matt regresaron el domingo pasado de su viaje a la cabaña y, sorpresa, están comprometidos. Sabía que tenía que suceder pronto, estoy más que emocionado por ellos y por este nuevo paso. Además, Reed y yo nos mudaremos juntos en breve, se siente extraño estar en esta etapa de nuestras vidas.

Era el comienzo de diciembre y una semana desde que vi a quien creo que es mi ex acechando en las sombras.

No puedo decir que me haya sentido aliviado al no verlo, pero eso es lo que me asusta. Cuando estoy en mi tienda, siento que me miran a través de los grandes ventanales, a veces creo que los autos me siguen hacia y desde casa al trabajo. No lo he visto pero lo siento.

Reed ha sido una bendición, le mencioné vagamente por teléfono que me siento observado, no me atrevo a decirle la verdad. Desde que se fue el martes, me han entregado el desayuno y la cena como un reloj, cada día es una sorpresa como el anterior. Cada uno tiene una nota junto con la comida: "No olvides comer. Los extraño y los amo a ambos.- Reed" Este hombre, lo juro.

Además, además de la comida, cada tarde había una entrega de flores para mí o una entrega de juguetes para Colton. Cada uno procedente de Reed.

Tenemos FaceTimed todos los días, a veces Colton y yo nos despertamos y todavía estamos en la cama o es hacia el final de la noche.

Colton ha estado corriendo desenfrenado, creo que apenas puedo seguirle el ritmo.

Cada mañana y cada noche, busca a Reed y las palabras "papá" salen como un grito.

Pero cada vez que hacemos FaceTime con Reed, Colton aplaude, sonríe y se ríe. Actualmente estoy en la sala con el juego de Reed y Matt encendido y Colton está recostado contra mi pecho frente al televisor. Todas las noches que los chicos juegan, yo pongo el juego para mirar y Colton se une a mí.

Faltaban 3 minutos para el tercer tiempo, Florida ganaba por un punto, poniendo el marcador 2-3. Reed había conseguido el primer gol para nuestro equipo, mientras observaba cómo la cámara se acercaba, es como si lo supiera porque se golpeó el pecho 3 veces: nuestra señal.

Con un minuto restante, Reed había recibido un penalti que lo puso en el contenedor donde permanecerá hasta que termine el juego; Sabía que se estaba castigando por esto, especialmente si no pueden empatar el juego.

A medida que pasaba el tiempo, mi corazón se aceleraba, realmente quería que ganaran. Cuando quedaban 10 segundos, Matt atrapó una escapada, corrió hacia el final de la pista, en el último segundo posible disparó el disco, evitando al portero y golpeando el fondo de la red. El equipo se vuelve loco.

Con el tiempo. 3 contra 3. Si pensé que el 3er periodo me iba a matar, no estaba preparado para OT. Terminaron entrando en un tiroteo. Ambos equipos tenían 1 punto en el marcador para la tanda de penaltis, y nos quedábamos con el último jugador: Reed. Si Reed hizo esto, ganamos.

Reed patinó hasta el final de la arena, moviendo su cuerpo hacia la derecha, el portero se movió con él, en el último segundo giró rápidamente hacia la izquierda y pasó el disco por encima del hombro derecho del portero, hundiéndolo en el fondo de la red.

Reed levantó ambas manos en el aire, con una gran sonrisa en su rostro. Su equipo patinando para celebrar la victoria.

Agarré las manos de Colton, las aplaudí y las agité. "Sí, Colton, ganaron. Papá lo hizo. Hurra."

Colton comenzó a reírse y aplaudió.

Aproximadamente una hora más tarde, logré que Colton se durmiera, agarré su monitor para bebés, cerré la puerta y bajé las escaleras hacia el sofá. Esperando la llamada de Reed.

Hablando de Reed, mi teléfono se encendió mientras tomaba un poco de agua. Al contestar el FaceTime fui recibido no solo con un feliz Reed, sino un Reed recién bañado. Tenía el pelo mojado, algunos mechones le caían sobre la frente y los ojos.

"Bueno, hola, buen tiro", sonreí a la pantalla, poniendo mi agua en la mesa y acomodándome en el sofá.

"Bueno, hola hermosa. ¿Dónde está Colton? "Está dormido. Se mantuvo despierto durante tu juego, pero se estrelló poco después", le expliqué.

"Extraño esa bola de mantequilla. Pero también te extraño" este hombre puede coquetear con una pared de ladrillos y hacerla caer. Soy yo, soy la pared de ladrillos.

"¿A qué hora volverás mañana?" Moví la manta a mi alrededor, permitiendo que me tragara por completo.

Reed me miró intensamente, sus ojos se iluminaron y el recuerdo de haber regresado a casa. "Creo que aterrizaremos mañana alrededor de las 5 p.m. ¿Me extrañas o algo así?

Apoyé mi cabeza contra el sofá, "Yo, ¿te extraño? No sé sobre eso jaja". Reed sacó la lengua haciéndome reír de sus payasadas. "Sí, Reed, te extraño. Ahí lo dije".

"Tengo que recoger mi camioneta en tu casa mañana, tal vez, ¿solo tal vez quieras cenar conmigo?" Se pasó la cabeza por el pelo mojado y flexionó los músculos. El aire ha abandonado mis pulmones, estoy acabado.

Me quedé mirando demasiado tiempo antes de responder: "Oh, umm, ¿qué tal si te preparo la cena? De esta manera puedes relajarte y, lo curioso, Colton tiene todos estos juguetes nuevos que le encantaría mostrarte". Sonreí.

Reed se rió, "Juguetes, vaya, alguien realmente debe amarlo para enviarle regalos".

"Jaja, sé que eres tú, vienen con notas, tonto". Lo pillé intentando esconderse.

"Está bien, estaba aburrido en línea y aparecieron y pensé que le gustarían". Reed sintió la necesidad de explicarse, no necesitaba pensar.

"Bueno, él los ama a todos, y creo que te extraña, sigue buscándote. Pero nunca me respondiste, ¿te gustaría que preparara la cena?

"Chloe, me encantaría cenar y lo extraño también", Reed no sonrió a la cámara. "Te amo."

"¿Puedes hacerme un favor?" Yo pregunté "Sí, ¿qué es?" Reed parecía un poco preocupado, casi como si hubiera cruzado una línea.

"¿Puedes dejar de malcriarnos? No he tenido que cocinar en días y las flores son hermosas, pero no tienes que gastar dinero en mí o en Colton, pronto compraremos una casa y no quiero Estás desperdiciando dinero conmigo de esta manera". No quería que sintiera que tenía que hacerlo, yo gano mi propio dinero, no quiero que piense que estoy con él solo por razones financieras.

Reed negó con la cabeza. No, "No puedo hacer eso".

Abrí la boca porque estaba en shock y él me dijo que no: "¿Qué quieres decir con que no puedes hacer eso?"

"Chloe, estás sola en casa con un niño pequeño en movimiento, es lo correcto por mi parte. Necesitas un descanso de cosas como cocinar. Además, ¿por qué no puedo consentirte? Mereces que te mimen y quiero ser la persona que lo haga". Casi parecía ofendido si le pedía que se detuviera. Tomando un respiro tembloroso y apartando la mirada de la cámara, me recompuse: "No quiero que sientas que tienes que hacerlo. No soy una de esas chicas que está con un chico por cosas materiales. He estado solo por mucho tiempo y cada vez que un chico gastó dinero en mí en el pasado", respiré, "querían ciertas cosas a cambio. Cosas que yo no era cómodo con ".

Al mirar la pantalla, pudo ver la humedad acumulándose en mis ojos y su mandíbula apretada. "Bebé. Lo único que quiero a cambio de ti es tu felicidad y amor. Sólo quiero cuidar de ti y de Colton". Asentí con la cabeza, indicando que lo había escuchado, todavía tenía algunas lágrimas en los ojos, me sentí un poco ahogado al recordar mi pasado, Mirando a Reed, le di una pequeña sonrisa, "Te extraño. Mucho."

Reed sonrió ante mis palabras: "¿Podemos abrazarnos cuando regrese, nosotros tres, por supuesto?".

"Realmente nos encantaría eso", susurré.

Continuamos hablando durante unos minutos más antes de que bostezara y él insistiera en que durmiera un poco.

Mientras abría la puerta de mi habitación, me dirigí silenciosamente a la cama, escuchando el movimiento de Colton, me moví de puntillas hacia un lado para ver cómo estaba. Estaba acostado boca arriba con el lobo de peluche que Reed le dio en sus manos.

Necesitando cambiarme, me quité los pantalones cortos, me quedé en bragas y cogí una camisa que había encontrado en el suelo, me la puse y me di cuenta de que era la de Reed de una de las noches que se había quedado. Olía a él.

Me metí en la cama, acaricié el cuello de la camisa y percibí su aroma, mientras me arrullaba para dormir.

Me despertó el timbre de mi teléfono, seguido poco después por un sonido de estrépito proveniente del pasillo, el sonido de pies sobre la madera acercándose a mí.

Agarré a Colton rápidamente y mi teléfono corrió hacia el baño, cerrándolo antes de que pudiera escuchar la manija de la puerta de mi habitación comenzar a girar.

16

Reed: Interrumpir

Después de tener la llamada FaceTime con Chloe, algo me dijo que tenía que irme a casa. Mientras caminaba por el pasillo hacia la habitación de mi entrenador, llamé dos veces.

El entrenador Benson abrió la puerta, confundido por qué yo estaría llamando cerca de la medianoche.

"¿Collins, estás bien?"

Asentí con la cabeza, "Necesito irme a casa ahora. Tengo el presentimiento de que necesito volver".

No estaba seguro de qué o por qué necesitaba llegar a casa, pero necesitaba estar allí.

"¿Qué está pasando Collins?" El entrenador estaba tratando de procesar lo que yo estaba diciendo.

"Mi niña y mi hijo están en casa. Acabo de colgarla y bueno, algo se siente mal. Estoy preocupado, entrenador, no es como "me preocupa que ella esté rompiendo conmigo", sino más bien como "algo malo va a pasar". Entrenador, no puedo esperar, necesito llegar a casa", supliqué.

"Muy bien, te reservaré el vuelo más pronto, ve a empacar y avisa a Matt que te vas".

Le agradecí al entrenador corriendo de regreso a mi habitación, antes de llegar a mi puerta, llamé a la de Summer.

Summer, adormilada, respondió a la puerta: "¿Qué Reed?" "Necesito la llave de tu casa". Extendí mi mano.

"¿Por qué necesitas la llave de mi casa?" Ella puso sus manos en su cadera, claramente enojada porque la desperté.

"Me voy a casa, Chloe parecía triste y tengo el presentimiento de que algo malo podría pasar. Necesito llegar allí, por favor ¿podría darme la llave para poder entrar?

Summer reflexionó sobre mis palabras antes de darse vuelta y entrar a su habitación, regresando poco después y entregándome la llave: "Asegúrate de que ambos estén bien, por favor".

Asentí. Me di la vuelta y me dirigí a mi habitación, agarré mis maletas y caminé de regreso a la puerta del entrenador. Todos los detalles del vuelo estaban arreglados.

Al bajar del Uber en el aeropuerto, entré corriendo, pasé por seguridad y encontré mi puerta de embarque. Debería estar en casa a las 4 de la mañana.

Dormí todo el vuelo de regreso a casa, sintiendo la necesidad de descansar bien.

Tomando mi equipaje, salí, mi Uber se detuvo y se dirigió hacia Chloe.

Seguí revisando mi teléfono en busca de actualizaciones, llamadas telefónicas o mensajes de texto.

Algo estaba mal.

Al girar por la calle, vi luces intermitentes frente a la casa y al menos 4 coches de policía desplegados. Mi conductor de Uber me acercó lo más que pudo y me dejó salir.

Agarrando mis maletas, corrí hacia la casa, dejándolas caer cuando llegué a mi camioneta, pasando por debajo de la cinta policial, mi corazón latía aceleradamente, "¡Chloe! ¡cloe! ¡Coltón!

"Señor, señor, por favor cálmese. No puedes estar aquí". Un policía más joven se paró frente a mí.

"No lo entiendes, ahí están mi niña y mi niño. Necesito verlos. ¡Cloe! Entré en pánico, esto no era bueno.

Un policía salió de la casa, vi detrás de él, Chloe estaba sosteniendo a Colton, ambos parecían asustados. Chloe se volvió hacia el patio y me vio. Pasó corriendo junto al policía, corrió hacia mí, me rodeó el cuello con el brazo y de inmediato sollozó en mi pecho.

La abracé con fuerza, Colton se estiró de su brazo y envolvió sus brazos alrededor de mi cuello, "Papá".

"Hola amor, papá está aquí. Ssshh, está bien, estoy aquí. Estás a salvo". Besé la parte superior de su cabeza.

Miré al policía que intentó impedirme entrar: "¿Puede decirme qué pasó y por qué mi familia tiene miedo?"

El policía negó con la cabeza: "No puedo dejar que el detective se haga cargo".

Le di las gracias mientras entraba a la casa. "Chloe, cariño. ¿Qué pasó?" Pasé mi mano por su cabeza, tratando de calmarla. Sus sollozos se habían calmado, todavía respiraba con dificultad.

"Me desperté alrededor de las 3 y mi teléfono sonó. Estaba tan cansada que pensé que tal vez me estabas llamando, así que no miré la pantalla. cuando respondí…" respiró hondo y cerró los ojos con fuerza, "todo lo que pude escuchar fue una respiración agitada y seguía diciendo 'hola', pero no había nadie respondiendo".

Tomó otro respiro, tratando de calmarse: "Cuando colgué, escuché un fuerte ruido desde el pasillo y el sonido de alguien caminando sobre la madera dura. Entré en pánico y agarré a Colton y mi teléfono, encerrándonos en el baño. Reed Creo que es mi ex. Debería haber dicho algo cuando pensé que lo vi en tu juego la semana pasada. Creo que me está siguiendo".

Respiró temblorosamente otra vez, apoyó la cabeza en mi pecho y los sollozos abandonaron su cuerpo.

"Shhh, cariño, estoy aquí. Tuve un mal presentimiento así que tomé un vuelo temprano, me alegro de estar aquí. No me voy. Los tengo a ustedes, los tengo a los dos". El detective se acercó rápidamente: "Soy el detective Brown, lamento que ustedes tres tengan que pasar por esto. Mis detectives han revisado la casa minuciosamente, por lo que parece, parece que la persona había entrado por la ventana de la oficina del segundo piso, creemos que entró y salió por la misma ventana. El fuerte estrépito que escuchaste fue cuando tiraron objetos del escritorio. Nada parece fuera de lugar, hemos estado revisando micrófonos y cámaras y hasta ahora nada. Entiendo que no quieras volver a entrar, pero está claro y él no está en la casa. También enviaré detectives a su tienda para asegurarme de que nadie haya estado allí y que tampoco haya dispositivos ocultos".

Asentí con la cabeza, "Gracias por la actualización, ¿sabes dónde está o por qué está aquí? ¿Algo en absoluto?

El detective frunció levemente el ceño: "No sabemos nada de eso. Por lo que podemos ver, basándonos en algunos palos rotos en el patio trasero y algunas huellas, entró por la parte de atrás, creemos que saltó la cerca. Tengo policías en el bosque detrás de tu cerca y algunos patrullando por caminos y calles vecinas buscando a cualquiera que parezca por ahí. Hice algunas llamadas al policía que manejó tu caso en California, me dijeron que después de que ingresaste en el hospital, habían detenido a tu ex, pero su abogado lo liberó. Después de eso no pudieron localizarlo".

Chloe miró fijamente el rostro de Colton, luego nuevamente el mío antes de girarse para mirar al detective: "¿Qué hago? No me siento seguro solo. Una vez casi me mata y ahora tengo a mi hijo. Sería diferente si fuera solo yo, pero no lo es. ¿Qué se supone que debo hacer? Ella respiró temblorosamente y se recostó hacia mí.

"Vamos a emitir una orden de arresto a nivel estatal, hemos enviado su fotografía y su demografía. Tendré más policías en este vecindario e incluso alrededor de la arena para su seguridad, Sr. Collins".

Me sorprendió que él supiera quién era yo. Pero estaba más feliz de saber que se estaban tomando esto en serio: "No podría importarme menos mi bienestar, lo único que me importan son estos dos y su compañera de cuarto Summer cuando regrese".

"Los mantendremos informados sobre cualquier novedad que encontremos. Realmente lamento, señorita Murphy, que esté viviendo esto de nuevo". El detective me entregó su tarjeta y me dijo que llamara si tenía más preguntas o inquietudes.

Volviendo a mirar a Chloe, Colton se había quedado dormido en algún momento, con la cabeza metida debajo de mi barbilla y cuello. "Bebé, ¿quieres volver a dormir un poco? ¿O quieres volver a mi casa?

Ella tomó mi mano, podía sentir sus manos temblar, "¿Podemos ir a tu casa? Necesito conseguir algunas cosas para Colt y para mí".

"Sí cariño, entremos y te ayudaré, déjame tirar mis bolsas en el porche para que no se escapen".

Chloe empacó rápidamente 2 bolsas, arrojó una variedad de ropa en ambas y algunos juguetes en otra. Agarré las bolsas con una mano mientras la seguía escaleras abajo. La policía se había ido, así que cerramos la casa y caminamos hacia los vehículos estacionados en el camino de entrada.

"Reed, ¿podemos, um, podemos llevarte tu camioneta? Solo tenemos que poner el asiento para el auto en el tuyo, creo que él me ha estado siguiendo, así que conoce mi auto".

Le sonreí y arrojé las bolsas en la caja de la camioneta. "Sí, cariño, ¿por qué no haces eso? Toma mis bolsas. Y luego volveré enseguida para ayudarte".

Ella asintió con la cabeza, abrió el asiento trasero de su auto y movió las cosas.

Antes de darme cuenta, tenía un asiento de seguridad en el asiento trasero, algo que nunca pensé que vería. Al salir del camino de entrada, me acerqué y agarré su mano. Llevando su mano a mis labios, "Te amo".

Apoyó la cabeza contra el reposacabezas y se volvió para mirarme: "Gracias por llegar temprano a casa".

"Lo digo en serio cuando digo: nadie, y quiero decir nadie, tocará a mi familia. Ustedes dos son mi familia". Besé su mano de nuevo.

Chloe pareció calmarse con mis palabras: "Necesito llamar a Summer. Sé que tú y yo nos mudaremos pronto, pero creo que ella también lo necesita".

La vi sacar el teléfono y llamar, escuché la historia y mi corazón se rompió aún más. Al escucharla ahogarse mientras contaba el horror, sentí su dolor cuando dijo que los encerró en el baño. Miré por el espejo retrovisor, mirando el pequeño espejo en el reposacabezas que mostraba a un Colton dormido. Si algo le hubiera pasado a él o a Chloe creo que lo habría perdido. No sobreviviría.

Después de colgar, Chloe me miró: "Summer dijo que cuando regrese, ella y Matt pasarán por la casa para revisarla y comprar algunas cosas y luego se quedará en la casa de tus chicos por unos días". "No hay duda ahora, voy a comprar una casa en una comunidad cerrada con seguridad las 24 horas, los 7 días de la semana, y puedo contratar un guardaespaldas para cuando No estoy por aquí".

"Bueno, dejemos todo eso para más adelante". Chloe se rió, el sonido más dulce que había escuchado en toda la mañana.

Llegamos a casa unos minutos más tarde, descargamos el camión y metimos a Colton dentro: "Entonces, nuestra habitación de invitados es una completa mierda. Así que Colton se quedará a dormir".

Chloe recogió a Colton del portabebés: "Me encantaría quedarme a dormir después de la noche que tuve".

Puse mi mano en su espalda baja, acercándola, inclinándome y depositando un delicado beso en sus labios, "He querido besarte desde que te dejé bebé. Vámonos a la cama".

Recogí las bolsas y la dirigí a mi habitación. Después de acomodarme, me metí en la cama, colocando a Colton en medio de nosotros, extendiendo mi brazo sobre él y acercando a Chloe lo más que pude.

"Vete a dormir amor, te tengo".

Chloe pasó su mano por mi cabello, "Buenas noches, Reed".

Podía escuchar los débiles ronquidos que salían de la boca de ella y de Colton, saber que podían dormir me permitió cerrar los ojos y darle la bienvenida al sueño. Lo último que tenía en mente antes de quedarme dormido era el mero pensamiento de que si alguna vez veía a este bastardo en persona, moriría.

Nadie, y quiero decir, nadie toca a mi familia.

17

Chloe: Nuevo Compañero de Cuarto?

Me desperté a la mañana siguiente con Colton acostado a mi lado y los brazos de Reed sobre nuestros cuerpos, manteniéndonos pegados al suyo.

Quité el cabello de la cara de Colton y pasé un dedo por su mejilla; ¿Cómo podría algo tan preciado estar en tanto peligro? Podía sentir las emociones burbujeando, estaba tratando de contener los sollozos, cuando separé los labios, salió un suspiro profundo y tembloroso. ¿Y si me hubiera lastimado o algo peor, Colton? Reed habría sido un desastre.

La mano de Reed se encontró a lo largo de mi mejilla, volteándome con cuidado para mirarlo, parecía cansado, pero despierto. Tenía el pelo despeinado, lo que en un momento como este no debería pensar en lo sexy que es.

Su voz era aturdida pero ronca, las bragas le caían bien, "Cariño, como te dije anoche, él no se acercará a ti ni a Colton. Centrémonos en las cosas felices hoy y cuando Summer y Matt lleguen a casa, nos centraremos en esto". Selló sus palabras con un pequeño beso en mis labios.

Sólo este pequeño beso, me dejó con ganas de más. Deslicé mi mano por su cuello, acercándolo y besándolo con más fuerza.

Reed se apartó ligeramente separando nuestra conexión, un puchero apareció en mis labios mientras se reía: "Bebé, por mucho que quiera avanzar en eso, tal vez no ahora, déjame abrazarte".

Habiendo olvidado que tenía un apego Koala esta mañana, mis mejillas comenzaron a sonrojarse, me pasé una mano por la cara, "Lo siento. No estoy acostumbrada a tenerlo en mi cama la mayoría de las mañanas.

Reed soltó una pequeña carcajada, quitando la mano de mi rostro, noté que su cabello se hacía más largo, le caía sobre las orejas, levanté la mano y pasé mis manos por su cuero cabelludo, empujando parte del cabello hacia atrás.

Reed me vio estudiarlo, su mano trazando círculos en mi muslo. Mi mano continuó moviéndose por su cabello, los círculos en mi muslo se detuvieron y fueron reemplazados por su mano firme apretándome ligeramente.

Colton comenzó a moverse, rodó fuera de mi pecho entre Reed y yo, estirando sus brazos por encima de su cabeza. Lentamente abrió los ojos para vernos a mí y a Reed sonriéndole.

Sus ojos se centraron en Reed, una sonrisa se extendía por su rostro, luego se giraba hacia mí y su sonrisa se hacía más grande. Casi como si no pudiera decir a quién le hacía más feliz ver.

"Amigo, ¿tienes hambre?" Le quité el pelo de la cara.

El sonido más feliz de la risa de un bebé abandonó su cuerpo, Reed colocó su mano sobre el estómago de Colton, moviendo su mano hacia adelante y hacia atrás, "Oh, no, ¿tienes hambre, amigo?" Reed se rió.

Colton comenzó a reírse más fuerte de Reed, colocando una mano sobre la de Reed y la otra en su boca; le faltaba el chupete.

Me levanté de la cama, buscando debajo de las sábanas y en el suelo, necesito encontrar este chupete o la hora de la siesta será un infierno.

Mientras estaba en el suelo, mirando debajo de la cama, probablemente en una pose de yoga muy poco hábil, la risa se hizo más fuerte, antes de que las palabras de Reed me sorprendieran: "Amor, no sé qué estás buscando ahí debajo, pero todos mis Las revistas Playboy están en Florida".

Levanté la cabeza y me senté de rodillas mirando hacia Reed, quien tenía a Colton de pie en la cama, con sus pequeñas manos posadas sobre la cabeza de Reed, la mano de Reed sostenía el chupete. "¿Dónde encontraste eso?"

Reed le guiñó un ojo y volvió a mirar a Colton: "Lo tenía en mi mesita de noche. Lo escupió en medio de la noche, muy frío contra mi pecho por cierto. Cuando no lo buscó ni despertó lo coloqué allí". Reed le dio a Colton una frambuesa en el estómago, iluminándonos con otra ronda de risas: "Colton, mira qué graciosa se ve mamá ahí abajo".

Reed sonrió ampliamente y me convenció para que volviera a la cama. "Me haces el hombre más feliz de este planeta", y me dio un beso en los labios.

Alejándome, decidí estirarme y acercarme para mirar por sus grandes ventanales. Al otro lado de la calle había un gran parque, hacia el otro extremo tenía más árboles, parecía un hermoso lugar para llevar a Colton a disfrutar del clima. Pero tal vez esperaré hasta que se resuelva todo este asunto del acoso.

Debí haberme distraído, mientras estaba allí con los brazos alrededor de mi abdomen, sentí que ambos brazos de la serpiente de Reed eran solo míos, empujándome hacia su pecho. Podía sentir a Reed lanzando besos a lo largo de mi cabeza, desde mi mejilla hasta mi mandíbula.

"¿Qué hay en tu bonita cabeza, amor?" Presionando otro beso en mi cuello.

"Solo que el parque al otro lado de la calle sería un gran lugar para Colton cuando hace buen tiempo". Entrelacé mis manos y las coloqué nuevamente sobre mi estómago.

"Cuando todo esto pase y ese canalla esté tras las rejas, haremos una excursión completa juntos en ese parque".

Tararée de acuerdo, disfrutando de tener su cuerpo envuelto alrededor del mío. "¿Qué hiciste con Colton?"

Reed y yo nos giramos para encontrar a Colton en el suelo de la habitación de Reed sosteniendo 2 discos en sus manos, aplaudiendo. "Le di esos discos de mi juego de anoche y me olvidaron. Estoy un poco herido por eso", se rió y me dio otro beso en la mejilla.

Nos quedamos allí unos minutos más viendo a Colton jugar en su pequeño mundo. "Debería cambiarlo y luego prepararle algo de desayuno". De mala gana me separé de Reed, inclinándome para besarlo, "Gracias por venir a salvarnos y traernos aquí". La mano de Reed encontró la mía cuando me giré para caminar hacia las mías y las bolsas de Colton, volviéndome hacia él, sus rasgos faciales eran serios, "Nadie los toca a los dos. Alguna vez. Dejaría mi trabajo, arriesgaría mi vida por el ustedes dos."

Las lágrimas se estaban llenando de mis ojos, las sequé rápidamente, dejé escapar un suspiro tembloroso, antes de poner una pequeña sonrisa en mi rostro, "Bueno, entonces es bueno que te tengamos".

Reed sonrió y soltó mi mano. "Prepara al pequeño, yo iré a preparar el café y el desayuno".

Levanté la vista desde donde estaba sentada en el suelo, con la ropa y el pañal de Colton a mi lado, vi a Reed salir de la habitación, todavía sin camisa y no me quejaba.

"Muy bien Colt, vamos a cambiarnos y podrás jugar con esos discos con Dada".

Colton sonrió y volvió a concentrarse en los discos que tenía en las manos.

Después de prepararnos para el día, Colton y yo nos dirigimos a la cocina para desayunar. Saqué las botellas y los artículos para el desayuno de Colton de la bolsa que dejé en el mostrador anoche.

No mucho después, Reed tenía la mesa del comedor puesta con todo lo que necesitábamos. Acababa de terminar de preparar el biberón de Colton cuando nos sentamos a comer. Tenía a Colton nuevamente en mi regazo mientras él estaba en mis brazos sosteniendo su biberón mientras me dejaba comer.

Reed tomó un largo sorbo de café antes de devolver la taza a la mesa. "Después del desayuno, déjame llevar a Colton, y ¿por qué no revisas tus maletas, desempacas y te aseguras de tener todo lo que necesitas? De esta manera, cuando Summer y Matt vengan, podrán recuperar cualquier cosa que hayas olvidado".

Le sonreí a Reed, antes de girarme para mirar a Colton, quien había terminado con la botella y estaba tratando de subirse a mi pila de panqueques. Le di un pequeño bocado y sus ojos se iluminaron.

El resto del desayuno simplemente hablamos y reímos. Reed mencionó que necesitaba llamar a su entrenador, así que se levantó y se dirigió a la cocina.

Dejé a Colton en el suelo después de limpiarlo, agarré mi plato y mi taza de café y me dirigí a la cocina.

Mientras Reed hablaba por teléfono con su entrenador contándole lo de anoche, Colton estaba sentado en el suelo con sus discos en la mano y yo comencé a cargar el lavavajillas. No estoy seguro acerca de Reed, pero me sentía muy domesticado en ese momento.

Cuando Reed colgó, se apoyó contra el mostrador: "Tenemos juegos en casa los próximos 3 juegos, así que estaré presente la próxima semana. Si no sabemos nada el viernes por la noche, no emprenderé el viaje".

Me volví en shock para mirar a Reed, "Tienes que irte, Reed. Ese es tu trabajo y tu equipo te necesita".

Reed se pasó la mano por el cabello, "Sí, me necesitan, pero necesito estar aquí contigo 2. Además, fue idea del entrenador".

"Está bien, confiaré en tu llamada para esto. Tú estás de servicio con Colton mientras yo intento desempacar. Le bajé pañales si necesita uno nuevo; esto debería ser una buena práctica para ti cuando nos mudemos juntos. Le di unas palmaditas en el pecho mientras le sonreía y le guiñé un ojo mientras me alejaba de él. Él piensa que puede simplemente pausar su vida por nosotros y luego, bien, puede cambiar los pañales sucios.

La expresión del rostro de Reed era digna de una fotografía, no creo que haya cambiado un pañal sucio, así que ya sé el pánico puro que va a tener.

Durante la siguiente hora revisé mi ropa y la de Colton, llené los dos cajones vacíos que Reed tenía disponibles y usé el resto del espacio del armario. Había hecho una lista de algunas cosas que necesitaba de Summer cuando llegara a casa. Para empezar necesitaba una cuna para Colton, no podía seguir durmiendo en la cama todas las noches con él, lo amo pero ese niño se extiende.

Llamé a Summer y le conté un resumen de mi mañana y la lista de artículos que necesitaba. El entrenador había adelantado su salida, por lo que deberían aterrizar a las 3:00 p. m. en lugar de a las 5:00 p. m.

Colgué el teléfono y entré a la cocina para tomar un poco de agua, tratando de estar lo más silencioso posible, queriendo escuchar a los niños jugar o hablar, llamarme entrometido. Sin embargo, no pude escuchar nada.

Tomando mi agua, me aventuré a la sala de estar para ver a Reed dormido en el piso de la sala, Colton estaba acostado sobre el estómago de Reed tratando de agarrar un juguete del otro lado de él. Cuando Colton fue a agarrar el juguete, se giró para mirar la cara de Reed, sonriendo con su sonrisa dentuda, la mirada en sus ojos me dijo que estaba a punto de hacer algo, así que, naturalmente, esperé. Colton giró su cuerpo para alinearse a lo largo del pecho de Reed, tomando su mano agarró la nariz de Reed, la otra mano descansando sobre sus mejillas. Luego, antes de que nos diéramos cuenta, esa mano fue retirada y volvió a bajar sobre la mejilla de Reed, "Dada Dada". Después de escuchar el golpe corrí hacia adelante.

Dejando mi taza y agarrando a Colton.

Reed, bueno, se levantó de un salto, lo que me hizo empezar a reír. "Colton, no golpeamos". Le agarré la mano para llamar su atención para mirarme.

Colton comenzó a mover el labio inferior, el movimiento que hace antes de llorar, especialmente cuando se trata de la palabra "No".

Reed, que ahora estaba sentado erguido, tomó mi agua y tomó un gran sorbo. "No te enojes con él, me quedé dormido con ese maldito juguete que toca música. Ese niño me arrulló hasta dormir, necesitaba la llamada de atención", se adelantó, tomó a Colton y lo abrazó contra su pecho.

"Ambos son ridículos", me reí tomando mi taza de regreso. "Hablé con Summer, ahora aterrizan a las 3. Le envié una lista de cosas que necesito, bueno, todas menos una, pero está bien. Además, ¿qué tenemos para que pueda preparar la cena? Reed colocó a Colton entre sus piernas, la espalda de Colton presionada contra el pecho de Reed. Reed agarró el juguete que Colton quería originalmente y se lo entregó.

Se lo dije antes de mirarme. "¿Qué artículo no puede conseguir?"

Dejé escapar un suspiro: "Una cuna. Por lo general, permanece en la manada en juego, pero la manada en juego es voluminosa y, sinceramente, me resulta difícil agacharme para recostarlo en la colchoneta, además necesita una cama de verdad".

"¿Por qué no vamos juntos a la tienda, compramos algo de comida para aguantar un rato y luego compramos una cuna?" Reed se ofreció a coger la taza que tenía en la mano.

"Reed, no voy a salir a comprar una cuna. Está bien. Además, él y yo podemos quedarnos en la habitación de invitados para no tener que preocuparnos por tener menos espacio en la cama. Iré contigo al supermercado, pero ¿no podemos estar fuera mucho tiempo? Ya no me gusta la idea de estar en público".

La mano de Reed se adelantó, inclinando mi barbilla para que mis ojos se encontraran con los suyos, "Umm, no está permitido. Has desempaquetado oficialmente en mi habitación, ahora nuestra habitación, no dormirás lejos de mí. No habrá tonterías en la habitación de invitados. Simplemente recojamos en la acera. Tú lo eliges, yo lo pediré, nos detenemos, nos lo entregan y seguimos adelante. Lo mismo ocurre con los comestibles".

¿He mencionado que no puedo ganar con este hombre? "Reed, no puedo hacerte pagar por eso. Es caro".

"Chloe, tienes suerte de que tu auto no esté aquí o estaría ordenando otro asiento para el auto para no tener que seguir moviéndolo de un lado a otro, además tendremos que comprar uno de todos modos cuando tengamos la nueva casa. " El pulgar de Reed acarició mi mejilla, mi cuerpo naturalmente se inclinó hacia su palma.

"Eres ridículo, pero está bien. Necesitamos algo, porque no puedo seguir durmiendo como su almohada personal" me reí, inclinándome para besar sus labios.

Levantándome, pasé mi mano por su cabello, rascándole el cuero cabelludo que sé que le encanta: "Tenemos mucha suerte de tenerte".

Una hora más tarde, compraron la cuna en línea, ataron a Colton al asiento del automóvil y nos dirigimos a la tienda. Pasamos más tiempo yendo y viniendo sobre qué cuna pedir porque yo quería la básica y Reed quería una más elegante. Puedo decir con tristeza que perdí esa batalla y la nueva persona favorita de Colton, si aún no lo ha sido, es Reed.

Reed ayudó al trabajador a colocar la caja de la cuna en la caja del camión y luego nos dirigimos al supermercado para sentarnos una vez más y esperar a que salieran los artículos. No estoy en contra de esto, pero me encantaba caminar por los pasillos de la tienda, era relajante. Ahora ni siquiera puedo hacer eso. Cuando regresamos a casa eran cerca de las 2:30 de la tarde. Colton casi no dormía una siesta en el coche, así que definitivamente necesitaba una.

Necesitaba empezar a cenar y Reed probablemente estaría construyendo una cuna.

Metimos la compra en la casa y colocamos las bolsas sobre el mostrador. Reed salió corriendo y agarró la caja con la cuna, maniobrando para regresar a la casa.

"Voy a colocar esto en nuestra habitación y traeré a Colt para que pueda ayudar a construirlo o dormir. ¿Está bien?

Levanté la vista mientras rebuscaba entre las bolsas. "¿Estás seguro de que lo quieres?

La hora de la siesta es una hora complicada".

Reed sonrió, "Quiero hacerlo todo, buena práctica, ¿verdad?" Comenzó a frotarse la nuca, señal de que está nervioso, quiero decir, debería estarlo, va a vivir con un mini terror y yo de aquí en adelante.

"Creo que es genial, nena. Ve a poner la caja arriba y yo haré su botella y luego los subiré a ambos". Le sonreí, viendo el nerviosismo abandonar su cuerpo.

Él asintió con la cabeza, antes de agarrar la caja y correr escaleras arriba, lo mejor que pudo.

Con la botella hecha, agarré a Colton colocándolo en mi cadera. Antes de salir de la cocina, regresé y tomé una cerveza fría del refrigerador, probablemente Reed necesite esto si está construyendo una cuna con instrucciones de mierda.

Cuando entré a la habitación, Reed tenía todas las piezas pequeñas en lo alto de la cómoda y todo lo demás dispuesto. "Te traje una cerveza, ¿y quieres que le dé de comer a él o a ti?"

Reed agarró la cerveza y la colocó en la cómoda. "No, lo compré, puedes ir a cocinar tu corazoncito, querida. Nosotros, los hombres, lo hemos solucionado, ¿verdad, amigo? Colton se adelantó hacia él y me quitó la botella de la mano en el camino.

Lo único que puedo pensar es en buena suerte para los dos. La próxima vez que los vea, apuesto a que ambos habrán derramado lágrimas.

De regreso a la cocina voy, mi lugar feliz. Empecé a sacar los ingredientes para la cena. Decidí hacer pollo a la parmesana con ensalada Cobb y pan de ajo.

Desde que Reed me llevó al restaurante de Francesca y Lorenzo, no puedo conseguir suficiente comida italiana.

Summer y Matt habían aterrizado y se dirigían a la casa para tomar algunas cosas y examinar la casa para ver si alguien regresaba. Summer se ofreció a llevar mi auto ya que todavía estaba allí y ellos estaban en el suyo.

Alrededor de las 4 de la tarde, Summer y Matt entraron a la casa con los brazos cargados de bolsas y las dejaron caer por las escaleras. "Chloe, por favor dime que tenemos cerveza en el refrigerador". Matt preguntó arrastrándose hacia la cocina.

"Ya tenía uno para ti. Gracias por agarrar mis cosas" dije mientras le entregaba la cerveza.

"Gracias. Y no hay problema, ¿estás bien? ¿Dónde están Colton y Reed? Matt miraba a su alrededor, casi como si tuviera miedo de que yo estuviera aquí sola. "Bueno, es posible que tengas que ir a comprobarlos. Dejé a Reed hace unos 30 minutos en su habitación construyendo una cuna que tenía que comprarle a Colton. Colton todavía debería estar dormido, pero no me sorprendería si ambos estuvieran despiertos jugando o ambos dormidos" Me reí volviendo a la pasta de ajo.

Había estado preparando el pan.

Summer pasó junto a él en las escaleras antes de entrar a la cocina, e inmediatamente me abrazó. "Lamento mucho no haber estado aquí. ¿Estás bien? Él no te tocó ni nada, ¿verdad? Ella sostuvo mis hombros, mirándome a los ojos tratando de leerme.

"Estamos todos bien. Nos llevé al baño, cerré la puerta y llamé a la policía, que apareció poco después. Él estaba en la casa.

Entró por la ventana de su oficina de arriba. Estaba tan asustada, Verano. Ahora los he puesto a todos en riesgo" comencé a sollozar, cayendo en sus brazos.

"No nos pusiste en riesgo. De todos modos, no te dejaríamos pasar por esto solo. Incluso si estuvieras en California, mi trasero habría estado en el siguiente avión". Ella me abrazó mientras yo dejaba salir las últimas lágrimas, secándolas rápidamente debajo de mis ojos.

Después de abrazarnos unos minutos más, volvimos a preparar la cena, Summer intervino y me ayudó a preparar y cocinar la comida. No mucho después de que colocaron el pollo en el horno, Reed y Matt bajaron las escaleras, Reed sosteniendo el monitor para bebés en la mano y una gran sonrisa en su rostro.

"El hombrecito se ha desmayado en su nueva cuna, me siento muy realizado". Me agarró por las caderas atrayéndome para darme un beso acalorado.

Me retiré después de unos segundos: "Estoy muy orgulloso de ti por haber construido eso. ¡Qué hombre eres ahora! Me reí y besé su mejilla.

"Ah, y mira, descubrí cómo hacer funcionar tu monitor". Sonrió mostrándome la pantalla con un Colton dormido, sosteniendo su jirafa.

"Gracias", susurré.

Reed me detuvo, su mano apretando suavemente mi cadera, "Cualquier cosa que necesites bebé, la tienes", dijo besando la parte superior de mi cabeza.

Matt estaba de pie junto a la estufa, nervioso: "¿Podemos comer o tenemos que esperar?"

Summer se volvió para mirar a Matt, "¿Desde cuándo preguntas?"

Las mejillas de Matt se sonrojaron, se dio la vuelta y comenzó a llenar su plato.

18

Chloe: Busqueda de Casa

Los siguientes dos días parecieron pasar volando entre mirar los listados que el amigo agente de bienes raíces de Reed envió para discutir los planes para la boda de Summer y Matts.

"¿Podemos aspirar a este verano, como mayo o junio?" Matt preguntó sirviéndose otra taza de café.

Summer repentinamente miró a Matt, apartando sus ojos de su meticuloso tablero de Pinterest en su computadora, "¿Casado como dentro de 6 meses? ¿De este año?

Matt tomó un gran sorbo de café y miró a Summer con un destello de felicidad en su rostro, "Duh. Como el año que viene".

Summer me miró antes de volver a mirar a Matt: "Eso no nos da tiempo para planificar, necesitamos un lugar, un servicio de catering, un fotógrafo, vestidos, esmoquin..."

Matt interrumpió la perorata de Summer colocando ambas manos sobre su hombro e inclinándose: "Summer, te amo y sé que quieres la boda de tus sueños, pero no puedo pasar ni un maldito momento sin ser tu marido. ¿Por qué no hacemos una pequeña ceremonia con nuestros padres y estos tres bichos raros y luego puedes planificar el gran espectáculo sin estrés? Dejando un beso en su sien.

"¿Quieres simplemente fugarte y luego tener una gran ceremonia más tarde?"

"Si eres bueno con ese amor, pero haré lo que quieras hacer. Te amo muchísimo.

Summer volvió a mirar su computadora antes de volverse para mirar a Matt: "Está bien, puedo hacer eso. Podemos planear algo pequeño e íntimo y luego puedo volverme loca con la gran recepción de boda. Me gusta esta idea".

Matt se inclinó para besar a Summer, mientras yo tomaba eso como una señal para desviar mis ojos o incluso salir de la habitación.

Hablando de una gracia salvadora, Reed y Colton entraron al comedor, "Buenas noticias, pero primero deja de tener bebés mientras tengo buenas noticias". Reed protegió los ojos de Colton.

Matt gimió molesto levantando la cabeza para encontrarse con la mirada de Reed, "Déjame besar a mi prometido, imbécil".

Reed se rió y se paró detrás de mí, quitando su mano de los ojos de Colton, quien se reía todo el tiempo, "Como estaba diciendo. El agente inmobiliario llamó y nos dio una cita para mañana por la mañana a las 9:30. Nos alineó 4 casas. Así que podemos irnos antes de que tenga que estar en la arena para el partido de las 7".

Me volví para mirarlo, dándole una gran sonrisa, "Ooh, ¿qué 4 casas podemos ver?"

Reed pasó una mano por mi cabello, "No he visto la lista de 2 de ellos, dijo que aparecieron en las listas recientemente, pero los otros dos estaban en nuestra lista".

Antes de que pudiera responder, Matt intervino en la conversación: "Entonces, ¿qué tan pronto puedes mudarte una vez que hayas comprado? Estoy pensando que una bonita oficina quedaría genial en tu habitación".

Summer se giró y golpeó el pecho de Matt: "Ignórenlo, estamos emocionados de que comiencen este nuevo capítulo en sus vidas".

Sonriéndole a Summer, realmente voy a extrañar nuestras charlas nocturnas y nuestras noches de vino cuando las teníamos, "Muy bien muchachos, ¿no hay un juego de deportes que deban ver? Tenemos algunos planes de fuga que atender". ."

Reed se inclinó besándome y pasó su pulgar por mi mejilla, "Sí, señora. Nos quitaremos de tu camino, déjame tomar su biberón para la siesta y me iré".

Una vez que Reed agarró la botella, pasó junto a Matt y lo empujó a caminar hacia la sala de estar para dejarnos a Summer y a mí con las grandes decisiones. Summer hojeó su tablero de Pinterest en busca de inspiración de colores mientras yo miraba mi computadora portátil tratando de encontrar lugares en nuestra área: "Entonces, ¿qué crees que será primero? Un anillo de compromiso para tu ¿Dedo o bebé número 2?

Dejé de desplazarme y mis ojos se encontraron con su mirada, ella tenía una sonrisa en su rostro y una ceja levantada, "Umm, ¿qué?"

"No os hagáis el tonto, vosotros dos sois el final del juego. ¿Crees que te propondrá matrimonio pronto o te dejará embarazada?

Por suerte no estaba bebiendo ni comiendo nada porque creo que me habría ahogado o arrojado líquido sobre la mesa, "voy a decir con suerte un anillo. Me encantaría tener un bebé, pero no necesito 2 menores de 2 años en el corto plazo. Además, ni siquiera nos hemos mudado juntos".

Regresé a mi pantalla, desplazándome distraídamente sin siquiera leer la descripción del lugar. No había pensado en el matrimonio ni en otro bebé, bueno, sí, pero no me he concentrado mucho en ellos. Ahora lo haré, gracias Summer.

"No quise hacer esto incómodo, es solo que un hombre te ama a ti y a Colton. House es un buen paso, finge que no dije nada".

Dejé escapar un suspiro de aire y acuné mi cabeza entre mis manos cubriéndome los ojos con las palmas de mis manos, "No, estás bien. Realmente no he pasado mucho tiempo pensando en esas cosas, especialmente últimamente. Sinceramente, si tuviera que elegir, no creo que pudiera, y ninguna de las dos cosas me parece bien".

Summer me dio una suave sonrisa, "Está bien, ignora lo que dije, ¿qué lugares encontraste para mayo o junio?"

Así, volvimos al tren de la planificación de la boda y eso duró el resto del día. La buena noticia es que los chicos mantuvieron ocupado a Colton y descubrimos los detalles muy necesarios para la fuga improvisada.

A la mañana siguiente, Reed y yo teníamos a Colton en la camioneta y nos dirigimos a la primera casa del recorrido. Al llegar a una gran comunidad cerrada, las casas eran más grandes que cualquier casa que hubiera visto: "Reed, estas casas son gigantes, no creo que necesitemos algo tan grande".

Reed estacionó la camioneta frente a una casa grande que tenía un gran porche delantero y un columpio adjunto. El garaje era lo suficientemente grande como para albergar 6 autos y, por lo que pude ver, odiaría limpiar esta casa.

Reed sonrió después de apagar el camión: "No necesitamos nada tan grande en este momento. Mantengamos la mente abierta, ¿suena bien?

Asentí con la cabeza antes de salir del vehículo mientras Reed sacaba a Colton de su asiento. Pasamos los siguientes 30 minutos recorriendo la casa que debería haber sido clasificada como museo. La cocina estaba Precioso y amplio concepto abierto, electrodomésticos de acero inoxidable, refrigerador para vinos, máquina de hacer hielo en el gabinete e incluso una isla grande y una barra para comer. Todavía demasiado para mí.

Reed me miró mientras yo deambulaba por la cocina asimilando: "Déjamelo encima. ¿Es un sí o un no?"

Lo miré a los ojos y me tomé un segundo para ordenar mis pensamientos: "Me encanta la cocina, esta es la cocina de mis sueños, pero no necesitamos 8 dormitorios y 10 baños ni siquiera un garaje para 6 coches".

Reed miró al agente de bienes raíces: "Lo que ella dice es que no necesitamos nada más tan grande".

El agente de bienes raíces asintió, "Tacharé la casa número 2, tiene un diseño similar. La casa número 3 está en una comunidad cerrada diferente, una casa un poco más pequeña pero aún muy prometedora".

Con eso cargamos y manejamos durante 10 minutos hasta la casa número 3.

Al llegar, me encontré con una hermosa casa de campo de nueva construcción con adornos de color marrón oscuro. La puerta de entrada era una puerta doble con los diseños de vidrieras más hermosos. El garaje era de tamaño normal y el patio delantero tenía los parterres elevados más hermosos y un camino alrededor de la casa. Había un árbol más pequeño en el jardín delantero que parecía proporcionar una sombra decente, o lo haría en los meses de verano. Antes incluso de llegar a la puerta principal, algo me decía que ésta era nuestra casa.

Tenía razón, la cocina tenía todos los electrodomésticos de acero inoxidable, una barra para comer, una isla, 2 fregaderos grandes hundidos y encimeras de granito. El horno y la estufa eran industriales y había una ventana sobre el fregadero que daba al patio trasero.

Fue perfecto.

La casa era modesta en comparación con lo que habíamos visto anteriormente, tenía 4 dormitorios, 5 baños y un espacio para una oficina en casa. El dormitorio principal tenía su propio baño principal con ducha, lavabos, tocador y jacuzzi. El vestidor era glorioso y perfecto para Reed y para mí.

Mientras caminaba hacia la puerta corrediza de vidrio que daba al gran patio trasero, que tenía una piscina y un jacuzzi, Reed se acercó a mí besándome la sien, "Bueno, ¿qué piensas?"

Agarré la mano de Reed con la mía y me volví para mirarlo con Colton recostado contra su pecho, "Creo que estamos en casa".

Reed apretó mi mano, "Bien porque en el momento en que llegamos vi que tus ojos se iluminaban e inmediatamente hice una oferta: Deberíamos averiguarlo el viernes".

Mi boca se abrió en estado de shock, "¿Ya hiciste una oferta?"

Reed se rió, "Sí, efectivo, definitivamente una oferta que no pueden rechazar. Además, el agente inmobiliario sabe que son fanáticos del equipo, por lo que se les escapa un poco cuando los llama".

Me sorprendió pero también me alegró: "Estamos comprando una casa".

Reed se inclinó reclamando mis labios con los suyos, "estamos comprando una casa".

Fue difícil salir de casa, pero sabiendo que había muchas posibilidades de que regresara pronto, me fui voluntariamente.

Reed se fue a las 4 p.m. para el juego, decidí que Colton y yo nos quedaríamos en casa esta noche ya que todavía no habíamos recibido noticias del detective y yo no quería salir solo en público con mi pequeño.

Reed había sido inflexible en llevarnos con él, pero tener que estar allí 3 horas antes no era algo que Colton sintiera, y yo tampoco.

Summer y Matt ya se habían ido, así que nos dejó a Colton y a mí solos hasta más tarde esa noche.

Había decidido preparar la cena en lugar de pedirla porque estaba cansada de que extraños trajeran mi comida ahora.

A las 7 de la tarde, Colton y yo estábamos sentados en el sofá con el juego encendido, ambos comiendo nuestra versión de la cena. Para mí fueron restos de espaguetis y para Colton fue una bolsita de yogur y un paquete de arándanos; esta noche realmente estamos ganando.

El partido había sido duro, estábamos jugando contra Vancouver y ellos estaban dando pelea. Al comienzo del tercer tiempo estábamos probados 1-1. Afortunadamente, Reed evitó lo que habría sido un golpe desagradable y permaneció fuera del contenedor de pecado.

Matt, por otro lado, ha estado en el contenedor de pecado dos veces por sanciones menores.

Con 1:50 restantes en el tercer tiempo, uno de nuestros defensas envió el disco volando por el hielo hacia la portería vacía del oponente, dándonos una ventaja.

2-1 ventaja. Al mismo tiempo que sonaba el timbre, alguien llamó a la puerta principal.

Se me cayó el corazón, ¿quién llama a la puerta a las 9 de la noche y por qué mi casa? Colton se había quedado dormido en el sofá con su camiseta Collins, sin inmutarse porque su madre no estaba a punto de sollozar pensando que este era el final.

Lentamente me puse de pie, caminando de puntillas hacia la puerta principal, mirando por la mirilla. Por suerte no vi a nadie, pero había una nota debajo de la alfombra de bienvenida. Sabía que no debía aventurarme a salir por la puerta, por lo que sé, mi ex se escondía a la vuelta de la esquina.

Rápidamente regresé al sofá, recogí a Colton y agarré un cuchillo de cocina antes de apresurarme a la habitación de Reed y cerrar la puerta.

Agarré mi teléfono y llamé a Summer, estaba rezando para que tuviera su teléfono.

Con un clic escuché el rugido de la multitud: "Chloe, ¿qué pasa, estás bien?"

No pude contener el sollozo, "No". "Chloe, ¿qué está pasando?"

Respiré hondo: "Alguien llamó a la puerta hace unos minutos y hay una nota debajo del tapete de bienvenida. Me temo, ¿y si está aquí? ¿Y si nos encuentra?

Podía escuchar a Summer gritarle a la gente que se apartara de su camino: "¿Dónde estás Chloe? Ya vuelvo a casa".

"Estoy-estoy en la habitación de Reed con la puerta cerrada, agarré un cuchillo de cocina grande y tengo a Colton. Summer, ten cuidado, ¿y si él está aquí cuando llegues a casa?

"Bien, voy corriendo al vestuario". Podía escuchar su respiración agitada antes de que ella comenzara a gritar: "¡Reed! ¡Mate! Chloe, quédate en la línea, los agarraré y les haré saber lo que pasó, no cuelgues".

Ahogué un sollozo mientras sostenía una almohada contra mi pecho, "Está bien".

Podía escucharla contándoles a los chicos lo que había sucedido, por lo que pude ver, Reed había llamado al detective a cargo de mi caso y se reuniría con ellos aquí.

Después de permanecer hablando por teléfono con Summer durante todo el viaje, estaba exhausta por el llanto.

"Chloe, nos estamos deteniendo. El detective está afuera, parece que encontró la nota. Voy a colgar y entrar, tocaré 3 veces, ¿vale?

Suspiré, "Está bien".

Al colgar el teléfono, me pasé una mano por el pelo antes de acunar mi cabeza entre mis manos. Hubo 3 golpes en la puerta del dormitorio y pude escuchar a Summer decir mi nombre.

Salí corriendo de la cama abriendo la puerta y dejándola entrar, inmediatamente envolviéndonos en los brazos del otro.

Summer se quedó conmigo hasta que un Reed desaliñado entró corriendo a la habitación, abrazándome y besándome la cara, "Joder, cariño, lamento no haber estado aquí. ¿Estás bien? ¿Cómo está Colton?

Respiré profundamente y levanté las manos para colocarlas a ambos lados de su cara. "Estoy bien, Colton está bien. Simplemente se sacudió. ¿Qué decía la nota?

Reed se pasó una mano por el cabello, Summer encontró mi mirada antes de levantarse y salir de la habitación. "Ummm, mierda. Fue él. Prácticamente la nota decía que había regresado y quería recuperar lo que era suyo".

Me sentí sin palabras o que el aire abandonó mi cuerpo, "¿Quiere lo que es suyo?

¿Qué carajo?

Reed me tomó entre sus brazos y dijo: "Él no te tocará a ti ni a Colton. No puede tener lo que no es suyo, la última vez que comprobé es un maldito criminal y un donante de esperma.

Respiré hondo y hundí la cabeza en su pecho. "Estaba cerca otra vez, Reed".

Reed pasó su mano por mi cabello para calmarme pero también para calmarse a sí mismo: "Conozco el amor. La buena noticia es que la directiva habló con el vecino que tiene cámaras de seguridad y cree que captó su matrícula, así que la están analizando ahora y le pusieron una BOLO".

Asentí con la cabeza y besé su pecho. "¿Ganamos?"

Reed se rió besando la coronilla de mi cuello, "Sí, cariño, ganamos". Vamos a llevarte a la cama".

No podía dormir, pero eso era de esperar, también puse a Colton en la cama entre nosotros para saber que no desaparecería. Necesito que esta pesadilla termine de una vez.

19

Chloe: Embalaje

Las dos semanas siguientes transcurrieron más lentamente que un caracol atrapado en melaza. Estábamos a una semana de Navidad y la única buena noticia que recibí fue que nuestra oferta por la casa fue aprobada y Podríamos mudarnos esta semana.

Desde que dejaron la nota esa noche que estaba sola en casa, Summer se había tomado un tiempo libre en el trabajo para quedarse en casa cuando los chicos tenían sus partidos fuera de casa. Reed quería quedarse atrás y protegernos, pero yo lo necesitaba para jugar hockey.

Los padres de Reed fueron llamados poco después del incidente y cuando nos enteramos de la aprobación de la casa, así que aparecieron ayer para ayudarme a empacar mientras también vigilaban a Colton. Entonces, incluso si Reed se ha ido, me siento seguro con mi familia a mi alrededor.

Corrí a la tienda ayer por la mañana, pero fui acompañada por Summer, desde que finalmente abrí, había decidido aceptar clientes mediante citas y solo trabajar cuando me sintiera seguro de hacerlo. Con suerte, una vez que pase esta mierda de acecho, podré abrir durante más horas.

Desde aquella noche en que dejó la nota, no había sucedido nada más. El detective llamó diciendo que encontraron el auto abandonado pero que pudieron levantar huellas dactilares del volante. Confirmando mis preocupaciones de que haya abandonado a James, mi ex psicópata.

No me arrepiento mucho en la vida, pero sin duda él es el número 1 en la lista de arrepentimientos; aunque me dio Colton.

Esta mañana, los cuatro adultos y Colton nos aventuramos a la antigua casa para empezar a empaquetar y empacar artículos. Por suerte, la mayoría de mis cosas todavía estaban en cajas, lo que facilitó su traslado.

Por el momento, el gimnasio del garaje de niños albergaba todos nuestros artículos, un problema que pueden solucionar cuando lleguen a casa.

Dave estaba sentado en la sala de estar, sorprendentemente en el suelo empujando autos de carreras por la alfombra con Colton, mientras hacía ruidos de autos. De vez en cuando puedes ver a Colton diciendo "no papá" o "Vroom Vroom".

Susan estaba siendo una muñeca y ayudaba a Summer a revisar los utensilios de cocina y a asegurarse de que lo que sea que Summer estuviera moviendo no estuviera duplicado, dándonos a mí y a Reed cosas de cocina gratis. Todos ganamos para nosotros.

No estaba seguro de cuánto tiempo se quedarían Dave y Susan, ya que la Navidad de la próxima semana esperaba que se quedaran, pero no estaba al tanto de sus tradiciones. No he celebrado la Navidad desde que tenía 17 años, antes de que murieran mis padres.

Mientras etiquetaba cajas en el garaje sentí que mi teléfono vibraba en mi bolsillo, seguramente una llamada telefónica. Al ver nuestra foto familiar de Halloween en exhibición, supe que era Reed, "Hola amor".

Déjame decirte que no estaba preparado para encontrar a un Reed sin camisa, sudoroso y con el cabello desordenado al otro lado de este FaceTime, bastante seguro de que estaba babeando: "Hola, guapo. ¿No eres digno de ver?

Reed se pasó una mano por el cabello flexionando los músculos de sus brazos, "Eres una visión de belleza, bebé, ¿qué estás haciendo?"

Una visión de la belleza de mi trasero, mi cabello estaba en todos los sentidos hasta el domingo, tenía rímel puesto hace 2 días, llevaba una de las camisas de manga larga de Reed y un par de pantalones de pijama navideños. Este hombre era ciego.

Volviendo a mirar mi pantalla después de evaluar el desastre que soy, solté una carcajada: "Cariño, creo que necesitas que te revisen la vista cuando llegues a casa. No hay nada bello aquí".

La sonrisa de Reed desapareció, "Nena, eres hermosa, ¿no me crees?"

Mordiéndome el labio inferior y soltándolo, "No cuando me veo así. Me he estado mudando todo el día y estoy bastante seguro de que parezco un vagabundo.

Reed se pasó una mano por la cara, "Chloe escúchame y escucha bien", gruñó. "Eres hermosa, no importa lo que lleves puesto o el maquillaje que tengas, podrías oler y a mí no me importaría. Eres la persona más hermosa que conozco, créeme".

"Está bien, te creo; Puede que en ocasiones no esté de acuerdo, pero te creo. ¿Qué estás haciendo?" Maniobré mi teléfono para pararme sobre una caja mientras pasaba a la siguiente.

"Acabo de terminar un entrenamiento increíble, ahora te estoy desnudando con mis ojos, lindo trasero por cierto" Reed movió las cejas.

"Reed Michael Collins, sé que te crié mejor que eso", reprendió Susan a su hijo. Supongo que debería haberle advertido que su madre había entrado con café para mí.

No pude evitar reírme viendo cómo el color desaparecía de su rostro: "Lo siento cariño, te habría advertido que ella estaba aquí, pero no pensé que hubieras dicho eso".

"Lo siento mamá, lo siento Chloe. Prometo comportarme mejor". Reed bajó la cabeza y la sacudió de un lado a otro.

Susan negó con la cabeza ocultando su risa mientras me entregaba una taza de café. "Los dejo a ustedes dos, por cierto, Dave va a preparar la cena, sin tener idea de lo que eso implicará. Buena suerte esta noche hijo".

"Gracias mamá". Reed resopló. "En serio Chloe, ¿un aviso?"

Me reí sosteniendo la taza contra mis labios, "No pensé que serías tan travieso conmigo de esa manera".

Otro gruñido salió de la boca de Reed: "No digas 'travieso' como esa niña. No puedo hacer nada al respecto y me estás matando".

Me senté frente a la caja, cruzando las piernas, "Está bien, cambio de tema, entonces, ¿qué día queremos mudarnos? Me gustaría estar aquí para Navidad, si te parece bien".

La sonrisa de Reed creció, "Cariño, las llaves están en la cómoda, puedes mudarte mañana, pero te pido que esperes hasta que llegue a casa. ¿Qué tal el sábado? No tendré práctica ni juego y podremos arreglarnos".

Tomando un sorbo de mi café, disfrutando el sabor, miré a Reed a los ojos, "Estoy feliz bebé, realmente feliz. Estoy muy emocionado incluso con la mierda con la que estamos lidiando".

"Estoy feliz de que tu feliz amor. Además, ¿te parece bien que mamá y papá se queden hasta Navidad?

"Sí, esperaba que se quedaran. Colton realmente no ha tenido Navidad, así que esto será perfecto, tal vez tu mamá pueda ayudarme a preparar la cena en la nueva casa". Me encantó la idea de cocinar con Susan y aprender diferentes recetas familiares que podría utilizar en el futuro.

"Esta será la mejor Navidad de mi vida, te lo puedo prometer. Además, tengo que irme, necesito que me vendan el hombro. Llamaré esta noche, ¿vale? Te amo"

"Te amo Reed, buena suerte".

Después de colgar, me levanté tomando mi teléfono y una taza de café cuando comencé a sentirme mareado. Apoyándome en cajas apiladas, me compuse y me orienté antes de entrar. No estoy seguro de qué carajo fue eso, tal vez necesito comer y tomar un poco de agua. O una siesta. Una siesta suena genial.

20

Reed: Navidad en el Nuevo Hogar

Volver a casa nunca había sido tan prometedor como ahora. Mi mamá y Summer estaban en la cocina moviendo cajas mientras Matt y mi papá tomaban cajas etiquetadas como "dormitorio" o "guardería" a los lugares que les corresponden.

Chloe estaba moviendo la caja que contenía nuestro nuevo árbol de Navidad y las bolsas y bolsas de artículos navideños a la sala de estar para agregarlos más tarde.

Estaba tratando de convencer a un inquieto Colton para que tomara una siesta, pero lamentablemente el día de la mudanza era demasiado emocionante.

Afortunadamente, la Navidad no es hasta el martes, por lo que tenemos 2 días completos para desempacar y decorar.

"Vamos, hombrecito, toma una siesta para papá para que pueda ayudar a mamá a desempacar y luego podremos quedarnos despiertos toda la noche".

Chloe resopló tratando de ocultar su risa: "Esa es una promesa engañosa, no soy parte de ese trato".

Mi papá dobló la esquina y colocó una caja con la etiqueta "Sala de estar" escrita a mano muy descuidada en un costado. "Déjalo en lugar de Reed, necesito un descanso de las cajas".

De buena gana entregué a Colton y sacudí mis brazos ya que lo habían estado abrazando durante tanto tiempo, "Gracias papá. Quizás tengas mejores oportunidades con él".

Mi papá se rió: "Él debe parecerse a ti sin importar si tiene tu sangre. Era una molestia acostarse a tomar una siesta a esta edad".

Chloe se acercó envolviendo sus brazos alrededor de los míos apoyando su cabeza en mi hombro, "Preferiría que él se pareciera a Reed que a mí, apenas dormí toda la noche hasta que tuve 3 años. Hablando de un pequeño terror".

Me incliné y besé su cabeza. "No estoy seguro de cómo se parecería a mí".

Chloe puso su mano sobre mi pecho, miró a Colton y me miró a mí, sus ojos suaves contenían tanto amor y compasión, "Sabes que él no es solo mi chico, me gusta pensar que también es tuyo si estás de acuerdo con eso". eso."

Me incliné hacia adelante reclamando sus labios, "Eso me gusta, él es nuestro chico".

Mi corazón creció me sentí como el Grinch, sabía que tenía corazón pero escucharla aclarar que lo ve como mi hijo calentó mi cuerpo. Él es mi hijo, maldita sea, desde el día que lo conocí, hubo una atracción que nos unió.

A las 5 de la tarde, las cajas estaban en diferentes partes de la casa, la mayor parte de la cocina estaba desempacada, la ropa de cama estaba en nuestra cama principal y en la cama de invitados, la guardería estaba un poco desempacada, terminamos guardando la cuna y yendo con una cama para niños pequeños desde Colton. Quería empezar a trepar por encima.

Me di cuenta a lo largo del día cuando Chloe hacía una pausa y se apoyaba en el mostrador o en el sofá casi como si recuperara el aliento, parecía extraño, pero supuse que había estado corriendo una milla por minuto, pero era algo que me preocupaba; algo sobre lo que preguntaré una vez que nos vayamos a la cama. Mamá y papá salieron a buscar la cena y otros alimentos para llenar el refrigerador, me aseguré de enviarle a mamá mi tarjeta de crédito diciéndole que comprara lo que pensaran que necesitábamos.

Chloe y Summer estaban decorando la cocina con sus artículos navideños mientras Matt y yo intentábamos colocar el árbol; les estoy recordando comprar uno ya ensamblado el próximo año o uno real.

Colton estaba jugando en la caja del árbol ahora vacía, riéndose a carcajadas.

Podía escuchar a las chicas riéndose en la cocina, una débil música navideña sonaba de fondo, esto es algo que nunca imaginé: yo sentándome.

Si alguna vez necesito un currículum, escribo "ensamblador profesional de árboles de Navidad" en la primera línea. Esta mierda no solo me cabreó, sino que, joder, no quiero volver a hacer eso nunca más.

Mamá y papá regresaron con un auto lleno de comestibles y pizza para la cena; Poco después de comer, Summer y Matt se fueron para regresar a casa. Matt y yo tenemos un partido mañana por la noche, así que es mejor descansar antes de que Florida nos empuje contra los tableros mañana.

Mis padres se retiraron a la habitación de invitados mientras Chloe dejaba a Colton en su nueva habitación. Apoyada contra el marco de la puerta estaba observando como ella lo sostenía en sus brazos susurrándole dulces palabras y depositando suaves besos en su cabeza.

Me encantaba verla en modo mamá, había algo sexy en ello pero también algo primitivo en mí que no podía esperar a tener más hijos con ella.

Lo colocó en la cama cuando noté que se apoyaba contra el costado. Tenía la cabeza gacha y podía oír su respiración errática y su peso descansando sobre sus brazos.

Corriendo hacia adelante, la tomé en mis brazos mientras la colocaba en mi regazo mientras me sentaba en el planeador, "Bebé, ¿qué pasa? Has estado haciendo esto todo el día, habla conmigo".

Chloe exhaló y apoyó la cabeza en mi pecho. "Me he estado mareando desde hace unos días. Pensé que era estrés, o mudanza, o que mi ex regresaba, diablos, incluso aumenté la ingesta de agua y alimentos y no ha disminuido".

Acariciando mi mano sobre su cabello, besando su sien, "¿Por qué no me dijiste cuando empezaste a sentirte así? ¿Te siente mal?"

Podía sentirla respirar a través de mi camiseta y sus manos sosteniendo las mías. "De todos modos me siento bien, creo que solo estoy estresada y por la falta de sueño. Ya estoy bien, vamos a la cama".

Ella trató de escapar de mi agarre pero me levanté sosteniéndola en mis brazos, "No estás caminando por el pasillo amor, no cuando estás mareado".

"Reed, estoy bien ahora. Sólo necesito dormir, si empeora te lo diré, lo prometo". Ella resopló.

Me negué a dejarla levantarse incluso para cambiarse, colocándola en medio de nuestra nueva cama Cali King, dándole mi mejor mirada de "no te muevas".mientras yo le agarraba una de mis camisetas para dormir. "Aquí amor, cámbiate".

Chloe dejó escapar un gemido de frustración: "Reed, necesito hacer mi rutina como lavarme la cara".

"Bien, ve a lavarte la cara y haz tu rutina, pero te juro que en el momento en que te vea pálido y débil, te agarraré, te llevaré al auto y te llevaré a emergencias". Lo amenacé. Odiaba verla no sentirse lo mejor posible y no saber por qué estaba mareada me estaba matando.

Chloe salió con cuidado de la cama y se retiró al baño donde pasó los siguientes 10 minutos realizando su rutina antes de dirigirse hacia mí.

"Mira, estoy como nuevo, no pasó nada malo según lo prometido". Ella sonrió.

Cuando se metió en la cama, la acerqué a mi pecho: "Si empeora, veremos a un médico. No me importa si es la 1 de la madrugada, nos vamos. Te amo y me preocupo por ti".

Chloe tarareó en respuesta, acariciando mi cuello con la cabeza: "Lo sé, cariño, seré honesta, lo prometo. ¿Ahora podemos irnos a dormir? Ella besó perezosamente mi cuello.

Dormí como un campeón, tener una cama nueva con mi niña en brazos, en nuestro nuevo hogar fue alucinante. Entrar para ver toda mi ropa con la de ella y nuestra ducha con sus dos prendas fue jodidamente trascendental en el buen sentido.

Cuando llegué a la cocina, mi madre tenía panqueques en la encimera mientras Chloe alimentaba a Colton en la mesa del comedor. Papá estaba sirviendo café y poniendo jugo en la botella de Colton antes de regresar corriendo a la mesa.

Besando a mi mamá en la sien y tomando café, me dirigí hacia la mesa, robándole un bocado de panqueque a Chloe. "Sabes que hay más de lo que hay en mi plato, ¿verdad?"

Le sonreí besando su frente, "Lo sé, pero tengo que correr.

Desde los juegos a las 2 tengo que llegar pronto. ¿Vienen todos ustedes?

Mi papá asintió con la cabeza mientras le daba un mordisco al panqueque mientras Chloe intentaba limpiar el almíbar de la cara de Colton, "Sí, estaremos allí, creo que nos iremos al mediodía para poder llegar temprano".

Tomando otro sorbo, pasé mis manos por el cabello de Colton, "¿Qué piensas, hombrecito? ¿Debería usar nuestro traje a juego otra vez o elegir el verde oscuro?"

Colton aplaudió balbuceando su versión de una conversación.

"Está bien, es verde, buena elección". Inclinándome, besé su frente antes de volver corriendo para prepararme para dirigirme a la arena. Bueno, perdimos, pasan cosas, pero ya se acabó. Me mordieron el trasero después de recibir una penalización de 5 minutos y estar involucrado en 2 peleas. Lo único que me calma es que Chloe está actualmente a horcajadas sobre mi espalda dándome su versión de un masaje de tejido profundo. "Chloe" gruñí Pude oírla tararear en respuesta: "¿Sí?"

"2 cosas. Uno, ¿te has mareado hoy y dos, si no, entonces estoy a punto de convertir este masaje en un regalo de Navidad anticipado para ti?

Chloe dejó escapar una dulce risa. "Estoy bien, Reed, creo que fue el estrés y hacer las maletas. ¿Y cómo me vas a dar un regalo de Navidad anticipado?

Sin previo aviso, me giré sobre mi espalda haciéndola tambalearse alrededor de mis piernas. Inclinándome, agarré la nuca, hundiendo mi lengua en su boca, llevé mi otra mano a su cadera, antes de meter la mano debajo de su camisa y atacar sus pezones.

Chloe dejó escapar un gemido seductor cuando le pellizqué los pezones y le apreté las tetas. Quitando mi mano de su cuello, le di la vuelta para quedar arriba. "Tu regalo anticipado de Navidad es una noche de orgasmos y la promesa de no caminar derecho durante días".

Los ojos de Chloe se llenaron de deseo, tomando sus manos, se quitó la camisa y la arrojó al otro lado de la habitación antes de atacar mi cuello con sus labios carnosos.

Con solo un par de bragas y mis boxers entre nosotros, ella podía sentir mi polla presionando contra ella y yo ya podía sentir lo mojada que estaba, "Cállate bebé, no queremos que la casa se despierte".

Dejó salir otro gemido de su boca, con los ojos cerrados mientras yo movía mis caderas hacia ella. Inclinándome hacia atrás, enganché mis dedos en la parte superior de sus bragas, quitándolas en un momento rápido dejándola desnuda. Mirar su cuerpo desnudo hizo que mi polla se moviera con anticipación. Vigilando contacto, se mordió la parte inferior del labio mientras me quitaba los boxers, agarrando mi longitud con la mano y dándole algunas caricias.

Agarré sus piernas y la acerqué hacia mí, tomando sus labios con los míos, "Pon a los 4, bebé y cállate".

Su pecho se levantó con anticipación mientras se daba la vuelta, su trasero sobresalía hacia mi vista.

Agarrándola, le apreté el culo antes de inclinarme y morder una de sus mejillas regordetas, provocando que un gemido sexy saliera de su boca: "Sé una buena chica y di silencio".

Presionó su cara contra el edredón mientras yo me inclinaba y lamía su dulce coño por detrás, tomando mi lengua y follándome sus dulces pliegues hasta que me di cuenta de que estaba cerca. Tirando de los pliegues hacia mis labios y mordiendo mientras yo retrocedía, sus caderas se balanceaban con mi movimiento necesitando más, "Dime qué necesitas, bebé".

Chloe gimió: "Tú, Reed, te necesito".

Me incliné hacia atrás para agarrar sus caderas mientras continuaba follando con la lengua su dulce coño enterrando mi cara en sus pliegues.

"Reed, estoy cerca".

La atraje más hacia adentro, chupándola hasta que sentí que su cuerpo se liberaba y comenzaba a temblar. Lamiendo sus dulces jugos, nada sabía mejor. Alejándome, le di otro mordisco a su otra nalga, mientras frotaba la otra.

Acariciando mi polla con una mano, "Sabes tan bien que podría comerte en cada comida. Pero esta noche no voy a enterrarte mi polla para que no sepas tu nombre. Quiero sentir que me ordeñas, bebé".

"Fóllame, Reed. Lléname, te necesito", suplicó.

Sin previo aviso, empujo mi polla hacia ella sintiendo que su cuerpo me aprieta con tanta fuerza.

Continué mi ritmo, aumentando mis embestidas, aferrándome fuerte a sus caderas.

Al acercarme, la agarré por el cabello y la acerqué suavemente hacia mí, dándome acceso para besar su cuello y susurrarle al oído, mi otra mano encontró su clítoris y la frotó de un lado a otro.

Su respiración era más bien jadeante, sus ojos se cerraron mientras sus manos rodeaban mi cuello, manteniéndonos a los dos en el lugar.

"Que se joda Chloe, estoy cerca", jadeé.

"Yo también, ven conmigo, Reed". Ella respiró.

Le muerdo el hombro cuando sentí su obturación contra mí, su coño ordeñando mi propia liberación, llenándola.

Ambos bajamos de nuestros máximos, solté a Chloe, saliéndome de ella y dejé un casto beso en la base de su cuello, "Santo cielo, bebé, eres increíble. Te amo."

Chloe rodó sobre su espalda, su cabello rubio se abanicaba alrededor de su rostro, sus mejillas sonrojadas y sus labios entreabiertos, "Me encanta hacer eso contigo. Te amo también bebé. Vamos a dormir un poco ahora".

Poco después de limpiarnos, ambos nos metimos en la cama, encontrándonos los brazos y entrelazando las piernas. Llegando al momento en que decía 12:34 am, "Feliz Navidad, bebé", exhalé besando su cabeza.

"Feliz Navidad Caña".

Y estaba a punto de ser una muy Feliz Navidad.

Dormir era todo lo que necesitaba y quería, pero había un pequeño terror llamado Colton que había decidido que las 6:30 am era el mejor momento para despertarse en Navidad. Al abrir los ojos, me encontré con un par de ojos somnolientos pero despiertos enfocados en mí; su cabello rubio despeinado y un chupete en la boca. Extendiendo una mano hacia Colton, se acercó y sacó su chupete, "Papá", se rió.

Cuando se acercó, lo llevé a la cama colocándolo en el medio. Fue entonces cuando me di cuenta de que Chloe no estaba en la cama, lo que significa que estaba preparándose para el día o en la cocina.

"Feliz Navidad, amigo", le besé la cabeza mientras se sentaba a jugar con el edredón.

Ver a Colton era una de mis nuevas cosas favoritas, él estaba tan interesado en todo lo que lo rodeaba y ver el asombro en sus ojos me impulsó a ser siempre genial para él y apreciar cada momento.

Mientras lo miraba, alguien llamó a la puerta, mi papá entró con el pijama navideño más ridículo y un gorro de Papá Noel, "Levántate y comencemos con los regalos. Las chicas ya están en la sala y Matt y Summer acaban de llegar".

Pasando mi mano por mi cara dejando escapar un gemido, "Ya voy". Déjame ponerme lo que supongo que son pijamas a juego que nos compró Chloe y estaré con Colton.

Papá asintió dándome una gran sonrisa antes de regresar.

Nunca he amado más a Chloe, los pijamas a juego son realmente cómodos y no ridículos como los de papá, pantalones rojos a cuadros y Henley negro de manga larga, mi estilo, combinados con pantuflas navideñas. La mejor parte es que Colton y Chloe me emparejan mientras mamá está vestida con un feo suéter navideño.

Los 7 desayunamos juntos antes de repartir los regalos debajo del árbol.

Colton se había besado como un bandido entre nosotros, su nuevo grupo de abuelos y su tía y su tío, este niño estaba preparado para cualquier juego, evento y actividad que se te ocurra. Lo cual necesito tomar nota mental para recuperar a Matt porque aparentemente Colton tiene la edad adecuada para tocar la batería y, como era de esperar, al niño le encanta.

Chloe me había comprado algunas corbatas nuevas para los juegos, así como un reloj nuevo desde que el mío se rompió.

Le había comprado a Chloe algunos suéteres de St. Louis, una pulsera de tenis de diamantes y un par de tacones rojos que se moría por tener en sus manos.

Summer y Matt hicieron contacto visual antes de inclinarse hacia adelante y entregarnos a Chloe y a mí una caja: "Esto es para ustedes dos".

Chloe se inclinó más hacia mí ayudándome a desenvolverlo antes de abrirlo y sacar 2 camisas. Uno de ellos decía: "La mejor tía de todos los tiempos" y el otro: "El mejor tío de todos los tiempos". Chloe y yo nos tomamos el momento para procesar lo que esto significaba y Chloe me ganó para que dijera cualquier cosa: "¿Tú?" ¡Estás embarazada!

Lanzándose fuera de mí, abordó a Summer y la abrazó, balanceándose hacia adelante y hacia atrás.

"Mierda, Matt, vas a ser papá", me reí, levantándome para darle un abrazo mucho menos agresivo.

Matt se rió, "Lo sé, estoy muy emocionado. Podemos hacer esto de papá juntos".

Chloe nos empujó a un lado mientras abrazaba a Matt felicitándolo, mientras yo me giraba e hacía lo mismo con Summer.

"Mierda, chicos. ¿Qué tan avanzado estás? Preguntó Chloe sentándose nuevamente a mi lado.

"Seis semanas, lo descubrí después de regresar de la cabaña. Supongo que cuando Matt rogaba por tener niños, debería haber pedido perdón en lugar de permiso", se rió.

"Oh, esto es tan emocionante, Dave, ¿no estás emocionado? Más bebés a quienes amar", dijo efusivamente mi mamá.

Pasó el resto del día, Colton jugaba con todos sus juguetes nuevos mientras nosotros descansábamos y comíamos. Primera Navidad como hombre de familia y no la cambiaría por nada más.

Besando la parte superior de la cabeza de Chloe, me incliné hasta que mi nariz tocó la parte superior de su oreja, "Gracias por darme este bebé".

Chloe levantó la vista y besó mi mandíbula. "Debería agradecerte por darme esto. Antes de ti, Colton y yo no éramos tan felices".

Colocando mi mano en la parte posterior de su cabeza, guié mi rostro hacia abajo, capturando sus labios con los míos, "Te amo".

21

Reed: Este Hijo de Puta

El tiempo entre Navidad y Año Nuevo fue agotador pero también emocionante. Mis padres se habían ido y prometieron regresar durante mi descanso de una semana a finales de enero. Chloe y yo continuamos desempacando y convertir la casa en un hogar.

Cuando entré a la cocina, Chloe tenía a Colton atado a su silla alta desayunando mientras ella lavaba los platos.

Acercándome detrás de ella, rodeé su cintura con mis brazos. "¿Todavía te sientes bien, bebé? ¿Tienes más problemas con sentirte mareado? Sabía que ella era terca, así que saber que no me lo diría era exacto.

"Estoy bien. Simplemente estoy cansado".

Ella se giró en mis brazos dándome un suave beso en los labios, "¿A qué hora es el juego esta noche otra vez?"

Al devolverle el beso, me retiré empujando un mechón de cabello detrás de su cabello, "7. Si estás cansado no necesitas ir, está bien".

Se apoyó contra mí y se tomó un minuto para responder: "Quiero ir, creo que me quedaré en la suite en lugar de estar junto al hielo. ¿Quieres que vayamos contigo hoy?

"Puedes cariño, tengo entrevistas posteriores al juego, así que no estoy seguro de a qué hora me sacarán, no quiero que esperes, pero también quiero asegurarme de que estés a salvo ya que no hemos escuchado nada últimamente."

Odiaba que todavía no hubiéramos escuchado nada sobre el bastardo que acechaba a mi familia.

"Podemos esperarte, así no pasa nada".

A las 3:45 estábamos subiendo al auto para dirigirnos a la arena.

Dejé a Chloe en la sala familiar para que pudiera visitar a las esposas y novias antes del partido.

Al entrar al vestuario noté una nota que sobresalía de mi casillero. Mirando a mi alrededor noté que todavía no había muchos chicos aquí.

Tomando con cuidado la nota, la desdoblé y leí atentamente las palabras: "Vengo por lo que es mío. Ni siquiera lo verás venir".

Mi mano comenzó a temblar al leer las palabras.

Al girar el permiso para buscar a Chloe, Matt entró notando mi comportamiento, "Hermano, ¿qué pasa?"

Le entregué la nota: "Ahora me está amenazando. Necesito llamar al detective y encontrar a Chloe. Mierda, necesito las imágenes de la cámara en la puerta del vestuario para ver si fue él".

Empecé a entrar en pánico, a temblar y a pasarme las manos por el pelo.

Matt le devolvió la nota: "Llama al detective ahora mismo, llamaré a Summer para encontrar a Chloe y hablaré con el entrenador. Te tengo amigo. Nadie te amenaza a ti ni a tu familia".

Asentí con la cabeza, agarré mi teléfono y marqué el número de los detectives: "Detective Brown, soy Reed Collins. Entré al vestuario y encontré una nota metida en mi casillero. Creo que es de James".

Podría respirar profundamente en la otra línea: "Está bien, estoy en camino, ¿dónde están Chloe y Colton?"

Me pasé la mano por la cara, "Están aquí en la arena, lo cual ahora me preocupa, los dejé en la sala familiar. El verano los está localizando ahora".

"Está bien Reed, estaré allí en 5, estoy cerca. Necesito imágenes de video de cualquiera que entre y salga del vestuario, ¿puedes reunir a tu entrenador y a alguien más que pueda ayudar?"

Respirando profundamente otra vez, "Sí, Matt está agarrando el entrenador ahora. Veré si podemos encontrarnos en su oficina. Haré que Matt venga a buscarte a la puerta.

Cuando colgué, Chloe entró preocupada sosteniendo a Colton contra su pecho, "Reed, ¿qué está pasando? Summer parecía asustada y no dijo mucho".

La atraje hacia mí y le entregué la nota: "Él estaba aquí. Dejé esta nota".

Chloe abrió la nota leyéndola, acercando a Colton a su pecho, sus ojos levantados del papel y encontrándose con los míos, "¿Qué hacemos?"

"Llamé al detective Brown, Matt lo dejará entrar. Vayamos a buscar al entrenador".

Entramos en la oficina del entrenador Benson y cerramos la puerta detrás de Chloe.

La mirada del entrenador nos recorrió, sintiendo lo que estaba por venir, "Matt me informó. ¿Está el detective en camino?"

Asentí con la cabeza y le indiqué a Chloe que se sentara. "Sí, ahora va a salir a agarrarlo. Quien tenga imágenes de la puerta del vestuario, querrá verlas".

El entrenador agarró su teléfono celular antes de llevárselo a la oreja: "Voy a llamar al gerente general y al técnico para que traigan nuestras cosas. Nos quedaremos aquí para que nadie se dé cuenta de lo que está pasando".

Me senté junto a Chloe y puse mi mano en su rodilla que temblaba: "Está bien, amor. Vino aquí porque no sabe a dónde nos mudamos. Él no te va a aceptar".

En 5 minutos teníamos a nuestro gerente general, jefe de tecnología, el entrenador Benson, el detective Brown, Matt, Summer, Chloe y yo. Colton estaba jugando con algunos discos que le había dado el entrenador, el pobre niño no estaba al tanto de los acontecimientos que estaban sucediendo; tenía envidia.

Se enviaron imágenes de video al detective Brown mientras el gerente general hacía algunas llamadas telefónicas para garantizar mayor seguridad y asegurarse de realizar búsquedas exhaustivas de antecedentes para evitar infracciones.

Como Matt y Summer ya no estaban en el camino del objetivo, fueron liberados para prepararse para el juego y recuperarse.

El entrenador no quería que nada pareciera extraño para los medios o los fanáticos, así que me iban a sacar bajo la etiqueta de enfermedad, de esta manera Chloe y yo podríamos llegar a casa. El detective Brown estaba enviando una unidad de patrulla a nuestra casa para esperarnos pero también limpiar la casa y luego serían nuestra seguridad durante la noche.

No era así como quería pasar la noche, pero dejar a Chloe durante 3 horas no era una opción. Lamentablemente, mis padres se habían ido ayer a Florida, por lo que no tenía más ojos puestos en mi familia ni en la casa.

Al decidir que sería mejor que nos fuéramos, ya que eran las 5:30 y el juego era a las 7, mi gerente general Frank quería acompañarnos personalmente con seguridad y el detective Brown, para asegurarse de que llegáramos a mi camioneta de manera segura.

Tenía a Colton en mis brazos, quien estaba jugando con los discos del entrenador, Chloe a mi lado, agarrando mi brazo con todas mis fuerzas, "Está bien bebé, tenemos un destacamento de protección y limpiaremos la casa antes de entrar".

Ella respiró temblorosamente y asintió con la cabeza a lo que estaba diciendo. Fue entonces cuando se desplomó sobre mí, con la cabeza gacha y el cuerpo rindiéndose. Mi GM se abalanzó hacia adelante, asegurándola con sus brazos para evitar que se cayera.

Deteniéndonos en seco, pude ver cómo el color desaparecía de su rostro, "Chloe, bebé, ¿qué está pasando?"

Sin respuesta Todo se volvió borroso, Chloe estaba consciente pero pálida y débil, no se había sentido mareada a menos que no dijera algo. Debería haberle prestado más atención durante esto.

El detective Brown se apresuró a decir: "La ambulancia está en camino. Hagamos que se siente en este banco hasta que lleguen".

Cuando conseguimos que se sentara, inclinó la cabeza contra mí: "Lo siento, Reed, me mareé otra vez, pero esperaba que pasara".

Cambié a Colton a mi otro brazo, rodeándola con mi brazo hacia mi cuerpo, "Bebé, necesitas comunicarte. Si Frank no hubiera estado allí, no estarías de pie".

"Lo sé. Lo lamento." Ella agarró mi mano.

La ambulancia apareció a los pocos minutos, la habían llevado atrás para revisar sus signos vitales mientras yo estaba junto a las puertas abiertas con Colton, Frank y el detective Brown.

Estaba caminando de un lado a otro desgastando el pavimento cuando el paramédico se acercó: "Sus signos vitales están bien. No parece deshidratada, podría ser estrés, pero recomiendo llevarla a ver a su médico mañana a primera hora. Necesita descansar ahora mismo".

Dejando escapar el aliento que había estado conteniendo sin querer, le estreché la mano antes de acercarme para ayudar a Chloe a salir de la ambulancia: "Vayamos a casa, a la cama y prepararé la cena".

Chloe voluntariamente me dejó ayudarla a subir a la camioneta, después de atar a Colton, me despedí con la promesa de comunicarme si sucediera algo más.

Una vez que llegamos a casa y la policía hizo su búsqueda, Chloe se acomodó en el sofá mientras Clayton jugaba con sus furgones en el tapete de juegos. Entré a la cocina para preparar una comida rápida antes de sentarme con mi familia.

Estaba tan harto de esta mierda que me agarré al borde del mostrador y agaché la cabeza. ¿Cómo podría tener fácil acceso a mí, a mi familia? Me sentí como un fracaso por no mantener mi cabeza girando, además no tener actualizaciones durante días seguidos ha sido estresante. Chloe ni siquiera puede abrir su negocio porque tiene miedo de estar ahí sola, ahora ni siquiera podemos ir a la arena.

Debí haberme perdido en mis pensamientos porque dos brazos rodearon mi cintura y un leve beso se colocó entre mis omóplatos. "Reed, estás bien. Estoy bien. Podemos ir el lunes al médico y me pueden revisar". Me alegra que se dé cuenta de que prácticamente desmayarse no es normal. Contuve un sollozo mientras me giraba en sus brazos, acercándola y acariciando mi cabeza contra su cuello. Dejé correr las lágrimas, no me importaba verme débil, estoy estresada, molesta, preocupada y frustrada; todo durante un momento de mi vida Debería estar feliz, emocionado y sin mirar por encima del hombro.

Podía sentir a Chloe frotando mi espalda y mi cabeza tratando de calmarme, salpicando besos alrededor de mis mejillas, "Superaremos este Reed". Después de unos minutos más, me alejé, manteniéndola cerca de mí, besando su frente, "Sé que odio lo desconocido de ¿por qué ahora?

¿Qué quiere? ¿Cómo puede salirse con la suya en todo esto? Estoy enojado conmigo mismo y con él".

Continuó pasando sus manos por mis brazos y me tranquilizó: "No tengo las respuestas, Reed. Pero no te odies, está loco y desquiciado. Me odio por traerlo a nuestras vidas".

Cambiando de tema, principalmente para salvar mi salud mental en estos momentos, me concentré en la tarea que tenía entre manos, la cena. "¿Está bien la pizza congelada porque no tengo motivación para cocinar?"

Chloe se rió y tomó una coca cola dietética del refrigerador. "La pizza congelada suena increíble, estaré ahí afuera jugando con Colton. No quemes la casa".

Me encantaba verla alejarse, no importaba que hubiera llorado a mares hace unos segundos, su trasero me tenía hipnotizado y completamente en trance.

"¡Deja de mirarme el culo, Reed!" Ella se rió.

22

Chloe: El Doctor dijo Que?

El lunes finalmente se había aventurado y Reed se mantuvo firme en ir conmigo al médico. Summer y Matt habían sido lo suficientemente amables como para cuidar a Colton en nuestra casa mientras estábamos fuera.

Mientras esperaba en la sala de espera, comencé a sentirme nerviosa, no tenía idea de qué me sentía mareada y desmayada. Espero que el médico pueda encontrar al culpable y podamos solucionar esto porque, sinceramente, odio sentirme así. Sosteniendo la mano de Reed, también me di cuenta de que estaba nervioso; Apretando su mano, me incliné hacia su hombro cuando una enfermera salió de detrás de la puerta, "¿Chloe?"

Volviendo a mirar a Reed, nos levantamos y seguimos a la enfermera hasta una habitación trasera donde nos permitió acomodarnos: "Aquí dice que has estado mareado e incluso casi desmayado. ¿Hay algo más que sea preocupante?

Respiré profundamente y tomé la mano de Reed. "No, he estado bastante estresado por la mudanza, la Navidad y algunos problemas personales que creo que podría ser mi cuerpo diciéndome que vaya más despacio".

Reed apretó mi mano, dándome tranquilidad.

La enfermera sonrió y tomó algunas notas: "Está bien, queremos realizar algunas pruebas, así que necesitaré que usted se haga una prueba de orina y luego podemos programarle una prueba de sangre y, con suerte, eso nos puede dar algunas respuestas".

Reed se quedó en la habitación mientras yo me aventuraba al baño al final del pasillo para completar mi prueba.

Una vez hecho esto, la enfermera me guió de regreso: "Deberíamos tener algunas respuestas aquí en unos minutos. Tengo algunas preguntas más que me gustaría hacer una vez que regresemos a la habitación".

Al encontrar mi asiento junto a Reed, se inclinó y me dio un beso en la sien. "¿Cuáles son algunas de las cosas que crees que podrían afectarla para que se sienta así?"

La enfermera le sonrió a Reed, le gustó que se interesara por mi salud o simplemente pensara que era atractivo; Es probable que ambos digan: "Bueno, para empezar, deshidratación pero también embarazo. ¿Puedo asumir que ustedes dos están activos?

Casi me ahogo con el aire, "Umm, sí".

Volviendo a escribir notas, "¿Y estás tomando anticonceptivos? ¿O utilizar otras formas de protección?

Odio estas preguntas, me hacen sentir muy incómoda: "Sí, he estado tomando anticonceptivos durante 6 meses, pero eso es todo".

Todavía escribiendo con todo su corazón: "¿Has estado embarazada antes?"

Reed volvió a apretarme la mano, esta vez respondiendo: "Sí, tenemos un niño de un año en casa".

"Muy bien, volveré enseguida para obtener los resultados y haré que el médico vuelva conmigo. Danos unos minutos".

Cuando ella salió de la habitación, dejé escapar un gran suspiro que no había notado que había mantenido adentro, "Reed".

Esta vez me rodeó con su brazo, levantó una mano para sostener mi mandíbula y me giró para mirarlo. "Está bien. Cualesquiera que sean los resultados, lo manejaremos juntos".

Inclinándome hacia arriba capturé sus labios con los míos, alejándome hacia atrás dejé escapar un suspiro tembloroso, "¿Qué pasa si estoy embarazada? Mierda, creo que estoy embarazada. Santo, maldito pollo, Reed.

Comencé a entrar en pánico, Reed mantenía su control sobre mí, "Está bien, ¿y qué pasa si lo eres? No voy a ninguna parte. Estoy en esto sin importar si es positivo o negativo".

Finalmente me orienté, un golpe resonó en la pequeña habitación, un hombre redondo con cabello gris y gafas con montura metálica entró, "Hola a ustedes dos. Soy el doctor McBride, veo que está aquí porque se mareó y casi se desmayó, señorita Murphy".

"Sí, eso es correcto". Murmuré.

"Bueno, buenas noticias, tengo los resultados de tu prueba de orina, dependiendo de ellos podemos seguir adelante con más pruebas según sea necesario, así que entremos en ello, ¿de acuerdo?"

Parecieron años cuando abrió la carpeta que había llevado consigo, sus ojos escanearon los resultados antes de mirar hacia arriba, "Bueno, buenas noticias nuevamente, podemos programarle un análisis de sangre y me gustaría programarlo con mi obstetra, porque Parece que es necesario felicitarlo. Está embarazada, señorita Murphy".

Sin palabras, jodidamente sin palabras. Otro bebé, otro par de 10 diminutos dedos de manos y pies, otro par de pequeños pasos sobre la madera, otro bulto al que amar. Joder, nunca supe cuánto quería otro, me volví evaluando el estado de Reed.

Los ojos de Reed estaban muy abiertos, la boca abierta y también sin palabras. "Reed, estamos embarazadas, vamos a tener un bebé".

"¿Supongo que ustedes no estaban intentando conseguir otro?" Preguntó el doctor McBride dejando escapar una suave risa.

Reed finalmente encontró su voz, acercándome más, "No, con todo lo demás que está sucediendo no lo habíamos planeado, pero maldita sea, esto es increíble. Voy a ser papá… otra vez".

Reed me acercó y me dio besos en la cara, haciéndome soltar una risita.

"Cuando ustedes dos estén listos, diríjanse a la recepcionista, ella tendrá su documentación para el análisis de sangre y luego los programará con mi obstetra para que podamos hacer una ecografía y tener una mejor idea de qué tan avanzado está. Recomendaría eliminar el estrés no deseado, beber líquidos y descansar un poco. Felicitaciones nuevamente a ambos". Se giró y salió de la habitación, permitiéndonos tener un momento para nosotros mismos.

"Vamos Reed, tenemos que programar esas citas para que podamos hacerme un chequeo minucioso". Me quedé agarrando sus manos y arrastrándolo hacia la puerta.

"Mierda, necesitamos más cosas para bebés". Reed comenzó a entrar en pánico. "Cálmate muñeco, el bebé no nace enseguida.

Tenemos tiempo, un día a la vez aquí por favor". Me reí.

Programamos la ecografía para el miércoles por la mañana, ya que Reed tenía un partido esa noche y no necesitaba ir a patinar opcionalmente. Programé mi análisis de sangre directamente después de realizarlos ambos el mismo día.

"Mierda, vamos a tener otro bebé", exhaló Reed, "¿Qué puedo hacer para mejorar las cosas? ¿Hay algo que debamos comprar para ti?"

Extendí la mano y tomé su mano: "¿Qué tal si vamos a la tienda y compramos algunos alimentos que tanto necesitamos, ya que tenemos tiempo y definitivamente podría comprar un paquete de donas en polvo?"

Reed se rió y besó mi palma mientras nos llevaba al supermercado antes de regresar a casa. "Vamos a tener un bebé".

Decidimos que nos mantendríamos callados hasta que tuviéramos más respuestas, decidimos no decirles nada a Summer y Matt y simplemente inventar una historia sobre no comer lo suficiente. Odiaba mentirle a Summer, pero necesitaba asegurarme de que el bebé y yo estuviéramos completamente bien y saludables antes de soltar la sopa.

Más tarde esa noche me acosté en la cama, con las manos cayendo sobre mi estómago. Todavía no había ningún obstáculo, pero en mi mente sabía que había vida allí. Iba a ser mamá otra vez y era aterrador y emocionante.

Sabía qué tipo de madre podría ser, pero ahora necesito ser la mejor compañera para Reed mientras aprende nuevos conceptos.

Caña Sabía que Chloe podría mantener la noticia reprimida, pero me preocupa equivocarme y decir algo. Después de nuestros sorprendentes hallazgos del lunes, la única persona a la que se lo conté, bueno, accidentalmente, fue Colton. Me refiero a una caja fuerte secreta donde apenas puede hablar, entonces, ¿a quién se lo dirá?

Ya era miércoles, a Chloe ya le habían extraído sangre, así que ahora estamos esperando "pacientemente" en la sala de examen del obstetra.

"Reed deja de caminar. Llevamos aquí 5 minutos, tranquilos". "¿Qué pasa si encuentra algo mal? ¿Qué pasa si hay 3 de ellos en ¿allá? Nunca había hecho este papel antes que Chloe".

Podía escuchar una risa proveniente de la puerta detrás de mí: "Ya veo, nuevo papá. Bueno, soy el Dr. Strome o puedes llamarme Melanie. ¿Cómo estás hoy mamá?

Vi a Chloe ajustar su asiento en la camilla de examen: "Estoy bien. Me he sentido mareado de vez en cuando y casi me desmayo. Aparte de eso, no me he sentido enfermo".

Me acerqué a Chloe y tomé su mano entre la mía. "Bueno, los mareos son comunes en el primer trimestre, así que reduzca el estrés no deseado y descanse. ¿Qué tal si revisamos a este bebé? Adelante, acuéstate mientras preparo la varita".

Mis ojos crecieron cuando ella agarró esta varita como mecanizada y la preparó colocando un condón muy grande sobre ella, "Umm, ¿qué es eso?"

El Dr. Strome volteó a mirarme riendo levemente, "Así es como hacemos ultrasonidos hasta que el bebé crece y podemos usar la máquina sobre el abdomen. Esto entrará en su cuello uterino y podremos ver al bebé". Chloe me agarró la mano, ya habiendo ajustado su cuerpo y su vestido. Tenía sus piernas en estas correas que parecían una silla de montar. ¿Cómo puede ser ella?

¿Tan tranquila se extendió así?

"Reed, ven aquí. Todo estará bien. Realmente no lo sentiré y el bebé no sufrirá ningún daño. Ya me hicieron esto antes".

"¿Está seguro?" Es por eso que las mujeres son superiores, legítimas cuando son investigadas y actúan como si no fuera gran cosa.

La Dra. Strome insertó la varita y nos indicó que miráramos la pantalla mientras localizaba al bebé: "Muy bien, el bebé debería estar bien…. Ahí están".

Otra razón por la que no soy lo suficientemente inteligente para ser médico es porque ella señaló al bebé en la pantalla y no pude encontrarlo. "Dónde, no puedo verlo. ¿Esto me convierte en un mal padre?"

"No eres mal padre, mira aquí a la izquierda. ¿Ves este pequeño círculo, como un frijol?

Mis ojos se fijaron en el pequeño círculo/objeto parecido a un frijol, "Sí". "Señor. Collins, ese es tu bebé".

El aire abandonó mi cuerpo y miré durante lo que parecieron horas a mi bebé en la pantalla. Podía sentir las lágrimas amenazando con derramarse sobre mis ojos.

"Chloe, ese es... ese es mi bebé, nuestro bebé". "Oh, espera, espera, veo algo".

Mis ojos se dirigieron hacia el Dr. Strome presa del pánico: "¿Qué pasa?" "Un segundo, señor Collins. Bien, ahí vamos, ¿ves este otro círculo en la parte inferior izquierda de la pantalla? Chloe y yo asentimos con la cabeza. "Felicitaciones, ambos van a tener gemelos".

Gemelos, como 2 bebés? ¿Como 2 fetos? ¿Cómo carajo hicimos eso? Soy hijo único, mis padres no tienen gemelos en su familia. No creo que Chloe tenga hermanos y seguro que solo tuvo 1 bebé la última vez. Podía sentir mi corazón acelerarse, podía sentir y oír la sangre bombeando por mis venas. Estaba preparada para un bebé pero ahora dos, ¿puedo manejar esto? Viajo la mayor parte del año, ¿cómo lidiará Chloe con 3 menores? la edad de 2?

Los silbidos que salían de la máquina me sacaron del pánico. "¿Qué es eso?"

El Dr. Strome le sonrió a Chloe antes de mirarme a los ojos, "Esos serían los latidos de su corazón".

Debí haberme perdido en el sonido de mis bebés porque apenas escuché al médico hablar con Chloe, lo único que oí fue que estaba midiendo a las 7 semanas de embarazo. Empecé a hacer los cálculos en mi cabeza. Eso habría sido justo después del cumpleaños de Colton. Probablemente la cita nocturna.

Al volverme para mirar al médico, tenía preguntas y necesitaba respuestas: "Umm, ¿cómo podemos tener gemelos? No son hereditarios en mi familia y no creo que sean hereditarios en la de Chloe".

Apreté la mano de Chloe, necesitaba sentir que ella estaba allí.

"En realidad, es bastante común que los padres tengan gemelos sin tener antecedentes familiares. Parece que podría haber habido un factor en el que Chloe podría haber producido más óvulos. Si ese es el caso, entonces más de un óvulo puede caer y ser fertilizado".

Así que mi chica era una triunfadora, como si yo lo supiera, pero mierda. "Bueno. No me siento mejor, pero supongo que sí al mismo tiempo. Mmmm, dijiste 7 semanas, ¿están sanas?

El doctor ya había sacado la varita e imprimió las fotografías entregándomelas. Mirando las fotos y viendo los frijoles, es tan real.

"Bueno, señor Collins, por lo que puedo decir, sí, todos están sanos, incluida Chloe. Me gustaría programar otra cita con usted nuevamente a las 12 semanas para otra ecografía".

Chloe se sentó agarrando las imágenes del ultrasonido antes de que sus ojos se encontraran con los míos, "Cualquier cosa que la vida nos depare, podemos manejarlo y lo haremos".

Mi corazón se llenó de amor cuando la acogí, su cabello estaba recogido en un moño desordenado, algunos mechones enmarcaban su rostro. Tenía poco o nada de maquillaje, como a mí me gustaba. Su bata de examen colgaba abierta a un lado y sus ojos brillaban con tanta felicidad. La amé durante mucho tiempo, pero creo que me volví a enamorar de ella.

Capturé sus labios con los míos saboreando su sabor.

Olvidando que estábamos en presencia de un médico, me retiré colocando mi frente contra la de ella, "Podemos hacer esto, bebé. Te amo."

Limpié la solitaria lágrima debajo de su ojo antes de ayudarla a levantarse de la mesa de examen, el Dr. Strome salió para permitirnos nuestra privacidad y la oportunidad de que Chloe se cambiara.

La paternidad fue solo otro desafío que sabía que podía enfrentar. Colton me dio el trabajo de primera mano, pero ahora necesitaba estar en mi mejor juego y ser el mejor padre para mis bebés y el mejor compañero para Chloe.

23

Chloe: Nauseas Matutinas y Conmociones Cerebrales

Aproximadamente una semana después del día de Año Nuevo, Reed y yo decidimos contarles a Summer y Matt sobre nuestro embarazo. De todos modos, esto me sitúa alrededor de las 8 semanas de embarazo de gemelos.

Estábamos esperando para decírselo a los padres de Reed hasta que nos visitaron a fin de mes y nos negábamos a publicar en las redes sociales. Principalmente por el hecho de que mi ex no había sido atrapado y no necesitábamos que se volviera más violento o desquiciado.

El detective Brown dijo que lo captaron con la cámara y pudieron usar varias cámaras para descubrir cómo entró y salió sin ser detectado. Aparentemente se escapó de uno de los nuevos guardias de seguridad, y cuando Me refiero a desliz, me refiero a entregarle dinero frente a la cámara y pasar de largo. Había entrado al vestuario unos 15 minutos antes de que nosotros hubiéramos entrado al edificio, lo que significa que podría haber estado en el pasillo esquina o incluso en el estacionamiento.

El detective Brown dijo que lo pillaron subiéndose a un coche, un sedán de color oscuro, y consiguieron parte de la matrícula. Lo cual les dio buenas pistas para encontrar dónde se esconde o con quién vive.

Interrogaron al guardia de seguridad, pero sé con certeza que fue despedido.

Reed dijo que había hablado con su gerente general y que estaban revisando a todos los guardias de seguridad nuevos durante el año pasado y asegurándose de que estuvieran a salvo.

Reed estaba en la cocina preparando nuestro desayuno cuando Summer y Matt entraron. Summer, que también estaba embarazada, inmediatamente hizo una línea recta hacia el plato de tocino, tomó 3 trozos y se los metió en la boca.

Había empezado a tener náuseas matutinas y mi aversión a la comida era enorme, así que Reed cocinaba mientras yo me escondía arriba o en la sala de estar.

Al entrar y ver a Summer comiendo el tocino mientras Matt y Reed la observaban estaba histérico, tenían las miradas más estupefactas en sus rostros.

"Verano, amor. Te dejé embarazada, pero hay como 5 de nosotros que queremos tocino", dirigió Matt.

Bendito sea su corazón por llamar la atención de una mujer embarazada. "Matthew... por favor, me importa un carajo".

Resoplé ante la respuesta de Summer, colocando a Colton en el suelo, mientras caminaba hacia Summer decidió que ahora era el mejor momento para probar nuevas palabras, "Joder".

Nadie podía mantener la cara seria: "Summer, me encantaría que mi hijo no supiera esas palabras todavía, mierda", se rió Reed.

Me encantó que comenzara a llamar a Colton "Su hijo", me conmovió el corazón saber que mi hijo tenía un padre en su vida que quería estar ahí y quería ser su mentor.

"Lo siento mucho. Colton, no decimos eso. Esa es una mala palabra. La tía Summer lo siente", lo abrazó cuando él decidió probar la palabra por segunda vez, "¡Joder!"

Mi hijo era todo risas, estaba orgulloso de sí mismo, lo que me enorgullecía a mí, incluso por maldecir.

El desayuno estuvo lleno de acontecimientos porque Colton gritó su nueva palabra favorita y Summer se comió todo el tocino de Matt.

Se sentía bien tener amigos que eran más como una familia. Ver a dos personas amar a mi familia como si fuera suya y viceversa es un gran sentimiento. Su amor por Colton está casi al nivel del amor que yo tengo por mi hijo como madre.

Había estado mordisqueando mi comida, tratando de no correr al baño para revelar mi embarazo, cuando sentí que me empujaban el pie debajo de la mesa. Al levantar la vista, la mirada de Reed se encontró con la mía y alzó una ceja, casi como si preguntara si deberíamos decírselo ahora.

Me disculpé después de asentir con la cabeza a Reed y caminé hacia la sala de estar donde agarré la pequeña caja.

Al regresar a la cocina, coloqué la caja frente a Summer y Matt: "Les traemos una cosita".

Summer se metió el resto del tocino en la boca y se secó las manos antes de quitar la tapa de la caja, lo que me hizo levantar una ceja.

"Chloe, ustedes no tenían que darnos nada".

"Lo sé, acabamos de verlos y sabíamos que a ustedes les gustarían". Chloe sacó un mono que decía: "Mis mejores amigos son gemelos".

Al otro lado del frente.

"¿Mellizos? ¿Mejores amigos? No lo entiendo". Matt frunció el ceño y tomó el mono.

"Ustedes saben que solo vamos a tener un bebé y Colton es demasiado grande para esto". Summer mantuvo sus ojos fijos en la escritura.

Me paré detrás de Reed, con las manos colgando sobre sus hombros. Ambos estábamos tratando de no reírnos.

Finalmente Reed se aclaró la garganta, haciendo que ambos se volvieran a mirarnos.

Reed agarró mis manos que estaban sobre su pecho y las apretó, "Sí, ustedes no van a tener gemelos, pero..."

"¡Mierda, estás embarazada!" Summer exclamó levantándose de su silla. "¿Y con los gemelos? Mierda.

Comencé a reírme al ver a mi mejor amigo comenzar a asustarse: "Sí, nos enteramos justo después del año nuevo. Me había mareado y el médico me hizo algunas pruebas y bueno... ¡Sorpresa! Levanté las manos y me encogí de hombros. "Amigo, ¿gemelos? Vas a tener las manos ocupadas" Matt se rió levantarse y caminar alrededor de la mesa.

Reed y yo recibimos un gran abrazo con Summer y Matt.

Fue genial tener a alguien con quien pasar el embarazo, pero también fue genial tener un gran apoyo a lo largo de este viaje.

En mi último embarazo fuimos Colton y yo y Summer intentamos estar cerca cuando podía, pero necesitaba seguir su carrera y no renunciar a ella para ayudarme.

Estos bebés y Colton serían muy amados y bendecidos por tener la familia que tenemos.

Reed me acercó a su pecho y me dio un beso en la mejilla antes de girarse para mirar a los otros dos. "No les diremos a mis padres hasta que salgan a fin de mes para nuestro descanso de una semana, y no No publico nada en las redes sociales ya que James todavía está ahí fuera. Pero queríamos compartirlo con ustedes dos una vez que tuviéramos la confirmación de que todos estaban sanos".

Matt parecía estar a punto de llorar: "¿Querías decírnoslo primero?" Me acerqué a Matt y le di un abrazo: "Por supuesto que tu tío Matty".

Poco después, Reed y Matt se fueron a la arena para prepararse para su juego de esta noche contra Las Vegas.

Summer y yo decidimos relajarnos y pasar el rato con Colton y hablar principalmente sobre nuestros bebés y el embarazo.

Llegamos a la arena para comenzar el calentamiento y decidimos bajar junto al cristal y ver a los chicos.

Me decidí por mis jeans cargo con mi jersey Collins, y el conjunto de Colton hacía juego con el mío.

Estar sentado en el cristal y ver a los chicos patinar me emocionó sabiendo que en un año tendremos 3 bebés aquí viendo jugar a su papá. No pensé que mudarme a Missouri me daría esta vida, oraba todos los días por un buen hombre, pero no me di cuenta de que cambiar una parte de mi vida me daría todo eso.

El primer y segundo tiempo fueron brutales, ambos equipos jugaron duro y ambos querían la victoria. Reed debe haber tenido una nueva motivación porque anotó 2 goles seguidos en la primera mitad del segundo período.

Los fanáticos se lo estaban comiendo.

A mediados del tercer período estábamos empatados 4-4, Matt había pasado unos minutos en el contenedor de pecado por atacar a otro jugador, lo que les permitió empatar el marcador.

Nuestro portero estuvo haciendo un buen partido en general, además de los 4 goles, bloqueó la mayoría de los tiros.

Estaba haciendo rebotar a un Colton dormido contra mi pecho, tomándome un segundo para mirar su cara dormida cuando escuché a los fanáticos estallar. Mirando desde la caja WAGS hacia el hielo, pude ver que Reed atrapó una escapada y sus dos defensores estaban justo detrás de él haciendo todo lo posible para mantener su carril despejado.

Mis ojos se centraron en su cuerpo en movimiento a través del hielo, "Vamos Reed, tienes esto".

Reed derrotó al portero de Las Vegas enviando el disco a través del hoyo 5, dándonos una ventaja de 1 punto con 15 segundos restantes en el período.

Mientras Reed patinaba más allá de la portería para celebrar, un jugador enojado de Las Vegas lo golpeó en la espalda y lo empujó contra el cristal de cabeza.

Observé en cámara lenta cómo Reed caía al suelo, sus manos encontraban su cabeza y su cuerpo no intentaba levantarse.

Me congelé, "Reed levántate, por favor Reed". Rogué, podía sentir las lágrimas acumulándose en mis ojos.

Vi como Matt se abalanzaba hacia el jugador que golpeó a Reed, se quitaron los cascos, los guantes y los puños volaron. Mis ojos no dejaban a Reed mientras el equipo de Medicina Deportiva se deslizaba por el hielo para estar a su lado.

Mis ojos se encontraron con los de Summer desde detrás del banco de jugadores, ella tenía la misma expresión preocupada que yo.

Sentí una mano en mi hombro, al girarme noté que Candice miraba mi rostro antes de girarse hacia el hielo, "Te tengo".

Mantuve mis ojos fijos en el hielo viéndolos escoltar a Reed hasta el vestuario.

Me limpié debajo de los ojos lo mejor que pude y respiré profundamente.

No me había dado cuenta, pero Frank, el gerente general, estaba parado a mi lado, con sus ojos también fijos en Reed. "Vamos a verlo y asegurarnos de que esté bien. Probablemente los quiera a ambos allí".

Asentí y me volví para agarrar la bolsa de pañales antes de seguirlo por el pasillo, dirigiéndome hacia lo desconocido.

Entrar en la habitación del médico del equipo y ver a Reed siendo evaluado me rompió el corazón.

Pude ver la sangre seca debajo de su nariz y barbilla, su cabello estaba desordenado y luego noté que estaba sin camisa. La culpa es de mis hormonas, pero quería llorar pero también lamer sus abdominales cincelados. Amo y odio el embarazo porque ahora quiero saltar sobre sus huesos cuando debería asegurarme de que esté bien.

Debí haber estado mirando demasiado tiempo porque una vez que finalmente encontré sus ojos, ya estaban sobre mí y una sonrisa en sus labios, "¿Te gusta algo que ves?"

Podía sentir mis mejillas sonrojarse, "Cállate, por favor dime que estás bien".

Reed me tendió la mano para que caminara entre sus piernas mientras se sentaba en la mesa de exploración. "El doctor dice que tengo una conmoción cerebral, lo cual tiene sentido porque me duele la cabeza. Estoy fuera de los próximos juegos. Así que para mí no hay ningún viaje por carretera".

Pasé suavemente mi mano libre por su cabello, "Bueno, a mí, a Colton y a los bebés les encantará tenerlo todo para nosotros solos durante la próxima semana". Sentí las manos de Reed en mi espalda antes de deslizar una hacia mi estómago dejándolo reposar.

"¿Criaturas? Mierda, ¿tienes más en camino?"

Ambos nos quedamos quietos, pensando que estábamos solos, Reed miró por encima de mi hombro y vio a Frank.

"Umm, sí, es un secreto entre gemelos".

Me volví y le sonreí a Frank: "Solo estamos tratando de ayudarte a formar el próximo gran equipo". Me reí.

"Bueno, las felicitaciones están en orden. No diré nada, esto es increíble muchachos, también aquí están tus 3 discos de esta noche, Reed, además del golpe que hiciste muy bien".

Le agradecimos a Frank cuando salió dejándonos solos una vez más.

"Olvidé felicitarte por el triplete, papá". Dándole a Reed un beso acalorado en los labios.

Me aparté, pasando mi mano por su cabello. "¿Papá? Hmm, me gusta un poco que salga de tus labios, bebé, y si no tuviera una conmoción cerebral, estaría mostrando lo mucho que me gusta ese nombre esta noche". Apretó mi pierna con su mano, "También" recogió los tres discos en su mano y mirándolos, vi amor, pasión y felicidad bailar en sus ojos.

"Estos son para mis hijos, 1 para cada uno de ellos. Esta noche la dediqué a mis futuros legados".

Sentí que mi corazón se hinchaba y un sollozo se ahogaba en el fondo de mi garganta: "Eso es hermoso, bebé".

Los dejó, agarrando mi cadera con su mano y sus ojos encontrándose con los míos, "Cuando lleguemos a casa, escribiré en ellos para conmemorar esta noche y cuando sepamos géneros y nombres, se los agregaré. Colton puede quedarse con el suyo esta noche".

"Eso suena genial, cariño". Lo besé de nuevo, vertiendo todas mis emociones y sentimientos en el beso.

"¿Qué tal si llegamos a casa y nos relajamos un poco, bebé? No tengo dónde estar mañana. Oh, si necesitas ir a tu salón esta semana, iremos contigo, estoy libre por una semana".

Me encantó que a pesar de que tiene dolor y probablemente está enojado consigo mismo por permitir el golpe y estar fuera por una semana, todavía quiere apoyarme y mis sueños.

"Vamos a casa bebé".

24

Reed: *Disponiéndolo*

Chloe tiene actualmente 11 semanas y media de embarazo y mis padres vendrán hoy para pasar la semana con nosotros.

Mamá y papá no saben hasta qué punto hemos estado luchando, así que no solo les contaremos sobre los gemelos sino también sobre eso.

Espero que mamá y papá eventualmente se muden aquí para ayudar a Chloe cuando yo ya no esté, pero también que estén aquí para ver más a sus nietos. Soy su único hijo, así que ¿por qué no dejar Florida? Allí no hay nada para ellos. Sé que sueno egocéntrico, pero lo soy, ellos son mis padres y estos son mis bebes. Quiero a mi familia cerca.

Hablando del acoso, apareció otra nota la semana que regresé a la alineación, esta vez en el capó del auto de Chloe que conduje a la arena.

"Los tiempos corren" era todo lo que decía.

Después de practicar y después de tratar con el detective y encontrar imágenes de video para confirmar que era él, conduje hasta el concesionario y vendí el auto de Chloe por un modelo más nuevo de SUV en un color diferente.

Ya no quiero que este bastardo conozca su coche y pueda localizarla si lo condujera. Que se joda.

A Chloe le encanta su nuevo auto, tiene 3 filas de asientos, está extendido para tener más espacio en la parte trasera y el techo solar y su parte favorita, los asientos con calefacción.

Ella me gritó porque no quería que gastara mi dinero en ella. Bromas sobre ella, no pararé. Incluso he estado mirando anillos de compromiso.

Sin embargo, ella no se enojó cuando vio el auto, así que para mí todos ganan. Ella me lo agradeció más tarde esa noche envolviendo sus bonitos labios rosados alrededor de mi polla y ordeñandome hasta dejarme seco.

Necesito deshacerme de estos pensamientos sucios antes de que mis padres entren por la puerta y vean lo semi duro que tengo.

Eso sería jodidamente vergonzoso.

Salí a hurtadillas de la casa esta mañana antes de que Chloe se despertara para ir a la tienda a comprar otro gran ramo de flores para ella junto con sus pasteles favoritos del café que ama en el centro.

Poner silenciosamente las flores en el jarrón y colocarlas en el mostrador con sus pasteles y la taza de café que le permitieron, fue perfecto.

Mientras estaba "esponjando" las flores, no sé cómo carajo se llama. Entró y se detuvo, Colton pasó corriendo junto a ella hacia la cocina, "Papá".

"Buenos días a mi hermosa familia. Bebé, tengo tus favoritos aquí mismo". Acercándome, besé sus labios y pasé mi mano por su cabello.

Colton se pegó a mis piernas riendo. "Papi" volvió a exclamar.

Chloe y yo nos separamos, sus labios parcialmente hinchados y una sonrisa en su rostro.

"Buenos días, papito. No tenías que hacer todo esto, pero ahora tiene sentido por qué tu lado estaba vacío y frío".

Volvió a besar mi mejilla antes de caminar hacia el mostrador y decidir qué pastel devorar primero.

Finalmente mirar a Colton, que sonreía mostrándome sus dientes, y pensar que este niño tenía como 1 cuando lo conocí.

"¿Tienes hambre amigo? ¿Crees que mamá compartirá sus pasteles? Pude escuchar una risa que dejaba a Chloe dándome la espalda.

Después de comer, y sorprendentemente mi mamá bebé compartió su comida con nosotros, decidimos hacer un poco de limpieza en la casa antes de que llegaran nuestros invitados.

Colton estaba demasiado ocupado jugando con sus autos en la sala de estar para ser molestado y Chloe estaba lavando ropa mientras yo limpiaba la cocina. Al mediodía, mis padres entraron a la casa y nos sorprendieron porque todos habíamos estado durmiendo una siesta en el sofá como familia.

Por suerte, Chloe llevaba una de mis camisetas grandes porque se le había empezado a notar y no queríamos regalarla todavía.

Mis padres se acomodaron mientras Chloe y yo preparábamos el almuerzo.

Colton se había unido a mi padre dejándonos terminar el almuerzo sin rodear al niño ni preocuparse cuando se hacía el silencio.

Una vez que nos preparamos para el almuerzo, Chloe me agarró la mano y me apretó, mirándome fijamente y esbozándome una suave sonrisa. Decidí que había llegado el momento de quitarme la tirita principal.

"Entonces, tenemos algo que debemos tener en cuenta". Me aclaré la garganta.

Ambos padres me miraron cansados, "¿Qué pasa?" Preguntó mi mamá. "Bueno, el ex de Chloe ha vuelto a la ciudad. Y bueno, ha estado causando algunos cuestiones-cuestiones legales". Yo empecé.

"¿Quiere a Colton? Como él no es el padre de ese niño, pelearemos". Mi papá soltó. Haciendo que Chloe dejara escapar una pequeña risita de sus labios.

"No, que yo sepa, no quiere a Colton. Ojalá fuera así, pero no lo es". Ella habló tímidamente. "Ha estado acosándonos a Reed y a mí. Irrumpir en Summer y en mi casa, además de dejarle notas a Reed en el vestuario y en mi viejo auto".

Dejó escapar un gran suspiro, rompiendo el contacto visual para mirar su regazo.

Sé que ella piensa que todo esto es culpa suya y que mis padres la odiarán.

"¿Él los está acosando chicos? ¿Has llamado a la policía? Preguntó mi mamá. "Sí, hemos estado trabajando con un detective. El hijo de puta se mantiene su distancia por momentos para no llamar la atención. Dice que quiere lo que es suyo, pero aquí nada es suyo. Es otra razón por la que nos mudamos a una comunidad cerrada y por la que le compré un auto nuevo". Le expliqué.

"¿Tienen alguna pista sobre él?" Preguntó mi papá, mirándonos a Chloe y a mí.

"Sí, conocen la placa parcial de su auto y lo han visto irrumpir en el estadio y sobornar a un guardia de seguridad. Tienen ojos abiertos por todos lados y es cuestión de tiempo que cometa un desliz". Respiré hondo y apreté la mano de Chloe.

"Lamento haberle provocado esto a tu familia, no era mi intención que Reed se involucrara ni que apareciera. Después de que me desperté en En el hospital hace más de un año nunca lo vi ni supe nada de él". Chloe estaba luchando por contener las lágrimas.

La cara de mi papá y mi mamá se suavizó: "¿Hospital? ¿De qué estás hablando?"

Me incliné hacia Chloe, "No tienes que hablar de eso, bebé".

Ella me sonrió antes de tomar otro respiro, "No, es necesario". Volviéndose hacia mis padres, se tomó un segundo y enderezó los hombros. "Cuando estaba con él, era abusivo, verbal y físico. No tenía familia, nadie. Summer intentó mostrarme lo malo que era, pero una vez que eres una víctima, es difícil escapar".

Hizo una pausa y se secó debajo de los ojos: "La noche que terminé en el hospital, él decidió emborracharse y golpearme. Golpeó mi cabeza contra el suelo de baldosas de nuestro apartamento y procedió a golpearme. Supongo que después de que me desmayé, él se fue. El vecino supo del abuso y llamó a la policía y me encontraron sangrando en el suelo. Cuando me desperté al día siguiente, el médico me informó que estaba embarazada".

Pasó una mano por el cabello de Colton: "Sabía que necesitaba salir de allí. Los policías vinieron, hablaron conmigo y me dijeron que lo tenían detenido. Me pusieron bajo custodia protectora y 2 semanas después lo dejaron en libertad. Su abogado era sucio, lo liberó sin juicio y luego desapareció".

Me enfrenté a mis padres, acercando a Chloe hacia mí; Ambos ojos tenían lágrimas no derramadas. Mi mamá se levantó de su silla, se dio la vuelta y tomó a Chloe en sus brazos.

"Cariño, eres tan fuerte. No te culpamos por las acciones de este hombre y tú tampoco deberías hacerlo. Te apoyamos cariño".

Mi papá caminó por el costado, agarrando mi hombro con su mano, "Chloe, no sé si te diste cuenta, pero somos familia, te vemos como nuestra hija y vemos a Colton como nuestro nieto. No dejaremos que te pase nada".

Ese fue mi punto de quiebre, colgué la cabeza entre las manos y lloré.

Mi mamá pasó de Chloe a abrazarme, "Oh, cariño, está bien, todo estará bien".

Una vez que todos se calmaron y volvimos a almorzar, me disculpé llevando a Colton, bajo la excusa de que iba a limpiarlo.

Sinceramente, le estaba cambiando la camiseta para que dijera "Gran Hermano x2". Colton no tardó mucho en ponerse su camiseta nueva, lo levantó, pasé por el otro dormitorio que dedicamos a la nueva guardería y tomé las imágenes de la ecografía.

No estoy seguro de por qué estaba nervioso, sabía que ellos estarían emocionados, pero aun así fue estresante.

Antes de caminar hacia el comedor, dejé a Colton en el suelo y me arrodillé para estar a la altura de sus ojos, "Amigo Colt, ¿puedes llevarles estas fotos a Meemee y a papá?"

Colton agarró las fotografías, casi estudiándolas antes de reírse y darse la vuelta.

Tuve que correr para alcanzarlo ya que él salió corriendo, entrando al comedor Chloe detuvo su conversación mirándome.

Colton se acercó a mi papá, "Papá, papá", agitando las fotografías en el aire.

"Oh, oye amigo, ¿has limpiado todo? ¿Qué tienes ahí?

Mi mamá tomó las imágenes de la ecografía, con la confusión grabada en su rostro. Mi papá no se dio cuenta de las palabras en su camiseta mientras estaba sentado jugando con Colton.

"Dave, mira esto". Mamá nos entregó el papel antes de mirarnos a Chloe y a mí.

Me paré detrás de Chloe con las manos en su hombro mientras sus manos agarraban las mías. Ambos estábamos nerviosos, lo podía sentir.

"¿Ustedes lo son? ¿Embarazada?" Preguntó mi mamá antes de girarse para estirar la parte delantera de la camisa de Colton.

"¿Espera qué?" Mi papá preguntó.

"Ustedes están embarazadas, devuélvanme esa ecografía, Dave, ¡mierda!" Exclamó mamá.

Chloe y yo nos reímos de la reacción de mis padres.

Finalmente, volviéndose hacia nosotros en busca de respuestas, Chloe apretó mi mano tres veces: "Sí, umm, bueno, tengo casi 12 semanas de embarazo... de gemelos".

Mi mamá jadeó y se tapó la boca con la mano antes de mirar entre mi papá y nosotros.

"¿Mellizos? Dave, ¿escuchaste eso? 2 de ellos. Dios mío, voy a ser abuela... otra vez".

"¡Mellizos! ¡Esta es una noticia increíble! Mi papá dijo efusivamente tomando las imágenes del ultrasonido nuevamente. "Colton, ¿vas a ser hermano mayor?"

"Bubbbba", balbuceó Colton.

En su defensa hemos estado trabajando en las palabras, así que eso fue bastante bueno para él.

"Bubba tiene razón, amigo". Chloe se rió, "Buen trabajo, amor".

Me incliné y besé la parte superior de la cabeza de Chloe. "Ya que ustedes están aquí esta semana, nos preguntábamos si cuidarían a Colton mañana por la mañana mientras íbamos a su cita de 12 semanas".

"¡Diablos, sí podemos! Quizás Colton y yo podamos hornear algunas galletas juntos. Los bebés piden un postre de celebración".

Chloe dejó escapar un gran suspiro: "Oh, galletas, suenan increíbles. ¿Puedes hacer un lote doble?

Me reí de nuevo, apretando sus hombros, "Déjame adivinar qué quieren los bebés".

"Sí, culo, es lo que quieren los bebés", se rió. El resto del día lo pasamos mi mamá hablando efusivamente de Chloe mientras mi papá Colton y yo holgazaneábamos viendo lo que pudiéramos encontrar en la televisión mientras disfrutábamos de la compañía del otro.

Realmente espero que decidan mudarse aquí, extraño días como este con mi papá y mi mamá y me vendrían bien más.

Al día siguiente, Chloe y yo estábamos de regreso en la sala de examen con el Dr. Strome, esta vez sin usar la varita. Justo encima de la ecografía del vientre.

No me había dado cuenta de cuánto empezó a mostrarse Chloe, pero con gemelos tiene sentido. Pero ver el bulto hizo que las cosas fueran mucho más reales.

"Muy bien chicos, echemos un vistazo a estos bebés. ¿Cómo te has sentido mamá?

Chloe se levantó la camisa, permitiendo el acceso a su pequeña panza, "He estado bien, las náuseas matutinas me están pateando el trasero. Tenía cierta aversión a la comida, pero pareció disminuir".

El Dr. Strome asintió, "Suena bien. Con 2 bebés, podría ser la razón, si empeora, llame al consultorio y podemos intentar recetarle medicamentos para ello. Muy bien, aquí vamos".

Después de un minuto de moverse alrededor del vientre de Chloe, finalmente localizó a ambos bebés, al localizarlo también significó dos fuertes latidos del corazón saliendo de la máquina.

"Sus bebés están aquí en la pantalla, sus corazones laten sanos y fuertes. Están midiendo según lo previsto. Creo que nos quedaremos con el 4 de agosto como fecha de vencimiento según sus mediciones". Sacó la varita y limpió el estómago de Chloe.

Mis bebés eran más grandes que el frijol que eran la última vez. Puedo verlos fácilmente en la pantalla y los latidos de su corazón me hicieron llorar. El día que supimos de los bebés e incluso hasta el día de hoy, mi amor por ellos ha crecido enormemente y el amor por su madre crece cada día. Sé en mi corazón que ella es para mí y creo que es hora Hago eso una realidad.

El Dr. Strome recogió las imágenes de ultrasonido más recientes y me las entregó antes de salir de la habitación para brindarnos privacidad.

Chloe se sentó, su brazo agarró mi antebrazo y su cabeza se apoyó contra mí mientras miraba las fotografías que tenía en mi mano.

Miré hacia abajo estudiando la felicidad y la emoción que bailaban en su rostro, besando la parte superior de su cabeza, las palabras salieron casi en un susurro: "Cásate conmigo".

Los ojos de Chloe se agrandaron antes de girarse para mirarme, la confusión reemplazó la felicidad en su rostro, "¿Qué?"

Tuve que comprometerme con mis palabras, no había planeado cómo iba a pedírselo, pero ahora parece el momento perfecto: "Cásate conmigo. Cásate conmigo no porque te haya dejado embarazada ni porque vivamos juntos. Cásate conmigo porque me amas. Estoy perdidamente enamorado y devoto de ti. No quiero pasar ni un solo día en esta tierra sin ti. Así que, por favor, cásate conmigo". Los ojos de Chloe se llenaron de lágrimas: "¿Quieres casarte conmigo?

Después de todo lo que estamos pasando?

Le limpié debajo de los ojos, "Por supuesto, bebé. Cásate conmigo y hagamos oficial la familia".

"Sí, caña. Me casaré contigo". En el momento en que escuché sus palabras, dejé las fotografías en la mesa de examen, tomé su rostro entre mis manos y traje nuestra labios juntos. "Y si me lo permiten, me gustaría adoptar a Colton, hacerlo legalmente mío y todos podremos compartir el mismo apellido".

Un sollozo se escapó de Chloe mientras agarraba mi camisa, "Sí, no hay nadie más con quien quiera criar a mis bebés. Y has sido su 'papá' desde hace un tiempo, Reed. Pero hagámoslo legal".

Sobre la luna, así me sentí. Mi familia se estaba uniendo.

Mi prometido, mis hijos, mi carrera, todo estaba donde debía estar.

Que se joda el acosador, que se jodan los que odian, que se joda cualquiera que intente separarnos.

25

Chloe: Por Qué Yo?

E ra el jueves de la semana libre de Reed; Tenerlo en casa para mí
ha sido una bendición y una maldición.

Después de regresar de la cita, Reed sacó un anillo de
compromiso muy grande de la mesita de noche e hizo oficial nuestro
compromiso.

Invitamos a Summer y Matt a cenar con los padres de Reed, donde
les contamos la noticia de que estábamos comprometidos y que él
adoptaría a Colton.

Todos estaban encantados con nosotros, lo que me hizo muy feliz.
Nunca supe qué apoyo como este era desde que mis padres murieron
cuando yo tenía 18 años y la única persona que tuve a mi lado fue
Summer.

Ella estuvo allí cuando mis padres murieron, estuvo allí cuando
comencé a salir con James y estuvo allí durante el nacimiento de Colton
y ahora todavía me apoya.

Reed y yo decidimos que queríamos hacer algo similar al plan de fuga
de Matt y Summer. Dado que Summer y yo vencemos aproximadamente
al mismo tiempo y querían una boda de verano este año, decidieron
casarse esta primavera con la intención de realizar su gran recepción
dentro de un año.

Reed y yo hablamos con sus padres y ellos apoyaron nuestra decisión
de fugarnos y no preocuparnos por una gran recepción ya que no
tendríamos mucha gente a quien invitar. Reed quiere casarse lo antes
posible, lo cual me parece bien, pero aún me gustaría tener tiempo para
planificarlo y hacerlo memorable.

Decidimos el fin de semana del Día de los Caídos porque era un fin de semana de 3 días y la temporada habría terminado; podríamos hacer una pequeña ceremonia y luego tomarnos unos días para pasar una "luna de miel".

Los padres de Reed también nos sentaron y nos explicaron que lo habían pensado y que querían mudarse cerca de nosotros para estar aquí para nosotros y los bebés.

Saber que los tendría cerca me aseguró que estaría bien cuando Reed se fuera a jugar. También fue agradable saber que tenía ayuda y también niñeras que son dignas de confianza.

Reed y su padre estaban investigando casas y trabajando con el agente inmobiliario de Reed para organizar un recorrido antes de partir el domingo.

Susan ha sido excelente al ayudarme a cocinar, limpiar o cuidar a Colton cuando estaba haciendo las cosas. Incluso ayer fue conmigo a ver mi salón y pasar el rato mientras me reunía con algunos clientes.

Reed todavía se sentía incómodo enviándonos a mí y a su madre en caso de que sucediera algo. Reed prometió guardar su teléfono y las llaves de la camioneta en caso de que lo necesitara allí.

Buenas noticias, no pasó nada. Pero me encantó que a él le importara.

Actualmente estaba estacionando mi nuevo SUV frente a mi tienda con Susan sentada como pasajera.

Mientras caminaba para abrir la puerta principal, noté una hoja de papel metida en la puerta. Estaba desgarrado y con un aspecto sucio.

Susan se detuvo a mi lado y me miró a la cara antes de girarse para ver la nota: "¿Es eso una nota?"

Rápidamente agarré el papel, "Umm, sí. Yo, no sé por qué está aquí".

Susan se inclinó hacia mí mientras le daba la vuelta: "No puedes esconderte, puedes cambiar tu auto y tu dirección, pero aún puedo comunicarme contigo. Todavía puedo llevarme al niño".

Susan jadeó al leer las palabras: "Llamo a Reed, llama al detective, Chloe".

Susan me acompañó de regreso al auto, una vez dentro cerró las puertas con llave.

En cuestión de segundos, tenía a Reed hablando por teléfono y contándole lo que había sucedido.

Me temblaron las manos cuando marqué el número del detective Brown: "Chloe, ¿estás bien? Nunca llamas".

"Hola detective Brown, umm, uhhh" Dejé escapar un suspiro tembloroso antes de sentir mi colapso, "Yo, umm, encontré una nota en mi tienda. Umm, amenazó con llevarse a Colton y no sé qué hacer".

Podía escuchar las sirenas de su patrulla de fondo: "¿Estás en la tienda ahora?"

Respiré otra vez tratando de controlar mi respiración, "Sí, mi suegra y yo estamos en el auto. Ya no me siento seguro".

"¿Dónde está Reed? Estaré allí en 5, no te bajes del auto". Me sequé debajo del ojo, "Creo que está en camino. No lo haré".

"Bien, Chloe mira a tu alrededor, ¿hay algún vehículo que parezca sospechoso o fuera de lugar?"

Me di la vuelta en mi asiento y revisé mis espejos antes de notar un sedán oscuro calle abajo con las luces encendidas. "Umm calle abajo hacia el lado oeste, umm sus luces están encendidas. Es un sedán oscuro". "Si pasan por ahí, tómale foto a su matrícula, no te bajes y espera hasta que lleguemos allí".

Podía sentir mi cuerpo temblar, las lágrimas hacía tiempo que se derramaban de mis ojos y mi respiración era errática.

Susan agarró mi mano, "Chloe, necesito que respires, concéntrate en mí, ¿qué puedo hacer?"

Sentí como si estuviera apretando su mano hasta el punto de romperla, "Umm, ¿puedes tomar una foto del sedán oscuro estacionado detrás de nosotros calle abajo? No salgas, sólo acércate".

Susan soltó mi mano girándose en su asiento y tomando la fotografía. Poco después, el detective Brown se detuvo detrás de mí, enviando el sedán oscuro a huir de la escena, pasándonos a todos juntos. Cuando el auto pasó, giré la cabeza para verlo pasar y miré a los ojos del mismísimo diablo.

Vi al detective Brown comunicarse por radio con sus unidades y dar el número de matrícula.

Mi respiración era errática. Ver su rostro otra vez, la mirada en sus ojos y saber que estaba aquí para meterse conmigo o lastimarme, o peor aún, matarme. Sentí que no podía respirar cuando comencé a aspirar aire.

El detective Brown estaba llamando a mi puerta, pero no pude registrarme al abrirla y comencé a llorar pero también a jadear por aire. Necesitaba aire, necesitaba respirar pero mi cuerpo no me lo permitía.

Susan abrió las puertas antes de cruzar la consola central y tomar mi rostro entre sus manos, tratando de que me concentrara en ella.

"Chloe, mírame, soy yo, Susan. Estás bien, él no está aquí. Estás a salvo. Concéntrate en mi voz".

Podía escucharla suplicar y pude sentir al detective Brown tratando de ayudarme a consolarme.

Al encontrar los ojos de Susan, pude ver la preocupación y el pánico en su rostro, me concentré en su voz y recuperé el aliento: "Lo vi. Ese era él. Él estuvo aquí. Él sonrió, me sonrió. Nos va a hacer daño a Colton, a mí y a los gemelos".

El detective Brown lentamente me giró para mirarlo en mi asiento, "Recibí la matrícula, mis unidades están ahí, tenía algunas en el área esperando cuando llamaste. Tú y tu familia estarán bien. Te prometo que." Cuando mis sollozos cesaron y mi respiración se estabilizó, vi La camioneta de Reed viene volando desde la vuelta de la esquina.

En cuestión de minutos su camioneta estaba estacionada y él corría hacia mi lado.

Pude ver a Dave con Colton saliendo de la camioneta y acercándose con cautela.

"¡Cloe!" Los ojos de Reed se encontraron con los míos al ver mi maquillaje o la falta de él manchado alrededor de mis ojos y el enrojecimiento por el llanto evidente en mi rostro.

Salí lentamente del auto, corrí a sus brazos y respiré profundamente su aroma para calmarme. "Estoy bien ahora. Era él, vi su cara Reed. Estaba esperando. Se fue cuando apareció el detective Brown. Obtuvieron la matrícula y, con suerte, lo atraparán".

Reed me presionó más contra su cuerpo, con una mano acariciando mi cabeza, podía sentir sus labios en la parte superior de mi cabeza.

"Este cabrón necesita que le den una paliza, ya no quiero que haga esta mierda. Lamento no haber estado aquí, cariño. Estoy aquí ahora. Estamos todos a salvo. Pero volvamos a casa". Reed se inclinó y plantó un dulce y refrescante beso en mis labios antes de que sus manos descansaran en mis caderas.

Al volverse para caminar de regreso al auto, Susan estaba haciendo saltar a Colton, sus risas y risitas curaban un poco lo que yo sentía que estaba roto.

El detective Brown se acercó sacudiendo la cabeza: "Mis oficiales encontraron el auto a 2 cuadras de aquí, parece que lo abandonó. Están buscando activamente en la zona alrededor del coche, porque no pudo haber ido muy lejos. Los actualizaré a ambos con más información a medida que la obtenga. Ve a casa y trata de descansar, sé que es difícil pero necesito que intentes mantener la calma".

Reed le estrechó la mano antes de ponerme en el lado del pasajero y cerrar la puerta.

Reed habló con sus padres antes de caminar hacia la camioneta de Reed, con las llaves en la mano, y Reed colocó a Colton en el asiento trasero antes de saltar al asiento del conductor.

Una vez dentro, arrancó el coche, me agarró la mano y la apretó. "Vamos a casa bebé".

26

Chloe: No Puedo Esperar

Mañana es el día de San Valentín, tengo casi 15 semanas de embarazo y la vida poco a poco ha empezado a volver a ser como era.

Los padres de Reed habían extendido su viaje para ver algunas casas y, afortunadamente para mí, encontraron una casa a 15 minutos y la compraron.

Reed regresó después del descanso de la semana y estaba jugando mucho mejor que antes, creo que el estrés de hacer tantas cosas tan rápido, además de los problemas con James, le habían impedido alcanzar su máximo potencial.

Matt y Summer se mudaron de la antigua casa de los chicos y encontraron una en nuestro vecindario, 1 para poder estar más cerca de nosotros y 2 les encantaba estar en una comunidad cerrada después de toda la mierda por la que pasamos. Todavía estaban planeando su pequeña ceremonia esta primavera, el tercer fin de semana de abril, sólo una pequeña ceremonia en su nuevo patio trasero.

No se lo había dicho a Reed, pero con toda la mierda que soportamos y las batallas que libramos, después de que atraparon a James me di cuenta de que no quería pasar ni un momento más sin que él fuera mi marido.

Estaba adelantando la fecha de nuestra boda y adelantándola como mañana. Lo tenía planeado con Summer, los padres de Matt y Reed, todo lo que necesitaba era un marido.

Reed y yo estábamos acostados en la cama, era poco antes de la medianoche. Reed tuvo un juego esta tarde y ahora estábamos disfrutando de la celebración posterior al juego.

Mi mano se posó sobre su pecho, dibujando círculos mientras mi cabeza descansaba sobre su hombro. Reed tenía una mano acariciando mi panza y la otra jugando con mi cabello.

Dejando besos a lo largo de su pecho, levanté la cabeza para sonreírle, "¿Reed?"

Tenía los ojos cerrados, pero todavía estaba despierto, con una pequeña sonrisa en su rostro, "¿Hmmm?"

Me miré el dedo con mi anillo de compromiso, "¿Casarte conmigo?"

Reed abrió los ojos y me los dirigió: "Cariño, ya establecimos esto, eso es lo que significa tu anillo".

Solté una pequeña risa, agarrando su mano que estaba sobre mi vientre, entrelazando nuestros dedos, "No, quiero decir, cásate conmigo mañana. Hagámoslo oficial".

Reed continuó mirándome fijamente, sus ojos tratando de leer mi rostro para ver si estaba bromeando, "¿Hablas en serio? ¿En unos 30 minutos mañana? Me reí de nuevo, besando su pecho, "Sí, como 30 minutos mañana..."

Besó mi frente, dejando que sus labios permanecieran antes de retirarse, "Bebé, me habría casado contigo en el consultorio del médico cuando te lo propuse, solo tengo una pregunta. ¿Por qué mañana? ¿Qué cambió?

Miré nuestros dedos entrelazados antes de volver a mirarlo: "El día que vi a James me di cuenta de que no quería pasar otro día sin ser tu esposa. Pero además, el hecho de que él fuera tan cercano me hizo darme cuenta de que si algo me hubiera pasado, hubiera deseado que Colton tuviera tu nombre para poder permanecer contigo, para poder tener a su padre para siempre".

Respiré hondo y cerré los ojos para contener las lágrimas. "Te amo, Reed, y no necesito una boda o recepción elegante. Sólo quiero ser tu esposa y la madre de tus hijos".

Reed quitó su mano de la mía y la levantó para limpiarme debajo de los ojos. "Ese mismo día me di cuenta de que quería que fueras mi esposa lo antes posible. Simplemente no mencioné el tema porque no quería que pensaras que necesitabas cambiar nuestros planes para mí. Por supuesto que me casaré contigo, bebé".

Reed se inclinó besándome más fuerte, acariciando mi rostro.

Una vez que se retiró, me incliné hacia adelante, poniéndome nariz con nariz con él, mi dedo acarició el costado de su mejilla, "Bien, porque no tenías nada que decir. Ya lo tenía planeado".

Reed dejó escapar una risa profunda, tirando de mí hacia abajo, nuestros labios se volvieron a conectar antes de empujarme hacia atrás para acostarme boca arriba mientras se inclinaba sobre mí. "¿No eres una cosita astuta?"

Me mordí la parte inferior del labio, viendo los ojos de Reed nublarse de deseo, rápidamente moví mi mano detrás de su cuello, uniéndonos de nuevo.

Esta noche fue mi última noche como mujer soltera, mañana por la noche seré esposa y él será mi esposo.

La mañana llegó demasiado temprano. Sabía que Summer vendría, al igual que Susan e incluso invité a Candice. Matt había planeado que los chicos, incluidos algunos chicos del equipo y el padre de Reed, tuvieran un tiempo de T temprano, por lo que estaba a cargo de conseguir a Reed.

Cuando finalmente abrí los ojos encontré un ramo de rosas de color rojo intenso y una nota en la mesita de noche, junto con mi chai latte favorito.

Me senté, tomé la nota y el café, llevé la copa de la santidad a mis labios y saboreé el dulce alivio. Al leer la nota, quise llorar, pero hice lo mejor que pude para contenerme.

A mi novia,

Hoy decimos "Sí, quiero", hoy empezamos para siempre y combinamos nuestras vidas para formar una. Tenía planeado hacer todo lo posible para el día de San Valentín, pero parece que te has robado el show; quiero decir, siempre lo haces con tu sonrisa. Gracias por darle una oportunidad a un chico como yo, por permitirme abrirme camino en tu vida y convertirme en el hombre que siempre estuve destinado a ser. Me motivas todos los días a ser el mejor hombre para ti y el mejor padre para nuestros hijos. No estoy seguro de qué más tienen planeado hoy, pero estoy emocionado de terminar nuestro día como marido y mujer. Estoy más que bendecida de poder llamarte mi ESPOSA. Te amo y amo a nuestros bebés.

PD Llevé a Colton conmigo para permitirte la relajación que necesitas antes de que el día se vuelva loco. Vea el baño para una escapada de relajación y revise la cocina para ver sus pasteles favoritos.

Te amo, por siempre y para siempre

Reed'

Pues joder, aquí viene el agua. Guardé la nota en el cajón de mi mesita de noche antes de ponerme mi nuevo vestido blanco pantuflas mullidas y me dirijo a la "escapada de relajación" sobre la que escribió Reed.

Al entrar al baño encontré varias velas, apagadas gracias a Dios, todo lo que necesitábamos era una casa quemada porque dormía hasta tarde. Había sales de baño y una bomba de baño al costado de la bañera, una bata nueva y una caja de jabón en forma de corazón. chocolates.

Dejé correr el agua antes de dejar caer la bomba de baño y meterme en el agua tibia.

Instantáneamente pude sentir mis músculos relajarse y el aroma de las velas de lavanda y eucalipto me rodeaban. Decidí profundizar en el chocolate: los bebés lo quieren, así que obtienen lo que quieran.

Cerré los ojos y dejé que mi cuerpo se hundiera en el agua mientras frotaba mi panza, compartiendo este momento con ellos, pronto estarían aquí y yo no tendría ese tiempo de relajación, al menos sin ayuda. 15 minutos más tarde tenía máscaras para los ojos debajo de los ojos, mi cabello recogido en un moño alto y mi nueva bata y pantuflas abrazándome. Al entrar a la cocina no solo me encontré con la dulce vista de mis pasteles favoritos, sino también con Summer recostada en el sofá con su propio pastel en la mano y la televisión encendida.

"¡Buenos días señora Collins!" Summer gritó emocionada desde su cómodo lugar.

"Buenos días dama de honor. ¿A qué hora llegaste aquí? Mirando el reloj eran apenas las 7:30.

"Matt me dejó cuando recogió a tus hijos, así que ¿tal vez a las 6:55/7? Realmente no lo sé. Tomé una siesta en el sofá y me desperté hace un rato para comer". Summer dio unas palmaditas en el lugar junto a ella mientras me acercaba, con mi pastel en la mano y el café en la otra.

"Dios mío, podrías haberte metido en la cama conmigo como en los viejos tiempos", me reí.

"Lo habría hecho, pero esas escaleras me dejan sin aliento". Tomó otro bocado del desayuno y volvió a mirar la televisión. "¿Estás emocionado por el día de hoy?"

Apoyé mi cabeza en su hombro, estaba a punto de responder cuando una risa me sobresaltó. Al darme la vuelta, veo a Susan entrando a la casa con bolsas: "Será mejor que lo haga, no todos los días tienes una suegra increíble".

Reed'

Me reí poniéndome de pie y acercándome para ayudar con las bolsas, "Tienes toda la razón, estoy más emocionado por estar relacionado permanentemente" para ti, tu hijo es solo una ventaja". Ella me abrazó fuerte y me dio un gran beso en la mejilla.

"Eso es lo que me gusta escuchar. Además siempre quise una hija. ¡El mejor día de todos! Muy bien, ustedes dos terminen de desayunar y yo voy a empezar a preparar la comida en el patio trasero. ¿A qué hora llegarán todos aquí?

"La ceremonia es a las 5:30. Así que creo que el maquillaje y el peinado empezarán al mediodía. Podemos venir a ayudarte. Oh, invité a una de las esposas de los jugadores a que viniera a ayudar también, debería llegar pronto". Distraídamente me froté las manos sobre mi barriga.

"Perfecto, también tienes lo que necesitas para tu sorpresa y la de Reed, ¿verdad?" Susan preguntó colocando las bolsas en la encimera de la cocina.

Summer entró a la cocina para empezar a ayudar cuando su cabeza se volvió hacia mí, "¿Qué sorpresa?"

Le di una gran sonrisa, "Es posible que haya ido al médico la semana pasada para un chequeo, Reed estaba enojado porque no pudo asistir debido a un juego fuera de la ciudad. Entonces queríamos saber los géneros y bueno, le pedí a mi médico que pusiera los resultados en el sobre y es posible que los haya enviado a una empresa que los convierte en discos. Entonces, cuando disparas el disco, el color explota. Los recibí como una sorpresa y estoy preparando un lugar en la parte de atrás para la recepción para que anunciemos lo que vamos a tener".

Los ojos de Summer se abrieron como platos, "¿Mierda, vamos a descubrirlo hoy? Dios mío, tu hombre va a sufrir un infarto por toda la felicidad".

Summer me acercó a ella: "Matt y yo descubrimos hace 2 semanas lo que vamos a tener, pero lo mantendremos en secreto. Estoy muy emocionada de ver crecer a nuestros bebés". Summer comenzó a ahogarse y las lágrimas llenaron sus ojos.

Échale la culpa a las hormonas, comencé a llorar, limpiándolas rápidamente antes de que cayesen por mi cara.

"Muy bien, me voy, ustedes dos reúnanse, Dios mío, ni siquiera son las 8 a. m.". Susan se rió al salir por la puerta trasera. El día pareció pasar borroso, Candice había aparecido poco antes de las 9, Brooke, su hija de 5 años, y todo el maquillaje y artículos para el cabello que alguna vez necesitarías.

Susan y Summer tenían las sillas y mesas en el patio trasero y estaban preparando el pequeño lugar para la ceremonia con un arco comprado a principios de semana; se había colado cuando Reed no estaba y lo escondió en el patio trasero.

Candice y Brooke ayudaron a preparar los postres e incluso nos prepararon el almuerzo a todos, Brooke fue súper servicial y dulce, verla correr y ayudar me hizo desear tener la oportunidad de tener una hija. Creo que Reed sería un buen padre como niña, pero también quiero disfrutar de tener una niña con quien hacer todas las cosas de mamá.

Antes de darme cuenta estaba sentada en mi cocina en un taburete mientras Candice me maquillaba y Summer me ayudaba con el pelo.

Reed me había enviado un mensaje de texto diciendo que se lo estaban pasando bien y que me extrañaba. Me había enviado una foto de Colton vestido con una camiseta polo de golf, pantalones cortos caqui y sus nuevos zapatos de golf. Colton tenía su gorra puesta al revés, ¿cuándo mi pequeño se convirtió en un hombre?

Llegaron más fotografías, Reed incluso le había comprado sus propios palos de golf cuando encontró los zapatos, por lo que mi hijo ahora estaba tratando de jugar golf con los grandes.

La última imagen que apareció fue de Reed sentado en el lado del conductor del carrito de golf con Colton en su regazo. Supongo que al no ver a mi futuro esposo antes de irse, no se me pasó por la cabeza qué vestiría. Pero ahora puedo ver que los dos hacían juego desde los sombreros al revés hasta los zapatos. Ambos chicos sonríen a la cámara, sonriendo como padre e hijo.

Podía sentir las lágrimas llenar mis ojos, pero no podía llorar. Candice me vio dejar mi teléfono y respirar profundamente antes de mirar mi teléfono para ver la última foto, con una sonrisa en su rostro: "Él ama a ese niño como si fuera su propia carne y sangre".

Sonreí mirando la foto: "Él es todo lo que quería para Colton y para mí. Es increíble y nos ama muchísimo".

Candice me dio otro apretón en el hombro antes de volver al maquillaje. Le agradezco que sepa leerme y darme tiempo para ordenar mis emociones.

Amigos como ella y Summer son uno entre un millón.

27

Reed: *Santo Matrimonio*

Me levanté de la cama a las 6 am y Matt llamó a mi teléfono: "¿Qué, Matt?"

"Amigo, te recogeré antes de las 7 am para ir a jugar golf con los chicos y tu papá. Así que vístete".

"Matt, umm, Chloe y yo nos vamos a casar hoy, no puedo dejarla así".

Podía escuchar su risa somnolienta al otro lado de la línea: "Estúpido, te llevaré a jugar golf como una mini despedida de soltero para que las chicas puedan prepararse y prepararse".

Me pasé una mano por la cara, "¿Lo sabías?" "Por supuesto que lo sabía".

"Bueno, es bueno saberlo. Creo que traeré al hombrecito para que Chloe pueda relajarse un poco, pero también le compré palos y un par de zapatos de golf y me moría por llevarlo al campo conmigo".

"No puedo esperar a verlo vestido. Nos vemos antes de las 7". Antes de que pudiera contestar ya había colgado.

Ya había comprado artículos para un baño relajante para Chloe, además de enviarle flores, pasteles y café a casa. Al menos puedo convertirlos en un regalo del "Día de San Valentín/Día de la boda".

Antes de darme cuenta, tenía a un Colton somnoliento vestido con un look de golf a juego con el mío. Estaba durmiendo contra mi pecho sosteniendo su lobo de peluche favorito que le había regalado hace meses.

Al salir por la puerta me encontré con una Summer embarazada, somnolienta y probablemente molesta, entrando penosamente a mi casa.

Se detuvo, se inclinó y besó la mejilla de Colton antes de darme una palmadita en el hombro, sin decir nada y pasarme al interior de la casa.

"Ella es una delicia esta mañana", bromeé colocando a Colton en el asiento del auto. "Esta fue idea suya, así que puede odiarse a sí misma por levantarse temprano".

Al entrar al campo de golf, Colton se había despertado y estaba masticando su hash brown de McDonalds sentado en el carrito de golf esperando a todos.

Luke Davies, uno de mis defensores, se acercó y me abrazó: "Felicidades, hombre. ¿Quién hubiera pensado que el soltero de toda la vida del equipo no sólo se casaría sino que se convertiría en padre?

"Gracias Lucas. Me alegra que puedas ser parte de esto y gracias a tu esposa por hacerte amiga de Chloe. Por lo que he oído hablan todo el tiempo y han planeado múltiples salidas". Me reí.

"Ya puedo oír llorar mi billetera".

Hablamos un poco más antes de que Colton se acercara y rodeara mis piernas con ambos brazos, "Papá".

"¿Qué pasa, amiguito? ¿Estás bien? ¿Necesitas algo de jugo o comida? Me arrodillé para estar a la altura de sus ojos mientras él se acercaba, tocaba la visera de mi sombrero y luego agarraba el suyo, con una sonrisa grabada en su rostro. "Juceeee"

"¿Quieres un poco de jugo? Revisemos el carrito".

Recogiéndolo, caminé de regreso al carrito y localicé su jugo de manzana entregándoselo.

"Eres un padre increíble, puedes decir cuánto te ama". Al darme vuelta noto a otro compañero de equipo, Brent, nuestro portero. Él y yo éramos novatos juntos y habíamos jugado un poco antes de firmar con San Luis.

"Me encanta ser papá. Si tuviera que elegir, elegiría a él y a mis gemelos antes que al hockey".

Brent sonrió, mirando a Colton y levantó la mano, "Choca esos cinco, pequeño. ¿Estás listo para vencernos a todos?

Colton le chocó los cinco y le dedicó una gran sonrisa: "¡Sí!"

Una vez que todos aparecieron, incluido mi papá, saltamos a los carros y nos dirigimos al primer hoyo.

Colton montó en mi regazo y su risa se convirtió en una carcajada profunda, lo que hizo que mi padre y yo nos reímos con él.

El golf fue sorprendentemente bien, Colton jugó con sus palos e incluso intentó golpear las pelotas de golf. Cuando algunos de los chicos quisieron tomar sus cervezas, él se quedó con ellos con su agua fingiendo beber. Este niño me va a sacar canas cuando sea mayor, pero no lo dejaría de otra manera.

Le había enviado algunas fotos a Chloe alrededor del mediodía antes de dirigirnos a la casa club para almorzar, quería que ella viera a su bebé luciendo adulto, solo esperaba que no la hubiera hecho llorar demasiado. Ya nunca lo sé, la semana pasada entré a la cocina y la vi llorando porque abrió una botellita de jugo de naranja y lloró porque no sabía a naranja recién pelada. Ayer lloró porque quería una bolsa de bolos y cuando los abrió se dio cuenta de que en su lugar quería pretzels de chocolate. Así que no hay duda de que probablemente lloró cuando vio las fotos.

Después del almuerzo pasamos otra hora en el campo de prácticas para matar el tiempo. Mientras estábamos bromeando con los chicos, comenzamos a hablar sobre bebés y familias: "Reed, gemelos, ¿verdad? ¿Saben lo que están tomando? Preguntó Lucas.

"Se suponía que íbamos a averiguarlo la semana pasada, pero teníamos ese partido fuera de casa, así que creo que ella nos programó para ir la próxima semana en algún momento".

"Amigo, ¿qué pasa si tienes gemelas?" Matt se encogió.

Dejé escapar una carcajada y pasé la mano por el cabello de Colton. "Realmente no me importa, mi billetera podría hacerlo, pero mientras estén sanos, eso es todo lo que importa. Además, réplicas gemelas de Chloe: serán increíblemente lindas".

"Serías un gran papá, pero sí, trae tus canas y tu billetera vacía". Los chicos se rieron.

"Los malcriaré sin importar si es niño o niña, quiero decir, mira a Colton, ¿qué niño de 14 meses necesita un juego de palos de golf? No pude evitarlo".

Mi papá se acercó y me puso una mano en el hombro: "Me ganaste para comprarlos, eso es todo lo que tengo que decir".

"¡Papá!" Colton levantó las manos queriendo que mi papá lo abrazara. "Hola amigo, ¿estás listo para una fiesta esta noche?" "Perddii". Balbuceó: "Hombrecito bastante cercano".

A las 3 de la tarde terminamos y los chicos se dirigieron a casa para buscar a sus esposas y novias antes de presentarse a la ceremonia de esta noche.

Matt, mi papá y yo regresamos a la casa, con Colton dormido en mi hombro.

Al entrar a la casa había maquillaje y una variedad de bocadillos por toda la encimera de la cocina; sí, Chloe estaba aquí. Como esto fue algo de último minuto para mí, olvidé preguntarle a Chloe qué tradiciones estábamos haciendo, menos dormir en la misma cama la noche anterior. Entonces, no tengo idea si se supone que debo verla, diablos, ni siquiera sé qué me voy a poner.

Papá y Matt se dirigieron al patio trasero donde pude ver a mi mamá y a Summer corriendo con Luke y la hija de Candice a cuestas.

Decidí acostar a Colton en su cama y quitarle el arma y los zapatos. Tomándose un momento para verlo descansar. Me arrodillé, apoyando mis brazos en el costado de la cama. Sé que nunca lo creé, no estuve allí en su nacimiento y no estuve allí la primera vez que rió o sonrió. En el poco tiempo que este chico ha estado en mi vida me he encariñado mucho. Viendo su dulce rostro dormir, sentí que las lágrimas llenaban mis ojos, no es su culpa que su padre biológico sea un psicópata, no pidió a un hombre que los dejara o no los amara. Ahora puedo ver a los gemelos hacer las primeras cosas que me perdí con Colton, la vida no es justa, pero puedo apreciar lo que me han dado. Y en cuanto pueda le haré un Collins para que nadie en esta casa quede separado por un nombre.

Chloe no sólo me está dando su mano, su amor, su atención o su futuro, sino que me está dando mucho más que la vida misma, empezando por este pequeño niño.

Mientras me limpiaba los ojos, sentí una mano suave pasar por mi cabello, "¿Qué estás haciendo bebé?"

Mirando hacia arriba, dándole una suave sonrisa, "Solo verlo crecer rápido". Sollocé.

"Vamos, déjalo dormir".

Me levanté agarrando su mano y guiándome hacia la puerta de nuestro dormitorio. Una vez dentro, Chloe se giró estudiando mi cara, "¿Qué pasa, Reed?"

Dejé escapar un profundo suspiro que había estado conteniendo antes de besarla en la frente. "No pasa nada, estoy muy feliz de tenerte en mi vida y estoy muy bendecida de tener un hijo, incluso si me lo perdí". mucho. Hoy fue como ver a mi yo más joven correr por ahí, sólo desearía que no creciera tan rápido".

Chloe me rodeó el cuello con sus brazos: "Él te ama mucho. Creo que te ama más que a mí". Ella juntó nuestros labios dándome un beso corto pero dulce.

"Oh, mierda, ¿no debería verte hasta la ceremonia?" Rápidamente me tapé los ojos.

Chloe comenzó a reírse y me quitó las manos de los ojos. "Reed, creo que ya hemos superado esas tradiciones", señalando su creciente panza. "¿Seguro? Además tu maquillaje luce muy bien. Eres hermosa".

La besé de nuevo siendo consciente de su maquillaje. "Gracias. Candice lo hizo. Además, gracias por los regalos de esta mañana y no tenías que llevar a Colton, pero te agradezco que lo hayas llevado".

"Pensé que no lo necesitabas bajo tus pies con todo lo que estaba sucediendo".

Nos abrazamos un poco más, ambos en silencio, apreciando la paz que nos rodeaba.

Chloe rompió el silencio después de comprobar la hora: "Son las 4:30, necesito empezar a vestirme. ¿Puedes revisar el patio trasero y ver qué más hay que hacer? En el dormitorio de invitados está tu ropa.

La apreté más cerca, dejando un beso en la base de su cuello, "Sí, puedo, señora Collins. Te amo."

Mientras me separaba de ella rumbo a la puerta, me di vuelta para finalmente notar todo su ser, su cabello estaba recogido en una cola de caballo rizada, su maquillaje estaba hecho y llevaba su nueva bata y pantuflas. Si no tuviéramos nuestra boda en una hora, su cabello y maquillaje estarían corridos y no habría ropa en ese cuerpo.

La miré varias veces: "No puedo esperar a tener en mis manos a tu futuro bebé. Llámame si necesitas algo más", guiñándole un ojo y salí.

Después de consultar con mamá, el patio trasero estaba listo y se veía perfecto. Summer y Candice subieron al dormitorio principal para prepararse con Chloe mientras Matt y yo nos dirigimos al dormitorio de invitados.

De pie frente al espejo, me arreglé la chaqueta del esmoquin y me eché un vistazo. Chloe me había comprado pantalones negros con botones negros y una chaqueta negra con solapa blanca. Era elegante y bonita; definitivamente tiene buen gusto. Colton entró corriendo casi luciendo un look que hacía juego con el mío, sólo que su chaqueta era completamente negra.

A las 5 de la tarde estaba saludando a los invitados junto con Matt y mis padres, Colton no se alejó mucho de mí, pero iba y venía con mi papá o Matt. Summer y Candice iban y venían.

No asistieron muchas personas, tuve algunos compañeros de equipo con sus cónyuges, mis entrenadores y mi agente. En total teníamos aproximadamente 50 personas, ya que no todos los jugadores pudieron asistir.

Lamentablemente, no había nadie del lado de Chloe ya que ella estaba sola. Lo único que quería darle a Chloe en la vida era una familia numerosa, así que eso es lo que haré. Ella nunca más se sentirá sola.

Mientras me relacionaba miré el patio trasero transformado, había luces colgando de árbol en árbol, había un arco de madera cubierto de vegetación y flores donde nos diremos "Sí, quiero". Las mesas largas estaban dispuestas con un camino de mesa verde salvia en cada una con eucaliptos y rosas esparcidos.

Incluso había un bar que mis padres alquilaron y tenía un barman trabajando. Mamá también había pedido un servicio de catering, así que los instalaron cerca de la barra y, por lo que podía oler, iba a estar delicioso.

Había dos fotógrafos tomando fotos a los invitados y en la esquina cerca del bar parecía que mamá o Summer habían instalado un área de fotomatón. Se instaló un DJ cerca del arco con una pista de baile de madera.

Seguramente estas chicas habían estado intrigando durante las últimas semanas, era hermoso y perfecto en todos los sentidos. Además, no pensé que pudiéramos meter todo esto aquí.

"Muy bien hombre, te necesitamos al frente del arco. Es hora de irse". Mirando a Matt, asentí mientras el DJ se acercaba al micrófono y les pedía a todos que encontraran sus asientos.

Me paré al frente, con las manos entrelazadas frente a mí. Lo que me sorprendió fue que Luke estaba parado en el centro del arco, sonriéndome: "¿Tuviste algo que decir hoy?" Él se rió.

"No, ella planeó todo esto. Gracias por oficiar, hombre". Simplemente apretó mi hombro y asintió con la cabeza.

Cuando la música comenzó a sonar, Summer y Matt caminaron juntos por el pasillo, poco después de que Colton y Brooke llegaran caminando, una vez que Colton me vio comenzó a correr. Haciendo reír a toda la multitud mientras abrazaba mis piernas, contento con donde estaba.

Una vez que la música cambió, respiré profundamente antes de girarme para mirar en dirección a la casa.

Pude sentir todo el aire salir de mi cuerpo cuando Chloe salió por la puerta. Llevaba un vestido blanco ajustado con una abertura en el costado que llegaba hasta la mitad del muslo.

Tenía en sus manos las rosas que le había dejado esta mañana.

Una vez que llegó a la parte superior del pasillo, dejó de girarse para sonreír mientras mi papá caminaba hacia su lado, colocando su mano en la curva de su codo, comenzaron a caminar hacia mí.

Podía sentir las lágrimas corriendo por mi rostro mientras la miraba, sus ojos también se nublaron con lágrimas, dándome su mayor sonrisa, pronunciando las palabras: "Te amo".

Puse mi mano sobre mi corazón, golpeándome el pecho 3 veces, mi forma de decir esas 3 palabras cuando físicamente no puedo decirlas.

Luke comenzó a darles la bienvenida a todos, pero en el momento en que sus manos pusieron las mías, no pude concentrarme en el mundo que me rodeaba. Nuestros ojos se fijaron el uno en el otro, ambos en nuestros propios mundos.

Luke se aclaró la garganta y ambos nos volvimos para mirarlo, mientras suaves risitas surgían de la multitud.

"Te lo preguntaré de nuevo", se rió, "Reed, ¿podrías decir tus votos?" Respiré profundamente y dejé que una risa nerviosa saliera de mis labios. "Supongo que Puedo hacer eso". Aclarándome la garganta y fijando mis ojos en los de Chloe, sonreí. "Tengan paciencia, hace menos de 24 horas me dijeron que esto estaba sucediendo". Más risas surgieron de la multitud mientras Chloe intentaba ocultar su risa.

"Chloe, hay tantas cosas que quiero decirte para expresar cuánto te amo y te aprecio. Tengo la sensación de que no podré hacerle justicia. Gracias por confiarme tu corazón, tu alma…" Bajando una mano para colocarla sobre la cabeza de Colton, "Y tu hijo. Me has dado todo lo que un hombre podría soñar. Has mostrado amor y compasión y has estado ahí para mí en los buenos y en los malos momentos. Prometo amarte a ti, a nuestro hijo y a los gemelos con todo mi ser. Ustedes 4 son lo primero en mi vida y siempre lo serán. No estoy seguro de qué he hecho para merecer este final feliz, pero estoy agradecido de que esté yo aquí arriba, prometiendo ser tu marido y el mejor que pueda ser. Prometo tener siempre la cocina abastecida pasteles, jarrones llenos de flores y para llenar siempre nuestro hogar de amor y felicidad. Gracias por ser mi luz. Te amo."

Levanté la mano para secarme los ojos y noté que Chloe hacía todo lo posible por no llorar.

Luke se secó debajo de los ojos, "Mierda, eso estuvo bien".

Chloe y yo nos reímos antes de que él se volviera y le diera la cabeza para no empezar.

"Pido disculpas por el retraso en el aviso, pero estuvo bastante bien y no estoy seguro de que mis votos sean tan buenos". Respiró hondo antes de mirar a Colton y extender la mano para tomarle la mano.

"Reed, en el momento en que nos conocimos no sabía que tendrías este tipo de impacto en mi vida y en la de Colton. Entraste en nuestra vida el primer día que me mudé, ayudando inmediatamente con Colton sin siquiera que te lo pidieran. Has demostrado desde el día 1 la clase de hombre que siempre has sido y eres; has tomado a alguien que se sentía destrozado y solo y lo has hecho sentir completo y amado nuevamente. Has estado ahí en cada logro, en cada cosa buena e incluso en las malas. Tú también has sido mi roca a la que aferrarme cuando sentí que mi mundo se derrumbaba. No se me ocurre ninguna otra persona con la que me gustaría criar a nuestros hijos o con la que envejecer. Quiero animarte en cada partido, ser tu máximo seguidor y tu fan número uno. Gracias por amar no solo a mí sino a Colton y darnos todo lo que hemos soñado. No puedo esperar a ver los hitos y los momentos que pasamos juntos y no puedo esperar a criar a estos bebés contigo como mi esposo. Te amo."

Contuve las lágrimas, tratando de no perder el control delante de todos.

Según las reacciones de la audiencia, no hubo ojos secos, incluso las personas que trabajaban lloraban.

Empecé a entrar en pánico en el momento en que pensé en los anillos, no había elegido ningún anillo para mí o para Chloe.

Debí haber extrañado a Luke pidiendo los anillos porque antes de darme cuenta, Matt estaba acercándose a mí y entregándole los anillos a Luke.

Me volví para mirar a Chloe con la confusión escrita claramente en mi rostro.

Ella sonrió encogiéndose de hombros con una sonrisa juguetona en su rostro. Ella lo tenía controlado. Ella tiene todo esto bajo control y me doy cuenta por millonésima vez de lo afortunada que soy.

Luke me entregó su anillo de bodas, un simple anillo de plata, siguiendo las instrucciones de Luke y reafirmando los votos, deslicé el anillo en su dedo. Sellando su colocación con un beso.

Chloe sostuvo mi mano izquierda en la suya y el anillo en la derecha mientras Luke le daba las mismas instrucciones y ella recitaba los votos. Una vez que me puse el anillo, noté que era una banda que hacía juego con la de ella, sólo que más gruesa.

Era simple, ambos lo eran y nos representaban muy bien a los dos.

Luke finalmente llegó al final de la ceremonia, lo que me emocionó más por lo que estaba por venir. "Sin más preámbulos, lo pronuncio ahora por primera vez, Sr. y Sra. Reed Collins. Ahora puedes besar a tu novia, grandullón".

Di un paso adelante, una mano rodeó su cuello y la otra sujetó su cintura. Sus manos se aferraron a mis caderas mientras yo me inclinaba juntando nuestros labios para un beso acalorado.

Alejándome, le di otro beso rápido en los labios antes de tomar su mano y levantar a Colton, dirigiéndome por el pequeño pasillo de nuestro patio trasero.

Todos aplaudían y gritaban, cuando llegué a la mitad, la acerqué para darle otro beso: "Estamos casados, Sra. Collins".

"Que somos el Sr. Collins".

Nos habíamos tomado fotos con el fotógrafo mientras todos íban a comer aperitivos y socializar.

Finalmente, con las fotos terminadas, pudimos sentarnos y cenar, parecía que todos la estaban pasando bien, Colton se estaba divirtiendo mucho con la atención y la promesa del pastel.

Chloe se sentó en mi regazo con las manos alrededor de mi cuello mientras Summer y Matt pronunciaban sus discursos. Acariciando su pequeño bulto, me encantó cómo había comenzado a notarse y la promesa de 2 preciosos bebés dentro de ella: mis bebés. Me encantó verla embarazada, me hizo querer llenar cada habitación de nuestra casa con nuestros hijos, si ella me lo permitía.

Sus manos jugaron distraídamente con mi cabello, una sensación que me encantaba. Pequeños movimientos como este me mostraron cuánto me amaba y se preocupaba por mí.

Una vez que terminaron los discursos, Chloe y yo nos pusimos de pie agradeciendo a todos por asistir. Cuando terminé, Chloe tomó el micrófono con otra sonrisa en su rostro.

"Tengo una sorpresa más. La semana pasada no pudimos averiguar el sexo de los gemelos. Pero la espera ha terminado. Al otro lado del patio hay una portería de hockey con 2 discos colocados y uno de los palos de Reed. Me encantaría que todos pudiéramos descubrir juntos lo que vamos a tener. Reed, feliz día de San Valentín, ¿quieres saber cuáles son nuestros bebés?

Me quedé sin palabras, mirándola y luego notando el pequeño juego de hockey, volví a mirarla. Agarrándola y besándola, "¡Joder, sí, hagámoslo!"

Nos acercamos, los fotógrafos estaban en su lugar mientras Matt agarraba mi bastón y Summer colocaba los dos discos en la losa de concreto frente a la portería.

Chloe me dio un beso antes de dar un paso atrás, sosteniendo su vientre mientras Colton sostenía su pierna.

Calmé mi respiración antes de mirar el disco y balancearlo. Un polvo rosa salió disparado del disco.

Chloe se tapó la boca en estado de shock y corrí hacia ella para besarla. El público aplaude y ríe de sorpresa haciendo eco a nuestro alrededor.

"¡¿Vamos a tener una niña?! ¡Mierda, Reed!

"Lo sé bebé. Tengo uno más. Veamos cuál es el desempate".

Regresé a mi lugar, concentrándome en el último disco, dando otro golpe, golpeando el disco y me encontré con polvo azul.

Me quedé congelada mientras Chloe corría. Mierda, otro chico, tengo otro chico. Agarré a Chloe y le di otro abrazo y le besé toda la cara. "Nuestra hija no tiene ninguna posibilidad de tener citas nunca", bromeé. "Estás feliz ¿Caña?"

"¡Bebé, estoy jodidamente eufórico!"

Todos nos felicitaron antes de irse a disfrutar el resto de la noche llena de bebida y baile.

Chloe se fue a sentarse con algunas esposas y Summer mientras yo caminaba hacia el bar para reunirme con los chicos.

"¡Amigo, felicidades! Pero su hija no tiene ninguna posibilidad de tener citas. No solo con 2 hermanos y tú, sino también con nosotros como sus tíos". Matt dijo señalando a todos los chicos.

"Joder, ya puedo sentir las canas creciendo. Mierda, soy un bastardo con suerte, ¿no?

Luke se rió entregándome una cerveza: "Bienvenido al club de papás".

Nos reunimos una vez por semana y a veces lloramos. Me alegro de tenerte".

Me reí tomando la cerveza, "¿Qué hice para tener tanta suerte?"

Mi papá se acercó abrazándome: "No hagas la pregunta cuando nadie sabe la respuesta. Pero tampoco lo cuestiones, hijo. Felicidades."

A las 11:30 p.m. todos estaban saliendo, Colton ya se había acostado. Brooke se había quedado dormida sobre Luke alrededor de las 10. El pobre probablemente estaba exhausto abrazándola.

Una vez que todos se fueron, Chloe y yo entramos a nuestra habitación.

Una vez que se cerró la puerta, estábamos uno encima del otro. La ayudé a quitarse el vestido y vi cómo la tela caía al suelo mientras ella estaba parada con tacones y lencería que no sabía que llevaba puesta.

Me acerqué desabotonándome la camisa, mi chaqueta se había quitado horas antes.

Agarrándola por la cintura, la levanté para envolverme con sus piernas y nos acompañé hasta la cama donde la acosté. Su cabello estaba fuera de su cola de caballo, dejándolo caer en cascada a su alrededor.

Se estaba mordiendo el labio mientras alcanzaba el botón de mi pantalón. Me quité la camisa, mis manos encontraron su rostro, juntando nuestros labios nuevamente, mordí la parte inferior de su labio haciéndola soltar un gemido, permitiendo la entrada de mi lengua.

Una vez que me quité los pantalones, me arrastré sobre ella, "Toca mis talones".

Le gruñí al oído: "Vas a dejarlos puestos mientras te follo". Dejó escapar otro gemido mientras empujaba mi erección hacia su centro. Incluso con su lencería puesta y mis boxers, podría haberme corrido al instante. Le quité la lencería y la arrojé en algún lugar de la habitación.

Agarrando sus piernas, las separé, mi mano ahuecó su centro, provocando un gemido placentero de sus labios.

Mordí su clavícula antes de besar entre los valles de sus senos, rodeando sus pezones con mi lengua, dándoles a ambos la atención que merecen. Definitivamente han empezado a crecer por el embarazo y no estoy cumpliendo. La espalda de Chloe se arqueó empujándose más hacia mi mano.

"Estás ansiosa, ¿no, bebé?" "Reed, por favor, te necesito".

Mordiendo suavemente su pezón, mi nombre salió como un grito de sus labios.

"Dime qué necesitas bebé".

"Te necesito, Reed. Tócame por favor".

Joder, me encantaba cuando ella suplicaba. Normalmente prolongaría esto, pero necesito estar en ella al instante.

Me acomodé entre sus piernas, besando el interior de sus muslos.

Lamí su núcleo de abajo hacia arriba, otro grito placentero salió de sus labios, sus caderas chocaron contra mi cara.

Rodeé mi lengua alrededor de su clítoris antes de hundir mi lengua en ella.

Quitando mi lengua, extendí los labios de su coño con mis dedos, soplando aire sobre ellos para volverla loca, sus caderas se sacudían y sus manos agarraban mi cabello.

Lamí todo su sensible capullo, mordisqueando los labios de su coño, cuando pude sentirla acercarse, hundí mi lengua nuevamente en su centro, chupando sus dulces jugos hasta que mi nombre fue un susurro en sus labios y su cuerpo tembló.

Mientras ella bajaba de su euforia, seguí chupando hasta que no pudo soportarlo.

Finalmente soltándola, besé su cuerpo, dejando un beso en sus labios, dejándola probarse a sí misma.

Me puse boca arriba y la puse encima de mí.

La agarré por las caderas mientras ella movía su cabello sobre su hombro, "Móntame".

Chloe se inclinó hacia delante y me besó con fuerza antes de levantarse y empalar su coño con mi longitud endurecida.

Su coño se apretó a mi alrededor mientras comenzaba a moverse hacia arriba y hacia abajo. Sus manos colocadas sobre mi pecho empujándola hacia arriba. "Joder, me tomas tan bien. Te sientes tan bien a mi alrededor".

Una de mis manos se adelantó y acarició su pecho redondo, su cabeza cayó hacia atrás mientras se mordía el labio inferior.

"Caña."

"Ojos puestos en mi bebé. Quiero verte deshacerte". Seguí mirándola mientras rebotaba.

Podía sentirme cada vez más cerca, extendiéndome entre nosotros. Coloqué mi pulgar en sus círculos de frotamiento del clítoris.

Los ojos de Chloe ahora se fijaron en los míos, "Reed, estoy... estoy cerca".

Comencé a encontrar sus caderas con empujones, empujando más hacia ella. "Tócate bebé, quiero verte ayudar a correrte".

Gruñí.

Sus manos dejaron mi pecho para reemplazar mi mano en su pecho y la otra en su clítoris.

Agarré sus caderas, empujándola con más fuerza, viéndola llegar al borde de la explosión.

"No voy a durar mucho, Chloe". La agarré con más fuerza. "Corre conmigo Reed". Ella suplicó.

En cuestión de segundos estábamos bajando de nuestras alturas, Chloe se desplomó contra mi pecho y mis manos la acariciaron y la abrazaron.

"Joder bebé. Eso fue…"

Ella exhaló profundamente, "¿Increíble?" "Que se joda bebé es más bien alucinante".

Chloe besó mi pecho antes de sentarse erguida, alejándose de mí y acostándose a mi lado.

Acerqué sus besos picantes a su cuello y hombro. "¿Qué dice acerca de irse a dormir, señora Collins?"

Los ojos de Chloe brillaron con admiración y amor, levantó la mano y acarició mi mejilla, "Suena como un plan, esposo".

28

Reed: Oficialmente Collins

Había pasado un mes desde el día de nuestra boda, Chloe tenía ahora 18 semanas y estaba cada vez más cerca de alcanzar su marca de la mitad del camino. Su barriga pareció estallar de la noche a la mañana; no se puede ocultar el hecho de que está ya no estoy embarazada.

El equipo había tenido una buena racha de victorias, actualmente estábamos en Winnipeg dirigiéndonos al aeropuerto para finalmente regresar a casa después de 13 días de ausencia. Habíamos ganado a los Winnipeg Bolts 4-1; podía saborear la promesa de los playoffs en nuestro futuro.

No podía esperar a volver, Chloe sabía que tenía toda la intención de adoptar a Colton, solo que ella no sabía que ya había comenzado el papeleo. Estaba esperando una llamada telefónica de mi abogado con la fecha que teníamos en la corte y para concretar la adopción de Colton.

Después de enviarle un mensaje de texto a Chloe mientras subía al avión para informarle que estábamos a punto de despegar, cerré los ojos con la esperanza de poder dormir todo el camino.

Matt me despertó sacudiéndome: "Oye, estamos aquí. Vamos."

Me froté los ojos antes de levantarme, agarrar mi bolso y seguirlo fuera del avión. Tenían que ser las 2 o las 3 de la madrugada, afuera estaba oscuro, tranquilo y en silencio.

Matt y yo habíamos compartido el auto hasta la arena antes de emprender el viaje por carretera, así que nos subimos a su camioneta y nos dirigimos a casa.

Matt se quedó en silencio por un momento antes de girarse para mirarme con preocupación en su rostro: "¿Habéis oído algo más sobre el ex que los acosa?" Pasé mi mano por mi cara, "No, encontraron su auto después de que pasó a toda velocidad por delante de Brown y Chloe. No hemos oído nada de los detectives o su ex en un tiempo. Me preocupa que pronto haga algo aquí".

"Mierda, eso es duro. Solo tenía curiosidad, parece que hizo todo lo posible para hacerte saber que estaba cerca y ahora hay silencio de radio. No me gusta, hombre".

"Estoy de acuerdo, espero que cometa un desliz y puedan atraparlo. No quiero preocuparme de que él siga por aquí. Tengo bebés en camino; no necesito que él intente hacerles daño a ellos, ni a Chloe ni a Colton.

Realmente odiaba la sensación de no saber. No podía concentrarme demasiado en el hecho de que había estado en silencio demasiado tiempo para mi gusto. Chloe había comenzado a regresar a su tienda, pero ahora con mamá y papá cerca, uno de ellos siempre iba con ella mientras el otro observaba a Colton.

Matt se detuvo en mi camino de entrada y lo estacionó para dejarme tomar mis cosas. "Nos vemos mañana en algún momento. Ven a cenar o algo así. Y dile a Summer "hola" de mi parte".

Matt saludó con la mano para salir del camino de entrada mientras yo regresaba a la casa.

Antes de abrir la puerta miré calle abajo y noté un auto destartalado de color gris oscuro estacionado frente a mí. No lo había visto antes y no había notado que ningún vecino lo condujera; y mucho menos todas las personas que viven en este vecindario no quedarían atrapadas ni muertas en esa cosa. Saqué mi teléfono y abrí el número del detective Brown mientras el auto avanzaba lentamente.

Mantuve contacto visual con el auto y no pude ver al conductor.

Acercándome el teléfono a la oreja, el auto aceleró al pasar. Noté la mitad de los números de matrícula tratando de recordarlos para el detective Brown.

"Reed, es temprano, ¿qué pasa?" Era evidente que el detective Brown había estado durmiendo.

"Acabo de llegar a casa de un viaje por carretera y noté un auto estacionado en mi calle que no encaja con el vecindario. Obtuve la mitad del plato antes de que me pasara a toda velocidad".

"Espera, déjame coger un poco de papel, ¿vale? ¿Cuál es la mitad que tienes?"

Sacudí el plato que había cogido y me senté en el escalón del porche. "Mañana hablaré con mis vecinos sobre las imágenes de seguridad de sus casas y también revisaré la cámara de la puerta de entrada".

"Está bien, déjame llamar a esta placa y ver si algo coincide con la descripción que me diste. Duerme un poco y llama si las cosas empeoran".

"Muy bien, buenas noches y perdón por despertarte".

Después de colgar, entré donde encontré a Chloe durmiendo en el sofá.

Dejé mis maletas junto al sofá antes de quitarme la corbata y el traje. En lugar de despertar a mi esposa embarazada e irme a la cama, decidí simplemente arrastrarme detrás de ella en el sofá y disfrutar de su cercanía. Especialmente con lo que había sucedido no hace mucho.

Por suerte para mí, habíamos comprado un sofá seccional grande cuando nos mudamos, por lo que era posible acurrucarnos juntos.

Me arrastré hasta el sofá tratando de no despertarla mientras acurrucaba mi cuerpo entre el sofá y mi esposa.

Finalmente cómoda, agarré la manta y la cubrí a ambos antes de acercarla a mí.

Ella comenzó a moverse, girando su cuerpo para mirarme, el bulto se convirtió en una barrera; será mejor que estos gemelos no aparezcan en el mundo y estén destinados a bloquearme toda mi vida.

Saqué un mechón de cabello de la cara de Chloe mientras ella se acurrucaba más cerca de mí, "¿Cuándo entraste?"

Me incliné hacia adelante besando su frente, "Hace apenas unos minutos bebé.

Vuelve a dormir, ya estoy aquí".

Chloe mantuvo los ojos cerrados y asintió con la cabeza en señal de estar durmiendo.

Sostenerla mientras ella hace crecer a mis bebés, en nuestra casa con nuestro hijo durmiendo arriba, nada podría ser mejor que esto.

A la mañana siguiente, Chloe y yo nos despertamos con las piernas entrelazadas y los cuerpos apretados el uno contra el otro.

No importaba dónde durmiéramos siempre y cuando pudiera despertarme con su cara sonriente.

Desayunamos en familia y yo estaba limpiando en la cocina cuando sonó mi teléfono, mi abogado.

Respondí rápidamente con el corazón acelerado, la última vez que había hablado con él fue cuando le pedí que redactara los trámites para la adopción y acelerara el proceso.

"Don, ¿qué pasa?"

"Buenos días Reed. Todos los trámites están completos, hablé con la corte y ellos pueden comunicarte con usted el viernes, lo que le da 2 días para traer a Chloe y leer la documentación antes de ir a la corte".

Suspiré con alivio, solo tuve práctica el viernes por la mañana para poder hacer que esto funcionara. "Esto es increíble, Don, te agradezco que hayas trabajado en todo esto. Déjame hablar con Chloe y te llamaré. ¿Podemos enviarnos la documentación por correo electrónico?"

"Puedo pedirle a mi secretaria que te envíe una copia, eso no es un problema. Te veré el viernes a las 13 h. No llegues tarde y felicidades de nuevo, hombre".

"Gracias Don, estaremos allí".

Colgué el teléfono cuando Chloe entró con Colton en su cadera y su cabeza en su hombro.

Me acerqué para alcanzar a Colton, "Cariño, no puedes estar levantándolo todo el tiempo".

Chloe puso los ojos en blanco mientras le entregaba a Colton, quien estaba ansioso por venir a verme: "¿Quién crees que lo retendrá cuando no estés? Además, ¿quién era el que hablaba por teléfono?

Le di un beso a Colton en la frente antes de mirar a Chloe mientras tomaba un sorbo de un café descafeinado (que sabía que odiaba). "Así que ese era Don, mi abogado".

Chloe dejó la taza y me miró con preocupación: "¿Está todo bien?"

Con mi mano libre extendí la mano y la atraí hacia mí. "¿Recuerdas cuando pedí adoptar a Colton hace un tiempo?"

Chloe puso su mano sobre mi pecho, jugando nerviosamente con el cuello de mi camisa, "sí".

"Bueno, lo he tenido trabajando en unos trámites y bueno, ¿qué te parecería ir el viernes a la 1 para hacerlo oficial?"

Sus ojos comenzaron a llorar, "Tú... ¿ya habías estado trabajando en esto? ¿Desde cuándo?

La acerqué y besé su frente, "Desde el día antes de casarnos. Cuando me preguntaste esa noche, Don fue mi primera llamada al día siguiente. Ya hizo el papeleo y el juez dijo que nos vería el viernes. Entonces, ¿qué dices bebé?

Chloe se quedó callada, con la cabeza apoyada en mi pecho, su mano rodeando mi cuello y pude sentirla luchando contra sus sollozos. estaba nervioso, h abíamos hablado de ello y ella estaba de acuerdo entonces, pero fui a sus espaldas y comencé el proceso. Sólo quiero que ya seamos una familia.

Finalmente levantó la cabeza y se secó debajo de los ojos: "Me encantaría que todos compartiéramos un apellido. Por supuesto que iremos el viernes".

Me incliné para besarla con tanto amor y pasión, mi mano subió para acariciar su mejilla, alejándome le di unos últimos besos en la mejilla, "Puede que no haya estado allí para hacerlo, pero prometo ser el El mejor puto padre para todos nuestros bebés. Y es nuestro primer bebé".

Más tarde esa tarde, recibimos la documentación de la oficina de Don y Chloe y yo estábamos repasándola juntas.

La lectura de las palabras del documento puso en perspectiva lo importante que era realmente esto. Hizo que las cosas fueran reales.

El resto del día lo pasamos descansando en la casa, todavía no le había contado a Chloe que su ex inspeccionó la casa anoche. Cómo entró, no estoy seguro.

Había ido a algunas de las casas de los vecinos y me iban a enviar cualquier grabación que hubieran captado del coche alejándose.

Decidí no compartir esa información con Chloe hasta que tuviera más información. Mi próxima serie fuera de casa no será hasta dentro de dos semanas, así que espero que podamos arreglar las cosas antes de que tenga que irme.

El viernes llegó bastante lento, tal vez fue la anticipación y la emoción, pero finalmente llegó.

Después de hablar con mi entrenador, me dio el día libre para prepararme para ver al juez y estar con mi familia.

Chloe tomó mi mano mientras yo sostenía a Colton en mi cadera mientras caminábamos hacia la oficina del juez y nos encontrábamos con Don en los pasillos.

"Ahí están ustedes. Me alegro de que podamos hacer que todo esto funcione hoy. Cloe ¿cómo estás? Soy Don".

Don extendió su mano estrechando la de Chloe, "Hola, es un placer conocerte.

Este es Colton". Le hizo un gesto al niño tímido que estaba en mis brazos. "Hola pequeño, ¿estás listo para el gran día?"

Colton continuó mirándolo antes de girarse para mirarme, escondiendo su cabeza en mi cuello.

Solté una carcajada frotándole la espalda. "Creo que está un poco nervioso.

Se calentará pronto. Entonces, ¿estamos listos para hacer esto?

Don llamó a la puerta antes de abrirla y dejarnos entrar.

El juez se levantó de su asiento, con una gran sonrisa en su rostro, "Ahh, la familia Collins. Entra, pasa, toma asiento". Señaló las sillas frente a su escritorio.

Puse mi mano en la espalda baja de Chloe dirigiéndola hacia una de las sillas.

Una vez sentado, con Don parado detrás de mi silla, el juez tomó asiento, mirando entre Chloe y yo antes de que sus ojos se posaran en Colton, que todavía estaba metido en mí. Era un caballero mayor, me recordaba a mi papá pero con gafas de montura redonda y bigote canoso.

"Qué hermosa familia tienes aquí. Entonces, hoy ambos quieren que el Sr. Collins adopte a Colton, ¿es correcto?

Chloe se acercó a tomar mi mano y me apretó antes de responder: "Sí, eso es correcto".

"Perfecto. ¿Su abogado le proporcionó la documentación antes de hoy para que usted estuviera al tanto de que todo era correcto?

Asentí, "Sí, ambos lo hemos revisado".

El juez sonrió mirando el papel frente a él, hojeando las páginas, antes de levantar los ojos para mirar a Chloe.

"Señora. Collins, ¿no aparece el padre de Colton en la foto?

Chloe respiró hondo, "Umm no. Su papá casi me mata y fue entonces cuando descubrí que estaba embarazada. Después de salir del hospital desapareció y nunca volvió a aparecer. Él no sabe o no sabía que estaba embarazada, pero estaba de acuerdo con criar a Colton por mi cuenta".

Apreté su mano mostrándole mi apoyo.

"Dijiste que no estaba al tanto". ¿Es seguro asumir que ahora lo sabe? Y usted dijo 'casi te mata', ¿lo acusaron de algo?

Chloe respiró hondo otra vez, su mano libre se dirigió a su panza, "Él fue abusivo, la noche que terminé en el hospital me golpeó hasta el punto de que me desmayé y mi vecino me encontró sangrando en el piso. Creo que ahora sabe que Colton podría ser suyo, umm, no fue acusado, su abogado en realidad lo liberó y luego desapareció. Ha estado viniendo por ahí acechando e irrumpiendo en nuestra casa anterior. Tenemos detectives tratando de atraparlo".

El juez la observó mientras contaba cada palabra de su horrible pasado con su ex.

Luego respiró hondo mirándome: "¿Este tipo te ha amenazado alguna vez?"

Miré a Chloe dándole una suave sonrisa, "Sí, me dejó notas en la arena. Ha pagado a guardias de seguridad para que entren a los vestuarios. Y umm, él apareció en nuestra casa anterior como mencionó Chloe e irrumpió mientras ella estaba en casa con Colton. De hecho, se dio cuenta de nuestra nueva ubicación, estaba apostando fuera de nuestra casa temprano en la mañana del miércoles cuando regresé a casa después de los partidos fuera de casa". Chloe de repente se volvió para mirarme en estado de shock. "¿Qué?" "Lo siento bebé, Llamé a Brown y obtuvimos imágenes del auto nuevo. Ahora están enviando patrullas por nuestro vecindario con mayor frecuencia. No quería preocuparte".

El juez nos miró antes de intentar dirigir la conversación: "¿Entonces este hombre no tiene derechos de paternidad, verdad?"

Chloe volvió a mirar al juez y sacudió la cabeza: "Él nunca apareció en el certificado de nacimiento. Colton tiene mi apellido de soltera.

"¿Tiene confianza en el hecho de que el Sr. Collins será un gran padre para su hijo y luego la Sra. Collins?"

Chloe sonrió: "Ha sido un gran padre para nuestro hijo y seguirá siendo un buen padre para nuestros gemelos también".

El juez finalmente notó el creciente bulto: "Es necesario felicitarlo. Lamento no haberme dado cuenta antes, querida".

"Está bien". Chloe le devolvió la sonrisa.

"Señor. Collins, ¿sientes que puedes mantener a Colton? Si es así, explíquelo en detalle".

"Creo que he mantenido a mi esposa y a mi hijo. Nos compré una casa más grande en una comunidad cerrada, Colton tiene su propia habitación donde no tendrá que compartir el espacio. He proporcionado cuidado infantil si mi esposa y yo estamos trabajando. Mis padres se mudaron cerca para estar allí también para Colton y Chloe. Lo agregué a mi seguro médico en el momento en que me casé con Chloe. También abrí una cuenta de ahorro para la universidad a su nombre. Si decide no ir a la universidad, está bien, son sus ahorros".

Chloe volvió a girarse para mirarme en estado de shock: "¿Abriste una cuenta de ahorros?"

Me reí: "Sí, iba a ser parte del regalo del día de tu madre, bebé".

El juez continuó haciéndonos algunas preguntas más, durante este tiempo Colton comenzó a querer caer. Colocándolo en el suelo, se acercó a Chloe que quería un bocadillo. Una vez que el niño estuvo satisfecho, caminó hacia mí con una mano en el aire, "papá".

Lo levanté de nuevo, colocándolo sobre mis rodillas mientras comenzaba a acercarse a Don, quien le estaba haciendo muecas. Y luego volviéndose para mirar al juez dándole una sonrisa con los dientes.

"Parece verle como a su padre, señor Collins. Esta es una buena señal de que se siente cómodo contigo. También creo que si no fueras un buen padre, tu esposa no se habría casado contigo".

Solté una carcajada mirando a Chloe, "Su opinión es la única que importa. No estaría sentada aquí frente a ustedes si no sintiera que tengo su apoyo o confianza".

El silencio cayó sobre nosotros mientras Chloe y yo seguíamos mirándonos. El juez nos sacó a ambos de nuestro trance: "Seguí adelante y firmé el papeleo. Sr. Collins, felicitaciones. Ahora eres padre legal de Colton. Podemos tramitar el cambio de nombre documentos y ahora será Colton Collins".

Chloe y yo nos levantamos estrechando la mano de los jueces y de Dons antes de besar la cara de Colton, haciéndolo reír.

"Colton Collins suena bien, ¿no crees?"

Chloe pasó sus manos por el cabello de Colton, manteniendo sus ojos en los míos.

"La familia Collin suena mejor".

29

Chloe: Arrinconado

Habían pasado 2 semanas desde que Reed encontró a James afuera de la casa y el juez aprobó los papeles de adopción.

Colton ahora era oficialmente un Collins y me encantaba saber que todos mis dulces bebés compartirían un nombre. Cuando Reed y yo empezamos a salir nunca imaginé que estaríamos casados, 2 bebés en camino y Colton adoptado oficialmente, pero aquí estamos.

El detective Brown había llamado con respecto a las imágenes y creen que han localizado dónde se hospeda James, así que crucemos los dedos y este lío llegue a su fin antes de que traiga dos bebés más al mundo.

Hablando de bebés, mi barriga ya es más grande que cuando estaba embarazada de Colton. Estoy a la mitad de mi embarazo y ambos ángeles están activos las 24 horas del día, los 7 días de la semana.

Reed me frota la barriga todas las noches antes de acostarme y habla con ellos y puedo decir que aman a su papá tanto como yo solo por lo locos que patean y se mueven.

Debido a mi tamaño actual, me he abstenido de contratar clientes y con James acercándose tanto como él, he tenido que concentrarme realmente en mi seguridad. Me siento muy mal por dejar mi tienda ahí sin usar, pero hasta que todo pase, realmente no sé qué más puedo hacer.

Hoy es el comienzo de abril, lo que significa que la temporada de hockey depende demasiado de si Reed y el equipo llegan a los playoffs. Además también estoy a 4 meses de dar a luz, al menos esta vez tengo una familia que me apoya y no estaré sola.

Reed y yo tampoco hemos hablado de nombres de bebés y eso me está volviendo loca. No tengo nada más que hacer con mi día y sigo pensando en nombres, pero aún no se los he dicho a Reed. Me gustaría elegir nombres para poder empezar a descubrir su guardería.

Colton estuvo con sus abuelos durante el día mientras Reed practicaba por la mañana, dejándome a mí limpiar la casa, ponerme al día con la ropa y disfrutar de la paz y la tranquilidad.

Reed odiaba dejarme sola desde que James acechaba la casa, pero con todas las ventanas y puertas cerradas le rogué que me dejara tener unas horas para mí.

Mientras estaba en la sala de estar, pude escuchar lo que sonaba como el movimiento de la manija de la puerta principal. Mis suegros y Reed tenían llaves, así que no sé por qué se movía la manija de la puerta.

Miré con cautela por la mirilla y todo mi corazón dio un vuelco.

De pie en la puerta, completamente inconsciente de que yo estaba al otro lado, estaba James. Estaba mirando su teléfono antes de mirar la carretera y el camino de entrada. A mi auto le estaban poniendo llantas nuevas en el concesionario y Reed tenía su camioneta, James probablemente pensó que no había nadie en casa.

Me tapé la boca para evitar que cualquier sonido saliera de mi cuerpo mientras retrocedía. El pánico se apoderó de mí cuando localicé mi teléfono antes de correr silenciosamente escaleras arriba hasta el baño principal y encerrarme dentro.

Marqué el número del detective Brown, con los ojos llenos de lágrimas. "Señora.

Collins, ¿está todo bien?

Respiré inestablemente, "No, él está aquí. En mi puerta. Estoy encerrado arriba ahora. Lo vi. Estaba tratando de abrir la puerta principal".

"Quédate en la línea conmigo, iré ahora. Llamaré a refuerzos.

¿Dónde están tu hijo y tu marido?

"Reed está en medio de la práctica y Colton está con mis suegros en el zoológico". Seguí limpiándome debajo de los ojos.

"Haré que un detective recupere a su marido. ¿Escuchas algo en tu casa?

Me quedé en silencio durante unos segundos antes de dirigirme cautelosamente hacia la ventana que daba al frente de nuestra casa. "No, está en silencio y tengo miedo. No puedo defenderme si él llega a mí".

"Él no te alcanzará ni te hará daño. Tienes mi palabra. Ya casi estoy allí. Nos acercamos ahora a la caseta de guardia.

Lo oí hablar con el guardia en la entrada de nuestro vecindario. La puerta del baño comenzó a moverse antes de que pudiera escuchar la voz de James: "Chloe, sé que estás allí. Puedo oírte respirar. no hay huyendo de mí ahora".

Mi respiración se atascó en mi garganta, él había entrado a la casa. El detective Brown aún no había llegado, tal vez dentro de un minuto. Cualquier cosa puede pasar.

Colgué el teléfono y opté por enviarle un mensaje de texto a Brown: "SOS, está en la puerta de mi baño. ¡Ayuda por favor!

La manija de la puerta continuó moviéndose y con cada segundo que pasaba sentía que estaba llegando al final de mi carrera.

Le envié un mensaje de texto a Reed por si pasaba algo, las lágrimas caían libremente de mis ojos, me acurruqué en la bañera, no tenía dónde correr, no tenía ningún arma para usar y, teniendo 20 semanas de embarazo, no podía salir por la ventana ni Incluso llegar lejos de pie.

"Reed, él está aquí en la casa. Me tiene acorralado en el baño. El detective Brown ya casi está aquí. Te amo. Te quiero mucho y estoy muy feliz por el tiempo que hemos pasado juntos. En caso de que pase algo, no olvides cuánto te amamos los bebés y yo".

Odiaba enviar el mensaje, pero era necesario decirlo en caso de que no me alejara como lo hice la última vez.

No miré por la ventana para ver si la policía había llegado, me concentré en la puerta que James estaba desgastando. Era cuestión de tiempo que él llegara a mí.

Continué sosteniendo mi estómago, no podía proteger a mis bebés pero lo intentaría.

Entonces mi corazón se hundió, la puerta se abrió y James se quedó allí con la sonrisa más malvada en su rostro.

Parecía agotado y más delgado que la última vez que lo vi. Tenía los ojos hundidos y la barba desaliñada. Su cabello estaba desparramado y necesitaba urgentemente un corte de pelo. "Te dije que no te alejarías de mí. Chica estúpida. ¿Estás pensando que podrías irte de California sin que yo lo sepa?

Él avanzó mientras yo intentaba hacerme invisible, lo cual era una tontería, no tenía nada detrás de qué esconderme. "James, déjame en paz. No quiero nada de ti y no tengo nada tuyo. Sólo vete, por favor".

Rogué y no me importó en este momento. Seguramente mi maquillaje corría por mi rostro y estaba temblando.

Continuó avanzando hasta llegar al costado de la bañera, inclinando su cuerpo hacia adelante, "Me quitaste a mi hijo. Mi hijo. Mi sangre. Te lo llevaste y lo quiero de vuelta".

Sacudí la cabeza en señal de protesta: "Él no es tuyo, James. Él nunca fue tuyo. Estás perdiendo el tiempo". Escupí.

De alguna manera había decidido luchar con la energía que tenía, cuando se trataba de mis hijos, nadie los tocaría ni los amenazaría.

James giró su mano hacia atrás antes de que entrara en contacto con mi cara. Jadeé mientras colocaba mi mano sobre mi mejilla donde me había golpeado. "Eres simplemente una perra Chloe, siempre lo has sido y siempre lo serás.

Necesitas que te traten. ¿No aprendiste nada la última vez sobre responder?

Esta vez se abalanzó hacia adelante agarrándome del brazo tratando de ponerme de pie.

Intenté arrancarme las manos de encima, pero lamentablemente sabía que estaba perdiendo.

Una vez que me tuvo de pie, me empujó hacia adelante, haciéndome salir de la bañera a trompicones.

Puse mi mano sobre mi panza, esperando protegerlos.

"Mírate, embarazada de nuevo". Se rió escupiéndome en la cara. "¿Vas a salir corriendo y arrebatárselos a su padre?"

Me estiré hacia adelante tratando de empujarlo hacia atrás, "Déjame en paz, deja a mi familia en paz. No te debemos nada. ¡Solo vete! Grité.

La mano de James rodeó el costado golpeándome en la cabeza, haciéndome caer al suelo, golpeándome la cabeza en el borde de la bañera mientras caía.

Mi visión se volvió borrosa mientras yacía allí, mis manos sosteniendo mi estómago mientras el mundo a mi alrededor se desvanecía. Lo último que pude oír antes de que la oscuridad me consumiera fueron gritos, por quién no lo sé.

30

Reed: El Desconocido

El entrenador me gritó que me dirigiera al vestuario en medio de la práctica, lo cual parecía fuera de lugar ya que literalmente acabábamos de comenzar los ejercicios.

Estaba patinando sobre el hielo rumbo al vestuario cuando noté que dos oficiales esperaban junto a la pequeña puerta junto a los bancos de los jugadores. Ambos debían tener poco más de 30 años y ambos tenían la misma expresión sin emociones en sus rostros. Sus ojos siguieron mi movimiento mientras me acercaba patinando a ellos.

"¿Eres Reed Collins?" Uno de ellos preguntó.

Me quité el casco y me sacudí el pelo. "Lo soy. ¿Está todo bien?

"Soy el oficial Andrews y él es el oficial Martins. El detective Brown nos pidió que fuéramos a buscarlo".

Los miré a ambos como si esperara más respuestas: "Está bien, ¿están bien mi esposa y mi hijo? ¿Qué está sucediendo?"

"Su esposa está camino al hospital, hubo un robo en su casa. Su esposa notificó al detective Brown y ahora está con ella. Tu hijo no estaba allí como creo que está con tus padres. Pero tenemos que irnos ahora, señor".

Salí corriendo hacia el vestuario para cambiarme lo más rápido que pude, en el momento en que escuché que llevaban a Chloe al hospital me sentí desesperado. Podía sentir las lágrimas cayendo por mis mejillas y mi corazón latiendo rápidamente.

Después de cambiarme, tomé mi teléfono y noté un mensaje de texto de Chloe, hace 20 minutos.

Con suerte, ella me estaba diciendo que estaba bien, pero en el momento en que leí las palabras mi mundo se derrumbó a mi alrededor.

"Reed, él está aquí en la casa. Me tiene acorralado en el baño. El detective Brown ya casi está aquí. Te amo. Te quiero mucho y estoy muy feliz por el tiempo que hemos pasado juntos. En caso de que pase algo, no olvides cuánto te amamos los bebés y yo".

Respiré hondo y escribí: "Estoy en camino, te amo.

Espera, no te perderé".

No tenía idea de si estaba bien, herida o algo peor. Salí corriendo del vestuario y los dos oficiales me abrieron las puertas del estacionamiento. Me subí a la patrulla mientras se dirigían a toda velocidad al hospital y marqué el número del detective Brown.

"Reed, ¿estás en camino?"

"Ahora voy a decirme qué ha pasado. ¿Por qué mi esposa va al hospital?

No pude contener los sollozos, odiaba no saberlo. "Reed, él irrumpió. Estaba atravesando la caseta de guardia cuando él entró en la casa y la encontró escondida. Ella ya se encuentra bien, él la agredió y al resbalar se golpeó la cabeza con el borde de la tina. Mis oficiales y yo llegamos solo unos segundos tarde, él está bajo custodia y está fichado sin derecho a fianza en este momento. Pero necesito que vengas al hospital para poder informarte más".

Me pasé una mano por la cara, tratando de controlar mis emociones y respirando: "¿Está despierta? ¿Están bien los bebés? ¡¿Joder, ella va a estar bien?!"

"Los médicos están realizando pruebas, por lo que pueden decir y cómo la encontramos, nunca aterrizó boca abajo, la fuerza fue en la cabeza y la espalda. Parece que ella giró su cuerpo para salvarlos. Los médicos tienen esperanzas en Reed. Les he informado a tus padres, Reed, para que puedas estar aquí y no preocuparte por Colton".

En 5 minutos, los oficiales se estacionaron frente a Emergencias y yo corrí hacia las puertas buscando al detective Brown.

Brown estaba hablando con una enfermera cuando sus ojos se abrieron y asintió en mi dirección para informarle al detective Brown de mi llegada.

Se giró dándome una suave sonrisa y abrazándome.

En el momento en que sentí su abrazo comencé a llorar. Sólo conocía a este hombre a nivel profesional pero aquí estaba él permitiéndome desmoronarme.

"Reed, ella está bien. El médico me acaba de decir que sólo tiene una pequeña hinchazón en el cerebro, pero eso se debe a la caída. Está respirando, está un poco magullada pero debería estar despierta en la próxima hora. Te van a hacer una ecografía para revisar a los bebés si quieres entrar".

Me aparté secándome los ojos, "¿Puedo? ¿En qué habitación está ella?

Puso una mano sobre mi hombro, "Vamos, habitación 213. Vámonos.

Puede que no esté despierta, pero puedes hablar con ella y con los bebés".

Lo seguí con su guía por el pasillo antes de entrar a una habitación llena de luz natural y los suaves pitidos de las máquinas.

Un médico y una enfermera prepararon el ultrasonido y me dieron suaves sonrisas cuando entré.

Mis ojos se posaron en mi esposa, se veía tan pequeña en la cama. Un moretón le caía en cascada por el lado izquierdo de la cabeza y un poco de sangre seca se pegaba a su cabello rubio. Sus manos cayeron naturalmente sobre el bulto que sostenía a nuestros bebés.

Me acerqué, sintiendo el aire en mi garganta. Tomé su mano, estaba fría, odiaría saber eso.

Acerqué una silla, sostuve sus manos entre las mías y entrelacé nuestros dedos. Levantando sus manos, puse besos en el dorso de ellas antes de que estallara otro sollozo.

"Por favor, vuelve bebé. Odio esto. Te extraño y te amo". No me importaba quién pudiera oírme. Ella era mi salvavidas, mi todo. Ella era la única cosa en este mundo que mantenía mi corazón latiendo.

"Señor. Collins, vamos a hacer una ecografía rápida para asegurarnos de que los bebés estén bien. ¿Qué tan avanzada está ella?

"Umm, ayer 20 semanas".

La enfermera asintió y tomó nota de la nota. El médico inició el proceso mientras mis ojos pasaban de su vientre a la imagen en la pantalla.

Había 2 bebés uno al lado del otro, por lo que sé, podrían estar tomados de la mano. Pero en el momento en que las palabras "Los bebés son perfectos" salieron de los labios del médico, comencé a llorar de nuevo.

Supongo que me quedé dormido por un rato. Podía sentir la mano de alguien pasando por mi cabello mientras yacía en la cama del hospital.

Gemí y eché la cabeza hacia un lado para ver el rostro de mi esposa. Una esposa que sonreía y me miraba fijamente.

"Cloe." Susurré.

"Hola, cariño. Lo siento mucho si te asusté". Las lágrimas comenzaron a correr por su rostro.

Me acerqué, tomé su rostro suavemente entre mis manos y le sonreí: "Estás bien, estás despierta y nuestros bebés están bien. No hay nada por qué disculparse. Esto no fue tu culpa".

Dejé un suave beso en sus labios alejándome.

Ella comenzó a sollozar, así que me arrastré a su lado y la acerqué a mi pecho. "Entró y me encontró escondida. Hice lo mejor que pude para proteger a los bebés. Sabía que no podía hacer mucho, pero tenía que intentarlo".

Continué abrazándola, dejando que sus sollozos empaparan mi camisa. Mi mano frota suavemente su cabeza.

"Bebé. Lo hiciste muy bien. No hiciste nada malo. Lo único que importa es que estés vivo, estaría perdido sin ti".

Continuamos acostados abrazados el uno al otro. El médico había venido a ver a Chloe antes de dejarnos solos otra vez. Decidimos llamar a mis padres y actualizarlos y también actualicé a Matt y Summer.

Alrededor de las 7 de la tarde, un suave golpe nos despertó a Chloe y a mí de una siesta improvisada.

Mi mamá estaba parada en la puerta con Colton tomándola de la mano. "Papá, mamá" Colton corrió hacia el lado de la cama queriendo levantarse. Extendí la mano para agarrarlo y colocarlo en mi regazo, donde Chloe podría rodearlo con sus brazos.

"Gracias mamá, por traerlo". Le planté un beso en la cabeza. "Él quería verlos a ambos. No estaba seguro de por qué no podíamos ir hogar. Me quedaré hasta que necesites que lo lleve a casa a pasar la noche. Chloe, ¿cómo te sientes cariño?

Mi mamá tomó la mano de Chloe y le dio un beso en la frente: "Estoy mejor. Estoy a salvo y mi familia también. Gracias por llevar a Colton hoy".

Mi mamá se quedó unos minutos más antes de irse para hablar con una enfermera sobre la partida de Chloe.

Cuando mamá se fue, una Summer embarazada con Matt a cuestas entró por la puerta, ambos tenían los ojos rojos e hinchados.

"Joder, ¿pueden dejar de hacer esta mierda? No puedo soportarlo" Matt lloró besando a Chloe y abrazándome.

"Lo siento hombre. Entonces ve a darle una paliza al bastardo que hizo esto". Abracé a Summer y miré a Matt.

"Joder, iré a ver si los detectives nos dan a mí y a algunos chicos del equipo algo de tiempo con él para 'hablar'", citó al aire.

Chloe sonrió, tratando de contener una risita. Tomó la mano de Summer, "Oye, no llores. Estoy bien. Los bebés están bien. Se acabó. Prometo."

Summer asintió, secándose debajo de los ojos, "Lo sé, simplemente me asustó muchísimo".

"Lo sé. Tenía miedo. Pero se acabó".

Escuchar a Chloe mencionar que estaba asustada hizo que mi corazón volviera a caer. Me sequé debajo de los ojos tratando de evitar que cayeran lágrimas. Necesitaba ser fuerte ahora mismo y no llorar, ella me necesitaba fuerte, no rota.

Podía sentir su mano frotando mi espalda, haciéndome saber que sabía cómo me sentía pero que no se rindió.

A las 9 de la noche, mi mamá había llevado a Colton a casa para pasar la noche y Summer y Matt se habían ido a casa a descansar. Con la promesa de traernos el desayuno por la mañana.

Los médicos dijeron que podríamos salir mañana en algún momento, así que esperaba que fuera temprano; no podía soportar estar en el hospital más tiempo que nosotros.

Sostuve a Chloe contra mi pecho, mi mano en su cabello, sus manos en mi pecho.

No estábamos hablando, sólo siendo. Ella depositó un delicado beso en mi pecho. "Quiero elegir nombres esta noche, Reed. Ya no soporto referirme a ellos como "los bebés". Necesitan nombres. ¿Podemos nombrarlos por favor?

Besé su frente, "Sí, cariño, he elegido algunos nombres por un tiempo, pero no estaba seguro de si estabas lista para escuchar las sugerencias".

Levantó la cabeza para mirarme: "¿Has estado pensando en ellos?" "Por supuesto cariño, estoy jodidamente entusiasmado con ellos".

Ella dejó escapar una suave risita. "Está bien, ¿cuál es tu nombre para una niña?"

Giré un mechón de su cabello en mi mano, "Me encanta el nombre Amelia". "Eso es hermoso, me gusta mucho. ¿Qué tal un segundo nombre? "Hmmm" Continué girando su cabello, "Rose".

"Amelia Rose", repitió Chloe en voz alta. "Amelia Rose Collins, me encanta".

"Lo siento hombre. Entonces ve a darle una paliza al bastardo que hizo esto". Abracé a Summer y miré a Matt.

"Joder, iré a ver si los detectives nos dan a mí y a algunos chicos del equipo algo de tiempo con él para 'hablar'", citó al aire.

Chloe sonrió, tratando de contener una risita. Tomó la mano de Summer, "Oye, no llores. Estoy bien. Los bebés están bien. Se acabó. Prometo."

Summer asintió, secándose debajo de los ojos, "Lo sé, simplemente me asustó muchísimo".

"Lo sé. Tenía miedo. Pero se acabó".

Escuchar a Chloe mencionar que estaba asustada hizo que mi corazón volviera a caer. Me sequé debajo de los ojos tratando de evitar que cayeran lágrimas. Necesitaba ser fuerte ahora mismo y no llorar, ella me necesitaba fuerte, no rota.

Podía sentir su mano frotando mi espalda, haciéndome saber que sabía cómo me sentía pero que no se rindió.

A las 9 de la noche, mi mamá había llevado a Colton a casa para pasar la noche y Summer y Matt se habían ido a casa a descansar. Con la promesa de traernos el desayuno por la mañana.

Los médicos dijeron que podríamos salir mañana en algún momento, así que esperaba que fuera temprano; no podía soportar estar en el hospital más tiempo que nosotros.

Sostuve a Chloe contra mi pecho, mi mano en su cabello, sus manos en mi pecho.

No estábamos hablando, sólo siendo. Ella depositó un delicado beso en mi pecho. "Quiero elegir nombres esta noche, Reed. Ya no soporto referirme a ellos como "los bebés". Necesitan nombres. ¿Podemos nombrarlos por favor?

Besé su frente, "Sí, cariño, he elegido algunos nombres por un tiempo, pero no estaba seguro de si estabas lista para escuchar las sugerencias".

Levantó la cabeza para mirarme: "¿Has estado pensando en ellos?" "Por supuesto cariño, estoy jodidamente entusiasmado con ellos".

Ella dejó escapar una suave risita. "Está bien, ¿cuál es tu nombre para una niña?"

Giré un mechón de su cabello en mi mano, "Me encanta el nombre Amelia". "Eso es hermoso, me gusta mucho. ¿Qué tal un segundo nombre? "Hmmm" Continué girando su cabello, "Rose".

"Amelia Rose", repitió Chloe en voz alta. "Amelia Rose Collins, me encanta".

Seguirán estando contigo, Colton, Amelia y Carter. No están lejos, cariño. La besé de nuevo acercándola.

Después de unos minutos más de silencio, me incliné presionando mi frente contra la de ella, "Vamos a dormir un poco, bebé".

Ella bostezó sosteniendo el cuello de mi camisa mientras yo cubría a los dos con la manta.

Besó mi mejilla mientras nuestra respiración se hacía más lenta y los ojos se cerraban, en un susurro la escuché murmurar: "Me alegro de estar aquí y de que no hay ningún 'desconocido'".

Joder, lo desconocido, lo desconocido de lo que me pasaría a mí, también Colton, a todo. Ella tiene razón, ella está aquí y estamos bien.

31

Reed: Relajación

Chloe fue dada de alta del hospital a la mañana siguiente con instrucciones estrictas de descansar. Tuvo una ligera conmoción cerebral pero nada grave.

Mis padres se ofrecieron a quedarse con Colton otra noche, asegurándose de que lo tratara como unas "vacaciones", y déjame decirte que se estaba comiendo la atención.

Chloe se había metido voluntariamente en la cama cuando llegamos a casa, y por suerte teníamos a mi padre y a Matt, quienes cambiaron las cerraduras rotas de las puertas que James había roto.

Le ofrecí vender la casa y comprar una nueva si Chloe se sentía cómoda y ella argumentó conmigo que estaba bien. Simplemente no quiero que sienta la necesidad de mentirme para que las cosas parezcan más fáciles. Quiero que ella quiera estar en casa, que se sienta cómoda en nuestro espacio y que nunca más se preocupe de que algo como esto vuelva a suceder.

Sin embargo, ella insistió en que estaba bien y que amaba nuestra casa y con James tras las rejas, se sentía más segura que en mucho tiempo. Me senté en la cocina en un taburete mirando mi teléfono, necesitaba llamar a mi agente, gerente general y entrenador; no había manera de que me sintiera Me siento cómodo dejando a mi esposa así por un tiempo.

Solo nos quedaban 2 semanas de temporada regular antes de los playoffs y todavía no estábamos seguros de si conseguiríamos el puesto de comodín. En el fondo, por mucho que deseara tener la oportunidad de ganar a Lord Stanley, quería estar en casa con mi familia.

Primero llamé a mi GM Frank; Todos sabían por qué dejé la práctica antes de tiempo, pero no había tenido esa conversación con ninguno de ellos.

Después de 3 timbres, respondió: "Reed, ¿cómo está Chloe?"

Mantuve el teléfono cerca de mi oreja, mi otra mano jugaba con el bolígrafo frente a mí, "Ella es buena. Está magullada, tiene una pequeña conmoción cerebral y los bebés están sanos".

"Reed, esas son buenas noticias. Me alegro de que esté en casa. Mira, sé por qué llamas, tómate la semana que viene y vuelve para la última semana de partidos en casa. Ya te he aclarado con todos. Tómate este tiempo para estar ahí para ella y tu hijo y descansa".

Sentí ganas de llorar de nuevo, inspiré profundamente, "Gracias Frank. Me siento culpable por dejar mi equipo, pero tienes razón. Necesito estar aquí para mi familia. Estaré listo para comenzar la próxima semana y listo para cuando consigamos ese puesto comodín".

"No te preocupes por llamar al entrenador a menos que quieras.

Pero llame a su agente; él merece saber qué está pasando".

Me di cuenta de que realmente no había informado a mi agente de nada de lo sucedido. Por suerte, ninguna prensa se hizo eco de los incidentes anteriores, pero ahora que la policía y las ambulancias habían llegado a mi casa, seguramente sería noticia en alguna parte.

"Gracias franco. Probablemente iré a las instalaciones una vez al día para hacer ejercicio; Chloe me obligará a salir o vendrá conmigo. Gracias por todo."

"En cualquier momento, Reed".

La llamada finalizó. Seguí sentado allí con el teléfono en la mano. Marqué el número de mi agente y durante los siguientes 15 minutos le informé de todo lo ocurrido en los últimos meses.

Cuando terminé de hablar con él por teléfono, Chloe había entrado como un pato en la cocina con una sonrisa somnolienta en el rostro. Era hermosa, llevaba una de mis camisetas y un par de pantalones cortos para dormir. La camisa era como un vestido incluso con el bulto. Su cabello estaba recogido en una pinza con mechones que enmarcaban su rostro.

Sus pies en pantuflas se dirigieron hacia donde yo estaba sentada, ella me hizo girar para que la parte delantera de mi cuerpo mirara la de ella. Sus manos acarician suavemente mi cara, las yemas de sus pulgares se frotan hacia adelante y hacia atrás.

"¿Qué haces guapo?"

Me incliné hacia una de sus manos y cerré los ojos. "Mi gerente general me puso de licencia personal durante una semana para quedarme en casa. Sin embargo, regresaré la última semana de la temporada regular".

Abrí los ojos para ver su expresión cambiar, mantuvo la misma sonrisa en su rostro cuando sus ojos se encontraron con los míos. "Normalmente discutiría contigo, pero llámame egoísta. Te retendré cuando pueda atraparte".

Suavemente llevé mi mano a su mejilla atrayéndola hacia mí, nuestros labios se entrelazaron perfectamente.

"Tenemos toda una semana para relajarnos y ser una familia. Aunque necesito hacer ejercicio una vez al día para mantenerme en forma".

Los dedos de Chloe se deslizaron por mi cabello en la base de mi cuello, "Hmm, diría que si no tuviera una conmoción cerebral podríamos encontrar otras formas para que te mantengas en forma, pero el gimnasio podría ser mejor así."

Sus ojos contenían amor, deseo y felicidad, sus emociones nadaban en el iris de sus ojos. Una sonrisa juguetona en sus labios.

Apreté sus caderas, acercándola tanto como el bulto me lo permitía. "Cariño, no puedes empezar cosas como esta cuando ambos sabemos que no podemos hacer nada al respecto. Entonces, ¿qué tal si te sientas en el sofá, pones los pies en alto, montas uno de tus espectáculos y te traeré algo de comida? Presionó su frente contra la mía, rodeando completamente mi cuello con sus brazos: "¿Cómo tuve tanta suerte de tener un marido como tú?".

Besándome una vez más, desenredó sus manos y se giró para dirigirse a la sala de estar.

Cuando se giró, le di una palmada en el trasero, lo que hizo que mirara por encima del hombro con una ceja levantada, "Reed Collins, ¿qué me acabas de decir?"

Me reí y asentí con la cabeza para decirle que siguiera moviéndose: "Te amo, bebé".

Más tarde esa tarde, Summer y Matt pasaron a cenar; Mis padres habían dejado a Colton unas horas antes. Ha estado pegado al lado de Chloe. Todavía es demasiado joven para saber qué pasó, pero sabe que Chloe no se siente muy bien.

Chloe y Summer están descansando en el sofá, la cabeza de Chloe apoyada en el hombro de Summers mientras Colton se acuesta junto a Chloe, dormido, con la cabeza apoyada en su regazo.

Matt y yo decidimos hacer ejercicio en el gimnasio que había instalado en casa, lo que nos recordaba cuando vivíamos juntos.

Matt estaba haciendo repeticiones de brazos frente a la pared de espejos, "¿Cómo ha estado Chloe hoy?"

Yo estaba en el suelo junto a él estirando mi espalda, "Ella ha estado bien. De hecho, me escucha cuando le digo que se vaya a descansar. Colton ha estado pegado a su lado todo el día. Ella no ha dejado de decir que le duele algo, pero dudo que me lo diga de inmediato".

Matt dejó caer las pesas y se sentó a mi lado, "¿Cómo estás?"

Me recliné sobre mis brazos, "Creo que estoy bien. Ayer fui un puto desastre. Estaré bien. Ella y los gemelos están bien y estoy feliz de saber que Colton no estaba en casa".

En el fondo sé que no lo estoy haciendo bien. Estoy feliz de que Chloe esté en casa y que esté bien. Anoche no dormí nada y ni siquiera pude tomar una siesta porque seguía teniendo sueños en los que ella no sobrevivía y eso me destrozó.

"Reed, puedes hablar conmigo. No siempre tienes que ser tú quien ponga a los demás en primer lugar. Puedes ponerte a ti mismo en primer lugar ahora mismo. Sé que no estás bien".

Me pasé una mano por la cara, odié que Matt siempre pudiera leerme como un libro, "Sigo teniendo sueños y pensamientos de que ella no sobrevivió y me duele muchísimo. ¿Y si la hubiera presionado más fuerte o hubiera tenido un arma? ¿Qué pasaría si la policía no llegara hasta ella a tiempo?

Matt apoyó una mano en mi hombro, "Pero ella está aquí, sobrevivió y se protegió a sí misma y a los bebés. No puedes concentrarte en los "qué pasaría si". Si haces eso entonces no estás viviendo el momento. Debes dejar de concentrarte en las cosas que no sucedieron y concentrarte en el hecho de que tienes tiempo libre para estar con ella y tu hijo, tal vez preparar la guardería, luego el final de la temporada, posibles playoffs y luego ¡bam! Das la bienvenida a dos terrores más a la fiesta. Tomémoslo día a día y dejemos de centrarnos en las cosas que no sucedieron".

Dejé escapar un suspiro tembloroso cuando la puerta se abrió con un chirrido y Chloe asomó la cabeza para darme una suave sonrisa, Colton pasó corriendo por sus piernas hacia mis brazos, "Tiene razón, bebé. Todavía estoy aquí, tenemos cosas más grandes que esperar".

Matt se levantó diciendo algo sobre ir a comprarle a Summer algo para picar.

Chloe se acercó como un pato, sus manos acariciaron su estómago antes de alcanzar mi mano, ayudándola a sentarse a mi lado.

"Sé que no debería concentrarme en lo que no sucedió. Me asusté cuando leí tu mensaje y la policía me atrapó. Simplemente no sé qué habría hecho si me hubieras dejado".

Podía sentir las lágrimas deslizándose por mis mejillas, Colton mirando hacia arriba y tocando mi cara, "Papá".

Me incliné hacia delante y le di un beso en la frente: "Papá está bien, amigo".

Chloe extendió la mano para limpiarme los ojos: "Si algo sucediera, tú y Colton estarían bien con el tiempo. Se habrían tenido el uno al otro y al sistema de apoyo de nuestra familia. Pero lo bueno es que no tienes que vivir el escenario. Centrémonos en terminar la guardería de Amelia y Carter".

Ella siempre supo hacerme sentir mejor y por ella estaré eternamente agradecida. En el fondo, me llevará una semana o más superar este recuerdo, pero saber que ella está aquí y bien seguirá ayudándome a prosperar y seguir adelante.

Supongo que una semana en casa es más para mí que para ella.

32

Chloe: Eliminatorias y Noticias

Reed está de vuelta en el hielo después de una semana sin jugar, los moretones en mi cara han desaparecido y no son tan notorios. La prensa publicó información sobre mi accidente y el agente de Reed y el detective Brown dirigieron voluntariamente la conferencia de prensa en nuestro nombre. El apoyo que nosotros Se han mostrado desde St. Louis y los fanáticos han sido increíbles.

Cuando Reed regresó al hielo para los calentamientos, recibió una gran ovación y, como un reloj, las lágrimas brotaron de mi rostro.

El equipo de medios incluso le dio la bienvenida a él y a nosotros, el amor y el apoyo ha sido lo que necesitábamos para sanar.

Estoy sentada en el palco familiar del estadio con Summer, muy embarazada, a mi derecha y Candice a mi izquierda.

Mis suegros están sentados frente a mí con Colton presionado contra la ventana de cristal.

Reed estaba preocupado de que yo viniera, pero aún más preocupado de que me quedara solo en casa. Fui inflexible en que aquí es donde tenía que estar y todos podemos estar de acuerdo en que gané.

Estábamos en el tercer tiempo faltando 5 minutos y íbamos ganando 2-1 sobre Vancouver.

Reed había recibido una asistencia y uno de los goles, pero también pasó tiempo en el área de penalti por cortar.

Reed estaba jugando increíble, la semana libre debió ayudarlo porque flotó sobre el hielo con mucha velocidad y gracia.

Colton estaba dormido sobre el pecho de Dave mientras todos estábamos al borde de nuestros asientos.

Este juego fue el factor decisivo para que los chicos llegaran a los playoffs y yo sabía que Reed quería tener una oportunidad en la copa, pero también sabía que no quería pasar ningún tiempo lejos de mí.

Recé para que llegaran a los playoffs, él necesita una victoria ahora mismo y estaré más que bien para pasar mis noches en la pista si eso significa que él tiene la oportunidad de lograr el sueño de su vida.

El tiempo pasaba, Vancouver estaba dispuesta a pelear, estaban haciendo todo lo posible para empatar el juego. En los últimos 15 segundos, Matt tomó el disco y se lo pasó a Reed mientras entraba y salía de los jugadores del otro equipo, abriéndose camino para cruzar la línea azul. Vancouver había sacado a su portero y una vez que Reed superó al último defensa, disparó a la portería. El timbre suena cuando el reloj marca 0 y el disco golpea el fondo de la red.

Me levanté más rápido de lo que debería y me acerqué al respaldo de la silla frente a mí para apoyarme. Summer, Candice y yo estábamos emocionados chocando las manos y aplaudiendo.

Los muchachos se habían asegurado un lugar en los playoffs, lo habían logrado, trabajaron muy duro y ahora finalmente valió la pena.

Acerqué a Summer para abrazarla, nuestros golpes chocaron y nos hicieron reír más fuerte. Las lágrimas corrían por nuestros ojos cuando notamos que la cámara se había desplazado hacia la caja y nos mostraban en el Jumbotron. Los chicos patinaban sobre el hielo abrazándose y celebrando.

Reed y Matt captaron la atención de Summer y de mí mientras celebraban juntos en el hielo.

Más tarde esa noche, Reed me recogió cuando entramos a nuestra habitación y me colocó en la cama. Una risita escapó de mis labios mientras él lanzaba besos a lo largo de mi mandíbula y garganta.

"Tú eres mi amuleto de la buena suerte, bebé", expresó Reed entre besos.

Su voz estaba llena de deseo y lujuria.

"¿Recién te estás dando cuenta de esto?" Me reí. Mi mano agarró la nuca y la otra agarró su mandíbula. Acercando sus labios al encuentro de los míos.

Nuestros labios lucharon por el dominio, ambos queriendo controlar al otro. Las manos de Reed agarraron mis muñecas, inmovilizándolas por encima de mi cabeza mientras dejaba besos por mi cuello a través del valle de mis pechos y de regreso a mi oreja.

"Si no estuvieras embarazada ahora, lo estarías al final de esta noche", me gruñó al oído.

"¡Te necesito Reed, como ahora!" Gemí.

Reed se echó hacia atrás soltando mis manos, pero se quedaron por su propia voluntad, observando la apariencia del hombre frente a mí mientras se quitaba la camisa.

Metí el labio inferior debajo de los dientes, reprimiendo el gemido que sabía que estaba burbujeando dentro de mí.

Intenté juntar mis piernas para aliviar la presión, podía sentir mi núcleo humedeciéndose mientras Reed arrastraba sus manos seductoramente por mis piernas. "Joder bebé, darme esa mirada me está poniendo duro". Reed enganchó sus dedos en la cintura de mis mallas, sacándolas de forma animal estilo.

Me senté, quitándome la camisa del torso dejándome con un sujetador azul Lacey. Mis pechos se salían de las copas porque no había comprado sujetadores nuevos desde que crecieron con el embarazo.

Reed se quitó los pantalones de vestir antes de volver a subir a la cama, cerniéndose sobre mí.

En cuestión de segundos me quitó el sostén y lo arrojó al suelo, "Joder, bebé, tienes calor".

Reed tomó mi seno izquierdo en su boca, haciendo girar su lengua alrededor de mi sensible pezón mientras su otra mano jugaba con mi seno derecho. Mis ojos se pusieron en blanco, mis manos cayeron en la base de su cuello, un gemido salió de mis labios.

Reed cambió los senos, prestándoles la misma atención.

Reed movió sus manos, agarrando mi cintura. Al retroceder, me hizo caer de rodillas.

Sus manos me acercaron, su polla endurecida presionó contra mi trasero, "Voy a follarme este apretado coño, bebé. ¿Crees que puedes manejar eso?

Otro gemido salió de mi boca: "Por favor, Reed, fóllame".

Reed inmediatamente presionó contra mí, nuestros cuerpos se inmovilizaron cuando sentimos al otro.

Reed se sintió tan apretado mientras me llenaba que movió sus caderas hacia mí mientras yo seguía su ritmo.

Nuestro ritmo se aceleró mientras ambos perseguíamos nuestra liberación.

Extendí una mano debajo de mí, acariciando sus bolas con la mía, un grito ahogado salió de su boca, "Mierda, bebé. Hacer eso hará que me corra más rápido".

Bajó su mano, dibujando círculos en mi clítoris, haciéndome reaccionar de la misma manera que él.

Continuamos siguiendo el ritmo del otro hasta que empezamos a volvernos más descuidados. Ambos respirando pesadamente.

"Reed, estoy cerca". Dije arrastrando las palabras "Corre conmigo bebé".

Al escuchar las palabras salir de su boca y su toque en mi clítoris, me hizo desmoronar.

Sus embestidas se hicieron más fuertes hasta que se detuvo, cayendo hacia adelante, con su pecho presionando contra mi espalda. Podía sentir sus labios besando mis omóplatos, "Joder bebé, eso nunca pasa de moda".

No pude evitar reírme, ya que yo era la que estaba embarazada y él era el que estaba más sin aliento. "Me siento mal, parece que tú hiciste todo el trabajo, papito"

Reed salió de mí, cayendo a su lado, sus manos cayendo a mi espalda baja.

Reed se rió, "¿No podemos permitir que mi mamá bebé trabaje demasiado ahora, verdad?"

Reed se levantó y regresó del baño con un paño tibio para limpiarme. Una vez limpio, Reed se unió a mí en la cama y me acercó a su pecho.

"Te amo Cloe." "Te amo Reed."

Al día siguiente, había trabajado antes que Reed, me había escabullido de la cama y me había metido en mi rutina matutina antes de ver a Colton.

Agarré el monitor para bebés una vez que noté que Colton todavía estaba dormido y me dirigí a la cocina para buscar algo de comida.

Cuando estaba embarazada de Colton no había ganado mucho peso, pero ahora que tenía 2 bebés en el útero, me sentía como una ballena debido a la cantidad de comida y azúcar que ansiaba.

Después de una hora de preparar un festín de tostadas francesas, huevos, tocino y fruta fresca, fui recibido con las vistas de mis dos hijos favoritos con su cabello adormilado y sonrisas.

Reed colocó a Colton en el suelo, permitiendo que mi dulce bebé caminara hacia mí en busca de mimos y amor.

Como mi estómago era más grande que antes, me resultaba más difícil sostener a Colton durante largos periodos de tiempo. Odiaba no darle ese tiempo como solíamos tener. Fue mi primer bebé y no podía cargarlo como antes.

Lo tomé en mis brazos y le di besos en las mejillas haciéndolo reír.

"Mamá. Indignado"

"¿Colton tiene hambre? ¿Qué tal un poco de tocino?"

Levanté un trozo y su manita se estiró, lo agarró y lo devoró.

"Igual que tu papá, hombrecito".

Reed gruñó detrás de mí: "No devoro comida así, la disfruto y la saboreo, claro. Él debe haber aprendido eso de tu amor".

"Uhh, no lo creo señor". Me incliné y le di un beso rápido: "Buenos días, papi".

"Buenos días, bebé mamá".

El desayuno fue perfecto. Reed tuvo playoffs en una semana y su entrenador decidió descartarlo para su último partido de la temporada regular. Lo cual fue el momento perfecto porque ese juego estaba fuera y, sinceramente, no quería alejarme de él todavía.

No habíamos tenido noticias del detective Brown sobre mi ex, pero ambos estábamos esperando esa llamada telefónica en cualquier momento de esta semana.

Mientras yo limpiaba a Colton, Reed trabajaba limpiando los platos. Después de limpiar el exceso de comida de la cara de mi hijo pequeño, todavía me pregunto cómo se le metió más comida en él que en él, nunca lo sabré. Mi teléfono empezó a sonar, el detective Brown apareció en mi pantalla.

Levanté a Colton ayudándolo a bajar al suelo mientras aceptaba su llamada, "Buenos días, detective Brown".

"Buenos días Cloe. ¿Cómo te sientes?"

Agarré las toallas de papel que había usado, me dirigí al bote de basura y miré a Reed a los ojos: "Estoy mejor. debería volver a trabajar aquí pronto. Los moretones han disminuido, pero en general estoy bien. Gracias por todo."

Reed se acercó y acercó mi espalda a su pecho, su mano rodeó mi cintura mientras colocaba su cabeza sobre mi hombro. Dándome tiempo para hablar con Brown pero también haciéndome saber que él está ahí para ayudarme. Esto también me ahorrará la molestia de repetir la conversación.

Quité el teléfono colocándolo en el altavoz.

"Es bueno escuchar a Chloe. Supongo que Reed está cerca. Buenos días, Reed".

Reed soltó una carcajada: "Buenos días, detective. ¿Qué noticias tienes para nosotros?

"Bueno, para empezar, felicidades por apretar los puños. Espero verte llevar esa copa a casa. En segundo lugar, el juez que aprobó su adopción es también el juez que recibió el nuevo expediente. Su abogado debería llamar pronto, quiere tener una reunión. Pero por lo que sé, le agradaste al juez y bueno, no creo que vaya a salir libre. Pero prepárate para cualquier cosa".

Me incliné más hacia Reed, sosteniendo su mano con la mía, "Gracias por avisarme. Si esto llega a la corte, ¿vendrás y estarás cerca de nosotros?

Puedo sentir un suave beso en mi sien.

"Chloe, no estaría en ningún otro lugar. Incluso iré a la reunión si eso te hace sentir más seguro".

Podría llorar, nunca antes había tenido un apoyo así.

Reed notó mi cambio de comportamiento, notó que estaba a punto de perder el control, "Gracias detective. Le llamaremos cuando escuchemos algo. Has estado en esto con nosotros desde el principio. Gracias por proteger a mi familia".

"Estoy aquí en cualquier momento con la familia Collins. Que tengas un excelente resto de tu día".

Colgué el teléfono después de despedirme antes de lanzarme a los brazos de Reed. Simplemente nos dejamos en paz, no dijimos nada y no nos movimos. No hasta que dos manitas se encontraron sobre nuestras piernas, con su cabeza presionada contra nuestros muslos. Reed y yo soltamos una carcajada y dirigimos nuestra atención al niño que nos sonreía: "Mamá, papá, paayyy".

Reed vuelve a besar mi sien: "Juguemos amigo. ¿Con qué vamos a jugar? ¿Dragones, dinosaurios, camiones?

Persiguió a Colton cuando Colton dejó de darse la vuelta y sacudió la cabeza "no" con una sonrisa, "papá Ockey". Dándose la vuelta, se dirigió hacia sus pequeños mini palos y la portería que Reed y Matt habían preparado para él.

Reed se detuvo en seco y me miró: "¿Acaba de decir 'hockey'?"

Me froté la barriga mientras me acercaba a mi esposo, "¿Qué puedo decir? Él ama a su papá".

Reed sonrió besándome en los labios antes de prácticamente lanzarse al sofá para alcanzar el palo de repuesto en el suelo junto a Colton.

Podía verlos durante horas golpeando la pelota de un lado a otro y haciendo sus celebraciones o 'cellys' como me habían corregido.

Más tarde esa noche tuvimos noticias de nuestro abogado, quien nos informó de la reunión con el juez y el abogado de mi ex. Mencionó que mi ex no estaría presente, pero que éramos más que bienvenidos a asistir.

Afortunadamente, fue al final de la semana y los padres de Reed se ofrecieron a cuidar a Colton.

Esta noche me estoy concentrando en el niño pequeño y su papá frente a mí corriendo por la sala con un palo de hockey en la mano.

33

Reed: *Prisión y Juego 1*

Finalmente es fin de semana y Chloe, el detective Brown y yo entramos en la oficina del juez, casi un deja vu. Mi abogado ya está sentado adentro, mirando al otro abogado que intenta besarse el juez.

Chloe y yo nos dirigimos a los 2 asientos abiertos ubicados a la derecha de mi abogado cuando el juez se da cuenta de nuestra llegada.

"Señor. Y Sra. Collins, encantado de verla. ¿Cómo va su embarazo, señora Collins?

Chloe sonrió ampliamente mirando al juez, "Muy bien, gracias por preguntar. Están pateando como locos últimamente. Los quiero aquí ya".

Sonreí estirando mi brazo sobre el respaldo de su silla.

El juez ahuyentó al otro abogado y volvió a su silla, insistiendo en que todos se sentaran.

Durante la siguiente hora, nuestro abogado y el abogado de la ex de Chloe estuvieron de un lado a otro mientras los otros cuatro nos sentamos allí observando cómo se desarrollaba, casi como si estuvieramos mirando pintura secarse.

El abogado de su ex quería una sentencia más corta por el comportamiento de su cliente, afirmando que solo actuó de esa manera porque todavía estaba enamorado de Chloe. Eso me hizo burlarme: si él la hubiera amado, casi no la habría matado, abusado de ella o abandonado. Maldito idiota.

Chloe y yo compartimos nuestra versión del acoso y cuánto afectó nuestra vida diaria y cómo cuando estuvo a punto de ser atrapado actuó culpable y desapareció, bien intentado.

Chloe también habló sobre cómo la había encontrado, el detective Brown también hizo guardia detrás de ella mientras hablaba sobre el tiempo y el trauma.

Me gustó saber que él también estaba ahí para ella, diablos, él la encontró y la salvó. Le consiguió la ambulancia y se quedó con ella. Este hombre no es sólo un detective que salvó a mi familia, es mi familia.

El juez se puso de pie abruptamente y se pasó una mano por la cara: "Le doy a James 10 años de prisión federal por acoso, daño físico, intento de asesinato de la señora Collins y sus dos bebés por nacer y allanamiento de morada. Esto es generoso y no tendré ningún problema en ampliar la sentencia si no puede recuperar su vida en prisión. También voy a imponer una orden de restricción de por vida, lo que significa que una vez que James salga no podrá entrar en contacto con la familia Collins. No puede acercarse a menos de 1.000 pies de ellos, contactarlos o acercarse a ellos sin ser arrestado nuevamente. Esta es mi decisión final".

Con eso, el abogado de James agarró sus pertenencias y se fue furioso. Me levanté abotonándome la chaqueta antes de tomar la mano de Chloe y ayudarla a levantarse de la silla. Ambos compartimos una expresión feliz en nuestros rostros, aunque deseábamos una sentencia más larga, funcionó por ahora.

El detective Brown se acercó estrechándonos la mano antes de pasar a hablar con nuestro abogado y el juez.

Les dimos las gracias antes de dirigirnos hacia el auto, tomando su mano entre la mía y apretándola.

"Bueno mamá, ¿qué tal un helado de celebración?"

Chloe se rió inclinándose hacia mí mientras caminábamos, "¿Qué tal sexo de celebración?"

Me volví para mirarla con los ojos muy abiertos, "Bueno, entonces... mete tu lindo trasero en el auto y vámonos a casa, bella dama".

Una vez que llegamos a casa, celebramos de la mejor manera que sabemos. Después de aproximadamente 2 horas de hacer el amor con mi esposa, caminé penosamente hacia la pista para pasar un rato en el hielo y prepararme para los playoffs. Mis padres se iban a quedar con

Colton y se quedaban a cenar. Entonces, trabajé duro para estar en casa con aquellos que amaba.

Hoy había ido bien, obtuvimos respuestas, obtuvimos apoyo y nos quitaron el peso de encima que no estábamos ni cerca de quitar.

Era el primer partido de los playoffs, jugábamos contra Los Ángeles y el estadio estaba lleno.

Llegué temprano como de costumbre, con mi familia a cuestas. Chloe se estaba reuniendo con las otras WAG para que pudieran hacer su "sesión de fotos" para sus nuevas chaquetas que habían hecho especialmente para los playoffs. A Colton también le encantaba jugar con la niña de Candice y Luke, por lo que no se quejaba de cortar los dibujos animados antes de tiempo.

Me di cuenta de que esta noche iba a ser eléctrica. Los fanáticos estaban ataviados, el juego estaba 100% agotado y la vibra era algo que nunca antes había sentido.

Matt y yo estábamos en el vestuario preparándonos mentalmente como lo hacemos habitualmente. Summer ya no era nuestra fisioterapeuta porque su embarazo estaba más avanzado; creo que Matt la extrañaba en la habitación. Así se conocieron y parecía ser lo suyo, su amuleto de la buena suerte.

Me di cuenta de que lo estaba carcomiendo, le di un codazo en el hombro para que me mirara.

"¿Amigo, estás bien?"

Bajó la cabeza y se frotó la cara con la mano: "Desde que me cambiaron aquí hace unos años, Summer siempre estuvo aquí. Ahora que ella está en la caja de WAG, tengo miedo de maldecirme, ¿sabes?

Sabía lo que quería decir. Cuando ambos fuimos intercambiados, fue como si Summer fuera el amuleto de la suerte que le faltaba. En el momento en que llegó aquí, su juego cambió en el momento en que ella le ayudó a vendarle el tobillo. Desde entonces es algo que siempre hicieron. Demonios, me quedé con una banda elástica en la muñeca porque la había olvidado en un juego y terminé jugando tan bien que la dejé.

"Llámala, ella bajará y realizará la rutina".

Como si leyera mi mente, la puerta se abrió y Summer, embarazada, entró con una sonrisa tímida en el rostro.

"Hola bebé. ¿Quieres que te venda el tobillo?

Matt sonrió y asintió con la cabeza: "¿Por favor?" Su voz se quebró.

"¿Pensaste que no aparecería?" Preguntó desenredando la cinta que tenía en la mano mientras acercaba una silla frente a él.

"Es sólo que no quería molestarte".

Summer sonrió dándole un apretón en el muslo, "Haré esta rutina contigo cualquier día y en cualquier momento, embarazada o no", se rió.

Vi a mi mejor amigo observar a su prometido venderle el tobillo, con una sonrisa tonta plasmada en su rostro. Me encantaba verlo feliz, me hacía feliz saber que ambos encontramos una felicidad que nunca pensamos que merecíamos.

Cuando Summer terminó de venderle el tobillo, se volvió para sonreírme mientras sacaba algo de su bolsillo trasero.

"Reed, tengo algo para ti".

Me entregó un papel doblado, otra forma de deja vu se apoderó de mí.

Desdoblé el papel para ver otro dibujo de Colton. Apenas podía distinguir las figuras, pero la letra de Chloe me ayudó a descifrar el arte.

Éramos nosotros, una familia. Las palabras "mamá, papá" escritas cerca de dos figuras.

Al pie de la página, con su delicada letra, en perfecta cursiva, "Te amamos, papá".

Le agradecí a Summer, colocando el dibujo en mi casillero junto al otro que él me había hecho.

Mis amuletos de buena suerte.

Al final del segundo tiempo, estaba caminando por el pasillo con la cabeza gacha. Estábamos perdiendo 3-1. Me sentí derrotado, tuve oportunidades de anotar pero LA parecía saber dónde estaría cuando ni siquiera sabía dónde estaría.

Luke fue el único autor del gol y nos ayudó a subir al marcador. Me sentí inútil. Este es el juego 1 de 7 y si así fuera como íbamos a jugar, sería mejor no volver a aparecer.

Sentado en el vestuario, el entrenador se acercó y me pateó el pie. "Salgamos de Collins".

Me puse de pie, esperando que me gritaran o me menospreciaran por la forma en que estaba jugando.

Mientras salíamos del vestuario, me empujó suavemente contra la pared.

"No te hagas cargo de esta mierda. Estás jugando bien. Eres un tipo de equipo, no un jugador egoísta. Has tenido algunos meses de mierda, pero deja de tomarlo fuera de sí mismo. Saca la cabeza de tu trasero y observa que no eres solo tú el que está mal. Te necesito Collins. ¿Qué necesitas?"

Levanté la cabeza y lo miré a los ojos, "Chloe". La única palabra que murmuró fue que asintió con la cabeza, diciéndome mentalmente que me quedara quieta mientras él se alejaba.

Puse mi cabeza contra la pared de concreto durante lo que parecieron 5 minutos.

Una pequeña mano rodeó mi brazo: "Ahora estaba disfrutando del Buffett en el piso de arriba, atiborrándome de alitas picantes y aderezo ranchero cuando alguien me dijo que me necesitaban de inmediato. Entonces, ¿quieres decirme por qué nuestro hijo disfruta del Buffett sin mí?

Sus manos se estiran para jugar con los mechones de cabello que caen en cascada sobre mi nuca. Moví mi cara hacia abajo sonriéndole, mis ojos se encontraron con los de ella.

"Te necesitaba. Siento que estoy jugando como una mierda, Chloe. Siento que estoy decepcionando a mi equipo. Dime que me equivoco bebé".

Sus manos se acercaron a los lados de mi cara, "Lo estás haciendo muy bien bebé, aunque ustedes no están hablando, necesitan comunicarse con Reed. Hablar. Una vez que lo hagas, se terminará el juego. Creo en ti amor".

Envolví mis brazos alrededor de su cintura, atrayéndola hacia mí, "Gracias bebé. Te amo. También lamento haberte alejado de la comida".

Ella soltó una pequeña risita: "Está bien. Es todo lo que puedes comer y me queda un período, mi trasero está recibiendo una caja para llevar".

Pasamos los siguientes 3 minutos abrazándonos antes de que tuviera que dejarla ir y regresar. Ella tiene razón, los chicos y yo no estamos hablando, esperamos que los demás lean nuestras mentes. Todo eso se detiene en el período 3. Observo cómo Chloe regresa hacia el ascensor.

Sus piernas cubiertas con pantalones de cuero negro que abrazan su dulce trasero, lleva tacones de aguja (no sé cómo) y su chaqueta de cuero negra con mi nombre y número que llevaba en la espalda. Ella es una vista impresionante.

El período 3 terminó el juego como mencionó Chloe. Después de una breve charla de ánimo, nuestro juego cambió. Las cosas se estaban conectando.

Faltando 4 minutos para el final del 3er tiempo estábamos empatados 3-3. Matt tenía una penalización menor por cortar y estaba terminando su tiempo en el contenedor de pecado. Sin él durante el siguiente minuto necesitaba estar en mi mejor juego.

Mientras nos alineábamos para enfrentarnos, el chico a mi lado comenzó a burlarse de mí. Había estado encima de mí casi toda la noche, pero se estaba poniendo realmente irritante.

"¿Cómo está esa puta esposa tuya, Collins?"

Mis ojos se llenaron de rabia, agarré el palo con más fuerza, tratando de no prestarle atención.

"¿Cómo está ese hijo bastardo tuyo también?"

Lo miré fijamente a los ojos, tratando de decirle que se callara, con una sonrisa en su rostro, "¿Qué tal si te callas, Johnson?".

"Vamos, Collins".

Podía sentir mi sangre hervir. Cuando iba a abrir la boca nuevamente, el disco se dejó caer y comencé a patinar hacia la línea azul, Luke me pasó el disco. Al pasar al último defensa quedamos solo el portero y yo. Al disparar el disco, éste se elevó por encima de su hombro y golpeó la red. Reduje la velocidad al pasar la meta cuando me estrellaron contra las tablas, no lo suficientemente fuerte como para sacarme, pero sí lo suficientemente fuerte como para querer matar al hijo de puta.

Una vez que me orienté, me giré y vi a Luke sosteniendo a Jefferson por el cuello de sus almohadillas. Me acerqué patinando con la esperanza de separarlos, pero en lugar de eso tomé el lugar de Luke. Quitándome los guantes, le lancé un puñetazo que golpeó a Jefferson en la mejilla.

"Si alguna vez vuelves a hablar de mi esposa y mi hijo, terminaré tu carrera".

El árbitro me detuvo mientras el otro agarraba a Jefferson y lo llevaba patinando hasta el contenedor de basura.

Asentí al árbitro, mirando fijamente a Matt mientras patinaba para unirme a él durante los últimos 30 segundos que tenía.

Sentado en el banco, Matt me dio un codazo: "Jodidamente dulce hombre de gol y un golpe increíble".

Me reí y le di un codazo: "Bienvenido a los playoffs, ¿verdad?" Juego 1: hecho. Copa Stanley eres mía.

34

Chloe: Final de la Copa Stanley

Reed y su equipo se dirigen al juego 6 de la final de la serie contra Edmonton. Si ganan esta noche, ganarán la copa Stanley. Tengo 28 semanas de embarazo y, sinceramente, me siento como una varada ballena.

Reed estaba caminando por la casa a las 7 am, sin poder calmarse.

Colton se acostó en el sofá conmigo, comiendo una barra de frutas y "leyéndome" su libro.

"¡Caña!"

Reed dejó de caminar mirándome preocupado, "¿Qué? ¿Estás bien?" Me reí, revolviendo el cabello de Colton, "Estoy genial, tú no. ¿Qué está sucediendo?"

Se movió para sentarse en el otro extremo del sofá. "Estoy nervioso, nunca he estado tan cerca de llevarme la copa a casa".

"Bebé, lo vas a hacer muy bien esta noche. Siempre juegas bien, solo recuerda comunicarte y divertirte. Simplemente sal y haz lo que mejor sabes hacer, ¿vale? E independientemente del resultado, aún queda 1 juego más si no ganas. Pero lo harás". Frotando mi vientre, mirando a mi esposo a los ojos para tranquilizarlo: "Creemos en ti".

Reed se levantó y se acercó para besarme. "Gracias bebé. Creo que voy a entrar. ¿Estás seguro de que estás bien?

Acaricié su mejilla, "Por supuesto, Colton necesita una siesta antes de irnos y tus padres vendrán a buscarnos, de esta manera puedes llevarnos a casa".

Me besó una vez más antes de besar a Colton. "Colt dice adiós a papá".

"Adiós papá", le dijo a Reed con la mano.

"Papá los ama a todos", guiñándome un ojo y salió, yendo a la pista.

4 horas más tarde, Colton y yo estábamos sentados en los WAG y en el palco familiar con los padres de Reed comiendo el mejor Buffett que he devorado.

Es como si Dave pudiera leer mi mente, porque en el momento en que pienso en comer más, el hombre coloca otro plato frente a mí.

Vestí a Colton con su camiseta "Collins" para esta noche mientras yo lucía mi chaqueta de playoffs "Collins". Esperaba que esta noche fuera el último juego por diferentes razones: 1: quería que mi esposo estuviera en casa, 2: estos bebés me estaban matando la espalda y 3: estaba cansada de maquillarme.

Fácilmente podría dejar de intentarlo con mi apariencia, pero ese no es el tipo de chica que soy. Entonces llámame egoísta, no me importa.

Summer estaba sentada a mi lado, comiendo del último plato que me entregaron. Debía nacer desde principios hasta mediados de julio, por lo que su fecha era más temprano que tarde. Creo que tiene 33 semanas pero, sinceramente, con el cerebro del embarazo, no contaría con que sea correcto.

Todavía no habían anunciado lo que iban a tener y se negaron a mostrarle a nadie la guardería. Por una vez en su vida y la de Matt, podrían guardar un secreto.

El comienzo del tercer tiempo fue eléctrico, el partido estaba 4-4 y fue el partido más emocionante que jamás haya visto. Edmonton no permitía que nadie se saliera con la suya y St. Louis estaba dispuesto a luchar cuando fuera necesario.

Reed y Luke habían pasado un tiempo en el contenedor del pecado por lanzarse a una pelea que no estaba destinada a ellos, pero juntos ayudaron a sus compañeros de equipo. Algo que admiraba.

Estaba en el borde de mi asiento, Colton dormido sobre Dave, Summer sosteniendo mi mano mientras el tiempo pasaba.

Todas las esposas y novias estaban calladas, abrazándose unas a otras y conteniendo la respiración. Todos queríamos ganar, los muchachos trabajaron tan duro que sabíamos que lo necesitaban. Especialmente después del año que pasamos Reed y yo, necesitábamos algo bueno.

Cuando quedaban 30 segundos, uno de nuestros jugadores jóvenes, Jones, atrapó una escapada y lanzó el disco volando al fondo de la red. La multitud estalló cuando sonó el timbre.

Habíamos ganado.

Todos nos dirigimos al hielo mientras los muchachos celebraban entre ellos, usando sus nuevas gorras de ganador de la Copa Stanley y tomándose el tiempo para besar la Copa.

Summer y yo esperamos en el banco de jugadores, sabiendo que no podíamos estar en el hielo estando embarazadas. Los padres de Reed llevaron a Colton a celebrar con él y los jugadores mientras nosotros nos sentábamos, grabando y capturando los momentos en nuestros teléfonos.

Reed me llamó la atención mientras Matt patinaba, aferrándose a Summer, ayudándola en el hielo, dejándola sostener las tablas.

Me puse de pie sonriendo mientras él se acercaba patinando, agarrándome la cara y cerrando los labios.

"Felicitaciones bebé". Murmuré entre besos. "Gracias bebé, no podría haberlo hecho contigo". Me besó de nuevo. "Te abrazaré para que no te caigas, pero ¿ven aquí conmigo, por favor?"

Asentí, un poco nervioso por estar en el hielo, afortunadamente llevaba mis zapatillas en lugar de tacones.

Caminé penosamente hacia la puerta, mientras él me agarraba por la cintura, me abrazaba mientras nos dirigíamos hacia sus padres y tomaba a Colton en sus otros brazos.

"No quería celebrar hasta que todos mis hijos y mi encantadora esposa estuvieran conmigo". Se inclinó besando mi cabeza.

Un periodista se acercó pidiendo entrevistar a Reed, aceptó no dejarnos a Colton ni a mí salir de sus brazos.

"Reed, felicidades por la victoria. Ahora que ganaste la Copa Stanley, ¿qué sigue para ti?"

Reed soltó una carcajada, cruzó mis ojos con los suyos, tomó aliento y volvió a mirar al reportero: "Voy a ser papá".

El periodista continuó haciendo algunas preguntas más antes de pasar al siguiente jugador.

Agarré la mandíbula de Reed con mis manos y acerqué sus labios a los míos. "¿Qué tal si regresamos a casa pronto y podemos celebrar de tu manera favorita?"

Los ojos de Reed se llenaron de deseo, "Bueno, vámonos a casa bebé".

35

Epílogo: 6 Meses Después

Reed me dio un beso de despedida mientras salía de la casa rumbo a la pista.

Summer y yo íbamos a llevar a los niños al partido en casa, la única novedad era que íbamos a llevar a los 4 niños: este era el primer partido de los gemelos y el primer partido de las niñas de Summer y Matts.

Summer y Matt le dieron la bienvenida a Ivy el 18 de julio, un mes después de que se fugaron y finalmente se casaron.

Le di la bienvenida a los gemelos el 28 de julio, Amelia Rose venció a su hermano por 2 minutos y el dulce Carter Owen se tomó su tiempo para salir de mi útero. Tengo la sensación de que sus llegadas reflejarán sus personalidades.

Reed ha sido el mejor padre que sabía que sería. Ha ayudado con las tomas nocturnas, tomándolas cuando está en casa y también estando presente con Colton. A Colton le encanta ser hermano mayor, me trae pañales sin ningún motivo, pero cree que está ayudando, así que ahora tenemos un montón en la mesa auxiliar de la sala de estar.

Los padres de Reed han sido sus salvadores, llevándose a Colton cuando se siente abrumado o simplemente para sacarlo de la casa.

Una vez que Reed comenzó la nueva temporada, tenía miedo de volver a hacer todo por mi cuenta, pero estaba equivocado. Mi familia ha sido la mejor familia.

Había vuelto a trabajar, atendiendo a ciertos clientes y trabajando sólo unas pocas horas a la semana. Me sentí bien estar de vuelta en el salón y estar haciendo lo que amo.

Los padres de Reed estaban vistiendo a Colton y Carter para el juego mientras yo terminaba de cambiar a Amelia.

Reed y Matt no sabían que traeríamos a los niños, íbamos a sorprenderlos durante los calentamientos.

Le había ordenado a Amelia y Carter mamelucos a juego con el número de Reed y "Papá" en la espalda.

Colton llevaba su camiseta a juego con ellos.

Agarré las orejeras para los niños y sus pequeñas chaquetas que nos regaló el gerente general, eran chaquetas de St. Louis con el nombre y el número de Reed.

Los calentamientos habían comenzado cuando llegamos allí, así que nos dirigimos al cristal para encontrarnos con Summer e Ivy.

"¿Ya han salido?" Le pregunté mientras movía a Amelia en mis brazos.

El padre de Reed se había llevado a Colton y la madre de Reed tenía a Carter en sus brazos haciéndolo rebotar ligeramente.

"Aún no. Luke nos vio, nos saludó con la mano y luego se fue patinando. Dales un minuto".

Como si leyera la mente, nuestros maridos salieron disparados del túnel y patinaron en un gran círculo sin notarnos al principio.

Observé a Reed, con el pelo colgando sobre las orejas y los ojos entrecerrados por la concentración. Amaba a mi marido, pero verlo en su elemento me hizo querer saltar sobre sus huesos.

Reed se detuvo en el hielo a unos metros frente a nosotros con una amplia sonrisa, se quitó el casco y se sacudió el cabello antes de patinar para vernos.

Su rostro estaba desconcertado pero emocionado.

Colton se echó a reír gritando "¡¡Papá!!" Haciendo que todos, incluido el equipo de redes sociales, se dieran cuenta de nuestra llegada.

Reed arrojó 3 discos, 1 por cada niño, algo que ha hecho desde que Colton comenzó a asistir a los juegos.

Matt se encontró con él arrullando a su hija a través del cristal.

Sostuve a Amelia mostrándole a Reed su mameluco y luego señalé a Carters, sonriendo.

Reed se rió presionando su mano contra el vaso y pronunciando las palabras: "Te amo". Antes de golpear su corazón 3 veces.

Mi mundo estaba completo. Tengo un esposo maravilloso, 3 bebés hermosos, amigos maravillosos y un apoyo increíble. La vida parecía tan sombríaantes, pero ahora sé que sólo faltaban piezas clave. Y parada aquí, cargando a mis bebés, viendo a mi esposo patinar con la C en el pecho, sé que estoy donde necesito estar.

Quién diría que mudarme al otro lado del país con un niño de 9 meses me permitiría enamorarme el primer día que vi a Reed. La vida tiene una manera curiosa de hacer las cosas, pero no me quejo.

www.ingramcontent.com/pod-product-compliance
Lightning Source LLC
Chambersburg PA
CBHW032023240626
47154CB00003B/770

9 798892 852920